WALTER WOLTER

Sau tot

oder
Die verlorene Ehe
des Herrn Köttelgruber

EINE KRIMINALGROTESKE

HAFFMANS VERLAG

Erstausgabe

Veröffentlicht als
Raben-Krimi Nr. 10, Januar 1999
Umschlagbild von Nikolaus Heidelbach
Umschlaggestaltung: Atelier Ursula Hiestand, Zürich

Gesamtherstellung: Ebner Ulm
ISBN 3 251 30111 X

Raben-Krimi Nr. 10

Inhalt

1. KAPITEL

Weiße Jäger

Der durchschnittliche deutsche Mann ist einsachtundsiebzig groß, wiegt neunundsiebzig Kilo, hat Anzuggröße zweiundfünfzig und Schuhgröße zweiundvierzig. Sein Brustumfang beträgt hundertvier Zentimeter, um die Hüfte mißt er zweiundneunzig Zentimeter und um den Po hundertzwölf. Der Umfang seines Kopfes beträgt 57,4 Zentimeter. Seine Haare sind dunkelblond, seine Augen blau.

Franz-Josef Köttelgruber war, statistisch gesehen, eine Sonderanfertigung. Er war kleiner und dicker, hatte einen größeren Kopf und so wenig Haare, daß die Farbe keine Rolle spielte. Seine Füße entsprachen zwar der Normgröße, schweißelten dafür aber überdurchschnittlich. Köttelgruber hatte Schuppenflechte, chronische Darmblähungen und eine bildschöne Frau.

Wie das zusammengeht? Kein Problem, wenn genügend Geld im Spiel ist. Denn Mammon ist ein Klebstoff, der auch dann noch hält, wenn das Verfallsdatum einer Beziehung längst abgelaufen ist.

Doch wir wollen fernab der Problemzone Ehebett in die Geschichte einsteigen. Auf einer Farm in Afrika.

Zwei Männer saßen auf der Veranda des Gästehäuschens einer kleinen Jagdfarm nordöstlich von Okahandja, am Rand des Hererolandes, und blickten auf die Savanne hinaus. Ein heißer Tag ging zu Ende. Die Sonne war rot und gigantisch und berührte den Horizont. Am Himmel begann der große Jubel der Farben.

»Das ist das Afrika des weißen Jägers«, sagte der schönere der beiden Männer, dessen Profil stark an Clark Gable erinnerte. Sein dunkles Haar war an den Seiten zurückgekämmt, der schwarze Schnauz exakt gestutzt. Der Mann hieß Ralf Schwertfeger und war Köttelgrubers bester Freund. Das Abendrot schminkte sein Gesicht mit diesem gewissen Purpurton, den die Werbefilmer in den sonnenarmen Industrieländern gerne zur Suggestion von Freiheit und Abenteuer einsetzen.

»Lenk nicht ab«, sagte Köttelgruber. »Sag mir, was ich tun soll!«

Der Korbsessel knisterte unter seinem Hintern. In seinem Sundowner waren die Eiswürfel zu Bröckchen geschmolzen, die nur noch zaghaft gegen das Gin-Glas klickten.

»Tja, die Liebe, die Liebe«, sagte Schwertfeger. »Sollte die Leiche gefunden werden, haben sie dich am Arsch, Franz-Josef.«

Köttelgruber schob die Unterlippe vor und machte zwei schwere Atemzüge. Er hing in seinem Sessel wie ein schlaff aufgeblasener Luftsack.

»Was soll ich denn bloß tun?« sagte er, und seine Stimme war dünn wie ein Rinnsal.

»Gar nichts«, sagte Schwertfeger. »Einfach den Kopf in den Sand stecken! Oder willst du lieber mit einer Schlinge aufs Klo gehen?«

»Mutter Gottes«, sagte Köttelgruber und seufzte.

»Du bist ein Mann wie ein Schluck Wasser«, sagte Schwertfeger.

»Ich weiß«, sagte Köttelgruber.

»Tu was dagegen«, sagte Schwertfeger.

»Ich werde auf keinen Fall zur Polizei gehen«, sagte Köttelgruber. »Die würden mir einen Strick drehen. Die würden sagen: Hier, bitte schön, du bist ein Mörder, gell. Du hast den Liebhaber deiner Frau abgemurkst. Mittelbar jedenfalls. Zuallermindest ist das Anstiftung zum Mord. Und für die Polizei ist ein Paragraph ein Paragraph, und ein Täter ist ein Täter. Dazwischen gibt's nichts. Daß man jemanden wegmachen kann, ohne daß man ein Mörder ist, das wird den Bütteln nie und nimmer in den Kopf gehen. Und den Richtern womöglich auch nicht. – Nein, Ralf, das muß ich für den Rest meines Lebens allein mit mir herumtragen.«

Er kratzte sich an den mit roten Flecken gesprenkelten Unterarmen.

»Da hast du ein Ding gedreht, wie man es sauberer nicht machen kann«, sagte Schwertfeger, »aber ehrlich! Und was ist? Dir flattert die Hose, daß man's bis ins Polizeipräsidium hört.«

»Bei den Methoden, die die Kriminalisten heutzutage haben, muß man mit dem Schlimmsten rechnen«, sagte Köttelgruber. »Die können ein Stück Zucker im Bodensee nachweisen, wenn's sein muß.«

»Schon möglich«, sagte Schwertfeger. »Ein Furz genügt für einen genetischen Fingerabdruck.«

»Wirklich?«

»Hähähä, reingefallen«, sagte Schwertfeger. »Dann wärst du garantiert schnell überführt, du Arschtrompeter. Aber Spaß beiseite. Ein Hautfetzchen, ein Klecks Spucke oder ein Haarschnipsel reichen aus. Oder ein Spermaspritzer. Sogar ein Schwitzfleck. Den Schnüfflern im Hightech-Labor genügt der Bruchteil einer Zelle, und sie können dir genau sagen: Das ist ein Teilchen von Meier, Müller oder Köttelgruber.«

»Logisch«, sagte Köttelgruber und kratzte sich.

»Von dir gibt es aber keinen Fingerabdruck, nicht mal einen genetischen. Nichts, gar nichts weist auf einen Täter namens Köttelgruber hin«, sagte Schwertfeger. »Sei mal ein bißchen optimistisch! Nimm dir ein Beispiel an mir! Wo ich schon längst die Narbe über der Wunde sehe, siehst du alter Jammerzausel immer noch die Wunde unter der Narbe. Hab ich recht?«

»Ich sollte zur Beichte gehen«, sagte Köttelgruber trübsinnig. »Da wird mir eine Buße auferlegt, die alles reinigt. Der große Jagdherr dort oben ist gerechter als jedes irdische Gericht es je sein kann. Der weiß um die Unvollkommenheit des Menschen. Die Güte des Herrn ist unermeßlich.«

Draußen in der Savanne entsetzte sich eine Kreatur mit einem klagenden Schrei. Es war jetzt die Stunde der Räuber, die durch das dürre Gras schlichen und der Güte des Herrn die Instinkte der Fleischfresser entgegensetzten.

»Ehrlich gesagt, ich hätte dir so ein Ding nicht zugetraut«, sagte Schwertfeger. »Weil du nämlich so ein Lämmerschwanz bist. Daß du dermaßen um deine Frau kämpfen würdest, also ehrlich, da hätte ich eher geglaubt, daß in Namibia die nächste Winter-Olympiade stattfindet.«

Er nahm einen Schluck Gin-Tonic. Sein Kinohelden-Gesicht war dem glutroten Horizont zugewandt. Köttelgruber betrachtete ihn verstohlen. Wenn ich wenigstens ein Abklatsch von ihm wäre, dachte er, bloß eine schlechte Kopie, ja, das wäre schon was.

»Du mußt ja ein Mordsvertrauen zu mir haben«, sagte Schwertfeger, »mich in so eine grauenhafte Geschichte einzuweihen! Aber du weißt ja, daß du immer auf mich zählen kannst, Franz-Josef.«

»Ich mußte einfach darüber sprechen«, sagte Köttelgruber. »Und du bist für mich mehr als ein Jagdkamerad. Immer schon mehr gewesen. Ein echter Freund. Der einzige echte Freund.«

»Ich verstehe dich gut«, sagte Schwertfeger und massierte sein Ohrläppchen zwischen Daumen und Zeigefinger. »An deiner Stelle hätte ich ähnlich gehandelt. Eine Frau wie Daria kann einem Mann den Schlaf rauben. Und den Verstand.«

Köttelgruber nestelte ein miefiges Baumwolltuch aus der seitlichen Balgtasche seiner Khakihose, wischte sich über die wässerigen Augen, dann übers ganze Gesicht, über die kahle Schädeldecke, und legte den Lappen zusammengerollt um seinen feuchten Specknacken.

»Danke«, sagte er, »danke, Ralf. Ich wußte, daß du mich nicht verdammen würdest.«

»Deine Frau ist ein Feinkostweib«, sagte Schwertfeger. »Jede Todsünde wert.«

»Ihre Schönheit ist mein Untergang«, sagte Köttelgruber. »Weniger wäre mehr. Für mich jedenfalls.«

»Wieso hast du die Sache eigentlich nicht persönlich erledigt? Weidgerecht, meine ich. Blattschuß – peng, aus! Wie ein Mann, der etwas erledigen muß, um ein Mann zu bleiben. Ein Jagdunfall läßt sich immer konstruieren. Schlimmstenfalls läuft es auf fahrlässige Tötung hinaus.«

»Ich bin Katholik«, sagte Köttelgruber. »Praktizierender Christ! Als solcher halte ich mich an die Zehn Gebote, gell.«

»Wirklich?« sagte Schwertfeger. »Ein Mann muß bereit sein zu töten, und er muß bereit sein zu sterben. Punktum. Ende der Fahnenstange!«

»Wer das Schwert zieht, wird durch das Schwert umkommen«, sagte Köttelgruber.

»Dummes Gesülze«, sagte Schwertfeger. »Das ist ein Sprüchlein für katholische Knierutscher.«

»Ich habe jetzt nichts mehr als meinen Glauben«, sagte Köttelgruber.

»Und ein paar tausend Schweine. Das ist doch was«, sagte Schwertfeger. »Aber du bist ein flauer Hahn, keiner, der in den Ring steigt. Einer wie du hat schon Blut im Mund, wenn er sich die Zähne putzt.«

»Was hat diese Frau aus mir gemacht?« lamentierte Köttelgruber.

Er schluchzte in sein Schweißtuch und ließ einen Furz ab.

»Reiß dich zusammen!« sagte Schwertfeger. »Dein Gejammere macht den Frisör nicht wieder lebendig. Deine Furzerei auch nicht.«

Köttelgruber zog ein mehrfach gefaltetes Stück Papier aus der Brusttasche, ein Kalenderblatt, klaubte es auseinander, hielt es in Ermangelung einer Lesebrille eine Armlänge weit von sich und entzifferte stockend: »Ausgestoßene ... Verbrecher ... tragen oft mehr Menschlichkeit im Herzen als jene ... kühlen, untadelhaften ... Staatsbürger der Tugend, in deren ... bleichen Herzen die Kraft des Bösen erloschen ist, aber auch die Kraft des Guten.«

»Ist das von dir?« sagte Schwertfeger.

»Nein, von einem Heinrich ... warte mal, da steht's ...«

»Himmler?«

»Nein, Heine«, sagte Köttelgruber.

»Ach der«, sagte Schwertfeger, »den kenn ich.«

»Ich nicht«, sagte Köttelgruber, »aber der Mann versteht einen.«

»Ich gehe rein«, sagte Schwertfeger. »Mich hat gerade so ein verdammtes Vieh gestochen! Trinken wir drinnen weiter?«

»Ich bleibe hier sitzen«, sagte Köttelgruber. »Ich gieß mir noch einen ein, nein, laß mir die Ginflasche da!«

Er lehnte seinen Kopf zurück und richtete seine wässerigen Augen, die ein wenig vorstanden, bittstellerisch auf den Himmel, an dem das tiefdunkle Violett den Wettstreit der Farben mehr und mehr für sich entschied. Die Nacht war nah.

War er ein Mörder? Für einen Katholiken, mehr noch: für einen Katholiken ländlicher Herkunft, aufgewachsen in der intellektuellen Diaspora und geprägt von der Dreieinigkeit aus Kirche, kirchennaher Politik und bäuerlich naiver Tradition, für einen solchen Katholiken war das Abwägen von Schuld und Sühne eine Gratwanderung zwischen Fegefeuer und zeitloser Verdammnis. Mit dem Herrn der ewigen Jagdgründe wird am Tag des Gerichts kein Handel zu machen sein – diese trübe Aussicht piesackte Köttelgruber, seit er als pickliger Bube unter der Ministrantenkutte unkeusche Gedanken gegenüber der heiligen Jungfrau ausgeschüttelt hatte. Nach der Glaubensrichtung, in die er hineingeboren war, hatte er allen Grund zu erhöhter Skepsis. Wie so oft in seinem sündigen Leben dachte er mit Beklemmung daran, daß der große Richter auch ihn, Franz-Josef Köttelgruber, 53 Jahre alt, Schweinemäster und Jagdfanatiker aus Deutschland, scharfäugig im Visier hatte. Eines unweigerlichen Tages würde er sich vor dem Weltenlenker verantworten müssen. Verantworten für die großen und kleinen Missetaten – nein, nicht für die hochgespritzten Fleischberge, die sich in den quetschengen Betonboxen gegenseitig die Schwänze abfraßen und vor Panik schier durchdrehten, wenn er sie erbarmungslos in die Schlachthäuser treiben ließ. Gott hatte bestimmt, daß der Mensch sich die Kreatur untertan mache. Die Pharmaschinken hingegen, die aus den Köttelgruber-Schweinen gemacht wurden, würden ihm dereinst am Tag der Auferstehung mindestens eine Ordnungsstrafe einbringen, weil sie für die Gesundheit seiner Mitmenschen nicht unbedingt förderlich waren. Dennoch hätte Köttelgruber dem Endzeittribunal gelassen entgegenblicken können, denn am Opferstock von Mutter Kirche war er nie kleinlich gewesen. Alles wäre weitgehend im Lot, hätte nicht die an Anbetung grenzende Verehrung einer für Köttelgruber zu jungen, zu schönen und zu eigenmächtigen Frau einen Sünder aus ihm gemacht.

»Wie nennt man die Schuld, die ich auf mich geladen

habe?« sagte Köttelgruber. »Mord? Oder Anstiftung zum Mord? Oder Beihilfe? Oder bloß unterlassene Hilfeleistung?«

Er schüttete sich eine Prise Schnupftabak auf den Handrücken, hielt sich ein Nasenloch zu und zog das Pulver hoch. Dann kam das andere Atemloch an die Reihe. Er nieste laut und spritzend und zog sein scheckiges Sacktuch aus der Hose, um weitere Flecken in das Gewebe zu schneuzen.

»O Herr«, begann er sein Plädoyer unter dem nur noch schwach kolorierten Himmel, »wie ein Vater sich seiner Kinder erbarmt, so erbarmst du dich über alle, die dich fürchten. Siehst du mich hier sitzen, hier in Namibia? Siehst du deinen Diener Franz-Josef Köttelgruber? Du siehst mich so, wie *du* mich gemacht hast. Eine unförmige Blutwurst! Ein Scheißhaufen, über den die Fliegen herfallen! Vergleiche mich mit meinem Freund Ralf Schwertfeger! Sieht der nicht dreimal besser aus als ich? Dreimal, ach, was sage ich, zehnmal! Mein Kopf ist ein richtiger Kürbis. Ein Kürbis mit ein paar Haaren dran. Daß ich zu fett bin, na meinetwegen, daran bin ich selbst ein wenig schuld. Doch was kann ich für diese verdammte Schuppenflechte, hä? Die hast *du* mir aufgehalst! Auf Frauen wirke ich so erotisch wie eine Krustenechse. Manchmal könnte man Frau Holle mit mir spielen, so schuppt mir die Schwarte. Sogar von meinen Augenbrauen rieseln die Schuppen und fallen mir ins Essen. Und diese Juckerei! Aber das ist ja noch nicht alles, womit du mich geschlagen hast. Du hast mir einen schwachen Darm gegeben. Laufend diese Blähungen! Keiner furzt so oft wie ich! Und was das für Fürze sind! Wie von einem Aasgeier! Schlimmer noch! Wie von einem Aasgeier, der sich von Stinktieren ernährt!«

»Hast du was gesagt, Franz-Josef?«

Köttelgruber erschrak. Gott sei Dank war es nicht

Gottes Stimme, die ihm in die Rede gefallen war, sondern die von Freund Schwertfeger.

»Was nicht in Ordnung, Franz-Josef?« scholl es von drinnen. »Du hast doch eben gesprochen, oder nicht?«

»Ich habe gebetet«, rief Köttelgruber.

»Komm rein! Ich hab eine neue Flasche aufgemacht.«

»O Herr«, setzte Köttelgruber sein Lamento etwas leiser fort, »du mußt doch einsehen, daß auch einer wie ich ein Recht hat auf Liebe. Auf Zärtlichkeit. Auf Treue. Wo warst du, als ich mich verliebt habe damals in den Ostkarpaten? Du hättest es ja verhindern können! Aber nein, du läßt mich auf die Bärenjagd ziehen und läßt es zu, daß ich dabei diesem jungen Weib begegne. Diesem blutjungen Weib mit seinen Apfelbrüsten! Du mußt doch wissen, daß ein Mann seine Brunftrute nicht immer so fest im Griff hat wie du damals in Israel.«

Es war dunkel geworden. Mißtrauisch stierte Köttelgruber auf die sich nähernde Gestalt. Es war der Farmer, der deutschstämmige Siegfried Baldur, ein kerniger Südwester wie aus dem Fotoalbum der Kolonialzeit. Ein Mann, der dem zahlenden deutschen Nimrod nicht nur ein paar tausend Mark für die Trophäen, sondern auch Respekt abnötigte. Er kam aus dem Haupthaus herüber, das zwar so hieß, aber nicht viel mehr hermachte als die beiden sogenannten Gästehäuser für die vorwiegend aus dem Land seiner Vorväter anreisenden Tierschützen.

»Meine Herren Jäger«, sagte er kehlig und schob den Hut, den er auch in der Dunkelheit trug, ein wenig zurück, »ich wollte noch mal nach dem Rechten sehen, bevor ich zu Bett gehe. Morgen um diese Zeit ziehen wir einem Leoparden das Fell ab. So wahr ich Siegfried heiße.«

In dem trüben Licht, das von drinnen durch das Fliegengitter auf die Veranda funselte, erblickte er die leere Ginflasche.

»Guten Durst gehabt, wie?« polterte er auf die rauhe, laute Art, die Männern zu eigen ist, die sich für Kraftkerle halten und andere von diesem Tatbestand überzeugen möchten.

»Donnerschlag«, sagte er eine Idee leiser, fast beeindruckt, »hier stinkt es ja wie in einer Nerzzucht. Da hat aber jemand einen ziehen lassen ...«

»Ihr Hund war eben noch hier, Herr Baldur«, sagte Köttelgruber, der den gottlosen Farmer nicht eben sympathisch fand – und nach dieser Bemerkung noch weniger.

»Nun aber, nun aber!« tadelte der Farmer und quirlte die Luft mit erhobenem Zeigefinger. »Im Busch von Südwest siezt man sich nicht. Schon vergessen? Ich bin der S-i-e-g-f-r-i-e-d. Alles klar? Morgen sind wir eine Jagdkameradschaft. Einer für alle, alle für einen!«

»Ich war in Gedanken, Siegfried«, sagte Köttelgruber. »Natürlich sind wir Kameraden. Geh doch schon mal rein und trink einen Schluck mit Ralf. Ich will noch ein bißchen hier sitzen. Afrikanische Nacht genießen und so.«

»Ah ja, afrikanische Nacht«, sagte Baldur und trampelte über die Holzveranda. »Die echte Romantik hängt da oben.« Er deutete auf das kapitale Korkenziehergehörn eines Kudus über der Tür.

Kurz darauf hörte Köttelgruber den Klang von Gläsern, das dröhnende Siegfried-Lachen des Südwesters und das im Verhältnis zu seinem Gesicht und seiner Statur viel zu hohe Meckergelächter Schwertfegers.

Köttelgruber rotierte in dem für ihn typischen Kreislauf. Wenn er trank, regte ihn das zum Nachdenken an – und das Nachdenken wiederum zum Trinken. Es kostete ihn Mühe, den auf seinen Schöpfer zielenden Monolog wieder aufzunehmen. Er ließ noch einmal Gas ab – es mußte an dem Warzenschwein-Steak liegen, das es als

Abendmahl gegeben hatte –, und nahm sein Bekennergemurmel wieder auf.

»Herr«, sagte er, »warst du nicht Zeuge meiner übergroßen Liebe? Du warst! Du hast mir diesen Stachel ins Fleisch gegeben, als ich sie zum ersten Mal gesehen habe. Ich hatte niemals vorher ein ansehnlicheres Stück gesehen, ein schöneres Weib, meine ich. Du allein weißt, was für ein armes Luder sie war. Ich habe die ganze Zeit ein Auge auf sie gehabt, und es hat mir schier das Gekröse zerrissen, so habe ich mir das Furzen verkniffen, wenn sie in der Nähe war.«

Köttelgrubers Gedanken machten eine Zeitreise. Als Mittvierziger war er auf Jagdurlaub in den Ostkarpaten.

»Was war das für eine Jagd! Großartig! Herr, du hast eine Welt erschaffen, für die man dich nicht genug preisen kann! Es zogen Schweine durch die Karpaten, Schweine, sag ich dir, richtige Bassen – mit Waffen bis achtundzwanzig Zentimeter! Davon kann man in Deutschland nur träumen.«

Köttelgruber nuckelte die letzten Tröpfchen aus der Ginflasche. Er war betrunken.

»O Herr, ich hatte damals eine Strecke hingelegt, die ein Vermögen gekostet hat. Die Einheimischen hätten mir am liebsten die Füße geleckt. Und zuletzt habe ich den Bären erlegt. An einem Haferfeld. Es war gar nicht so schwierig. Du mußt dich nur ganz ruhig auf dem Sitz verhalten, ganz bewegungslos, wenn der Bär am Abend aus dem Wald kommt und Fraß im Haferfeld sucht. Bären sind ja sooo vorsichtig. Da steht der Petz eine ganze Zeitlang am Waldrand und wittert und vernimmt, bis er sich dann entschließt, ins Feld einzufallen. Wenn er erst nachts kommt, hast du Pech gehabt – es sei denn, du hast eine spezielle Lampe dabei. Aber das wäre ja unweidmännisch. Also, ich sitze mit dem Jagdführer in der Kanzel, da taucht er auf. Keine siebzig Meter entfernt ...«

»Franz-Josef, nun komm endlich!« rief Schwertfeger. »Siegfried hat Jagdgeschichten drauf, die dich umhauen.«

Etwas leiser fügte er hinzu: »Die Sache mit dem Pavian mußt du noch mal erzählen, Siegfried. Warte, ich hol den alten Laienapostel mal rein in die gute Stube.«

»Euer Pavian kann mich am Arsch lecken!« brüllte Köttelgruber. »Laßt mich in Ruhe. Ich bete.«

»Da kann man nichts machen«, hörte er Schwertfeger sagen. »Das legt sich wieder. Morgen ist der wieder völlig normal.«

»Du siehst, Herr«, sagte Köttelgruber, »nicht einmal hier draußen kann man ungestört mit dir sprechen. Wo war ich? Ach ja, der Bär! Aber was soll's, es geht um Daria. Nur eins noch – das muß ich noch sagen: Er war gut zweihundert Kilo schwer, also fast zweihundert, um korrekt zu bleiben. Und erst die Deckenlänge. Zweimeterzehn! Zwei Meter und zehn Zentimeter!«

Was Köttelgruber seinem Schöpfer verschwieg, teils weil er es verdrängt hatte, teils weil er es nicht besser wußte: Um seinen beheizten, mit Chemieklo ausgestatteten Hochsitz herum hatten sich mehrere schwerbewaffnete Jagdhelfer ins Gebüsch gekauert, um im Fall eines Fehlschusses des devisenschweren West-Jägers den Bären vom Boden aus zu füsilieren. Von sich aus wäre der Braune gewiß nicht auf die Idee gekommen, schußgerecht ins Haferfeld zu spazieren – wenn da nicht diese verführerische Spur gewesen wäre, die von einem Pferdekadaver herrührte, der durch den Wald bis in die Mitte des Feldes geschleift worden war. Auf freier Wildbahn war dieser Meister Petz nämlich nicht der Geübteste, stammte er doch aus den Gehegen, welche die früheren kommunistischen Machthaber, allesamt kühne Zielfernrohrstrategen, als Trophäen-Reservoir hatten anlegen lassen. So konnte man Blei verspritzen nach Herzenslust, und die Bären wurden nicht alle.

»Ich habe zweimal geschossen«, sagte Köttelgruber. »Gut, der Jagdführer hat auch noch mal geschossen. Jedenfalls kam der Bär nicht mehr fort. – Das wünsche ich mir persönlich: Dereinst so sterben zu dürfen. So rasch. So unvermittelt. So sinnvoll.«

Schwertfeger erschien torkelnd in der Tür.

»Jetzt langt's aber, du alter Moralpisser. Das ist hier keine Fronleichnamsprozession mit Gebetsstationen. Wir sind auf Pirsch in Namibia, Mann Gottes. Hier, nimm einen Schluck!«

Köttelgruber ließ seinen Rundkopf auf die Brust sinken und fing an zu schluchzen.

»Ralf, ich kann nicht mehr«, knödelte er schwer verständlich zwischen den Schluchzschüben, die sich anhörten wie Pferdehusten. »Ich kann nicht einmal über sie sprechen. Nicht mal im Gebet.«

»Nimm einen Schluck!« sagte Schwertfeger. »Mit einem Weib am Pimmel kommt keiner in den Himmel.«

»Sie war die Tochter meines Jagdhelfers«, sagte Köttelgruber und schneuzte sich. »Sie hat sich mit dem nackten Arsch zugedeckt, damals. Im Kohlenkasten hat sie geschlafen. Die ganze Sippe hat an einem aufgehängten Heringsschwanz geleckt. Mein Geld hätte gereicht, ihr lausiges Karpatendorf zu kaufen. Komplett abreißen und in Deutschland wieder aufbauen zu lassen. Aber komplett, gell!«

»Sicher doch«, sagte Schwertfeger, »deswegen hat sie dich ja geheiratet. Sie wollte vom Lehmboden aufs Parkett.«

Er half Köttelgruber aus dem Korbsessel. Arm in Arm schwankten sie über die Schwelle.

Das Gästehaus war eine spartanisch eingerichtete Baracke: grün gepinselter Betonboden, zwei Schränke, zwei Betten, ein brummender alter Kühlschrank, WC-Zelle und Außendusche.

»Hier bringe ich einen gehörnten Schweinepriester«, lallte Schwertfeger.

»Waaas?« grölte Baldur, »deine Alte geht fremd? Schlag sie, daß sie Knochen kotzt!«

»Pfff«, sagte Köttelgruber. »Das kannst du mit deiner Kafferfrau machen. Die läßt sich das vielleicht gefallen.«

Köttelgruber hatte Baldurs Frau zwar noch nicht gesehen, weil sie weit im Süden auf Verwandtenbesuch war und erst morgen zurückkehren würde, aber er wußte, daß es ein Mädchen vom Stammesverband der Rehobother Basters war, das Baldur sich ins Haus geholt hatte.

»Ich will euch mal was sagen ...« holte Baldur umständlich und schwerzüngig aus. »Das ist alles nicht so einfach ...«

Ohne seinen Hut war Baldur zweifarbig wie ein Zebra. Seine Stirn hatte einen unteren braunen und einen oberen weißen Streifen. Seine blonden Borstenhaare standen in alle Richtungen.

»Diese Bastarde«, fuhr er fort, »also ihr müßt wissen, daß Rehobother Basters nichts anderes bedeutet als Bastarde von Rehoboth, also diese Bastarde haben auch ihren verdammten Stolz. Die sitzen seit 1870 in ihrem Gebiet dort unten, südlich von Windhuk, wenn euch das was sagt.«

»Bildschöne Weiber haben die«, sagte Schwertfeger und wölbte seine Hände vor der Brust. »Lollos wie Zukkerhüte. Da könnte man mit den Augen röhren.«

»Aber nicht einfach im Zusammenleben«, sagte Baldur. »Man wird älter. Früher konnte ich so ein kesses Gestell zwölfmal am Tag stoßen, jetzt nur noch achtmal. Und meine kleine Braune verlangt was.«

Er schob seine schwere Faust in der Genitalgegend hin und her.

»Das geht ganz schön an die Substanz, wenn man's richtig durchzieht«, sagte Schwertfeger, der es nicht leiden konnte, im Suff sexuell überprahlt zu werden. »Ich weiß, wovon ich rede, ehrlich! Wenn man von mehreren Tussis gleichzeitig angeschwommen wird, kann's stressig werden.«

Köttelgruber beendete den Wettstreit der lendenstarken Kerle.

»Eure Probleme möchte ich haben«, sagte er, »ihr Schlitzhusaren.«

»Hähä«, lachte Schwertfeger, »unser Franz-Josef hat's auch faustdick hinter den Lauschern. Der bricht die Herzen der stolzesten Frauen. Durch Mitleid, hähähä.«

»Bleib auf dem Teppich«, sagte Köttelgruber, »du mit deinen Heißluftnummern.«

»Von wegen Heißluftnummern, von wegen«, sagte Schwertfeger. »Was in der Wurst ist, weiß nur der Metzger.«

»Meine will Kinder haben«, sagte Baldur. »Unbedingt. Sie sei empfänglicher als frisch gepflügter Boden, sagt sie. Aber mir hat dummerweise vor ein paar Jahren ein Strauß auf die Eier geschlagen. Mißglückte Fangaktion. Seitdem sind meine Stöße steriler als destilliertes Wasser.«

»Bei Franz-Josef ist sogar die Brunftstange außer Betrieb, und das ohne Straußentritt«, sagte Schwertfeger. »Das Ding dient gerade mal noch als Ventil zum Wasserlassen, hähähä.«

»Quatsch«, sagte Köttelgruber. »Früher war ich auch ein ziemlich wilder Rammler.«

Er dachte schaudernd an die umständliche Prozedur seiner chirurgischen Penisverlängerung, die ihm außer beträchtlichen Kosten wenig gebracht hatte. Einskommasechs Zentimeter mehr, um es genau zu sagen. Er hatte es für Daria getan.

»Ein wilder Rammler, der selten länger draufblieb als neun Sekunden«, sagte Schwertfeger, »ein Schnellkocher.«

»Hast du mal danebengestanden und die Zeit gestoppt?« sagte Köttelgruber beleidigt. »Du bleibst wahrscheinlich so lange auf deinem Clubflittchen oder auf deinem Schaukelmädchen, bis deine Alte auftaucht und dich runterholt.«

Damit hatte er Schwertfegers verwundbarste Stelle getroffen. Denn trotz seiner Vorliebe für Hochglanz-Tippsen, aufgeblondete Kosmetikerinnen und naive Strapsmäuschen hatte der Frauenschwarm ein harsches Wesen geehelicht, ein Reff, eine Keifzange. Elisabeth war so dürr, daß sie einen Bock zwischen die Hörner küssen konnte, hatte einen Medusenblick und keine Falte, die vom Lachen kam. Der Ringetausch war nicht ohne Not erfolgt, denn Schwertfeger war ein mittelloser Hallodri gewesen und Elisabeth die Erbin einer Metzgereikette. Da sie wußte, daß der Gatte sich auch jenseits der Metzgereiauslage sehr für Brust, Lenden und Hinterschinken interessierte, hielt sie ihn kurz.

»Ja, da schau her, der Franz-Josef«, sagte Schwertfeger, »er scheißt wie eine Wacholderdrossel und glaubt, das reicht, sich mit Vögeln auszukennen. Na prima!«

»Was hast du denn plötzlich für eine kurze Zündschnur, Ralf?« sagte Köttelgruber. »So kenne ich dich ja gar nicht.«

»He, Franz-Josef, erzähl mal, wieso deine Alte aus der Spur läuft«, sagte Baldur.

»Darüber wollte ich eigentlich nicht reden«, sagte Köttelgruber. »Ich bin nicht nach Afrika gekommen, um mich über meine Frau auszuheulen, gell!«

»Wir sind unter Männern«, sagte Schwertfeger. »Da kann man die Karten auf den Tisch legen, um nicht zu sagen: die Hosen runterlassen, hähähähä.« Er lachte wie ein keckernder Marder.

Köttelgruber furzte.

»Uaaahhh«, protestierte Baldur gegen die Verpestung. »Das kann mein Hund aber nicht gewesen sein diesmal.«

»Aus einem verzagten Arsch kommt kein fröhlicher Furz«, sagte Schwertfeger. »Steht in der Bibel oder stammt von Luther. Du mußt es doch wissen, heiliger Franz-Josef.«

Köttelgruber füllte sein Glas mit Gin. Auf das Tonic-Water verzichtete er.

»Sie hat Haare, so gelb wie ... wie ein Weizenfeld. Und Titten, herrlich, einfach herrlich. Wie Milchklöße. Und kein Härchen auf der Haut. Ralf, du weißt, was ich meine. Du kennst das aus deinen Metzgereien. Wenn ein Schwein geschlachtet ist und frisch geschabt, noch ganz warm, so glatt ist die Haut von diesem Weibsstück. So hell und so glatt.«

»Affenscharf«, sagte Baldur, »besser kann man sich's doch nicht wünschen. So eine würde ich mir auch gern über die Eichel stülpen. Donnerschlag!«

»Ich habe aber nichts davon«, sagte Köttelgruber. »Sie ekelt sich vor mir, sagt sie.«

Baldur pfiff durch die Zähne.

»Heißt das, du darfst nicht ...«

Er rammte seinen rechten Zeigefinger ein paarmal in die halboffene linke Faust.

»Ich kann machen, was ich will«, sagte Köttelgruber, »ich kann sie an die Karpaten erinnern, ans erste Mal, als ihr das Feuchtblatt wässerte wie eine Quelle im Moos – es nutzt nichts. Sie ist kalt wie ein Fisch. Du guckst sie an, die Flinte ist gespannt – aber der Schuß bleibt im Rohr. Das ist der Dank dafür, daß ich sie auf die Abendschule geschickt habe, wo sie Englisch und Französisch und was weiß ich noch alles gelernt hat.«

»Donnerschlag!« ächzte Baldur. »Mit so einer Pißdüse unterhalte ich mich im Liegen, bis sie von der Überlegenheit des männlichen Geschlechts überzeugt ist. Aber volle Granate!«

»Ich hab's im guten versucht. Ich habe gesagt: Schau

her, Daria, ich bin nicht der Schönste und auch nicht mehr der Allerjüngste, und wenn dich die Schuppenflechte stört, lasse ich das Hemd an, gell. Du brauchst auch keine Angst zu haben, daß ich wieder so einen Wind lasse. Ich reiße mich zusammen. – Nein, sie will nicht. Es geht nicht, sagt sie. Geht einfach nicht! Du stinkst nach Schwein, sagt sie zu mir. Stinkst nach Schwein. Aha, sag ich, so ist das. Mein Geld stinkt nicht nach Schwein, oder? Da hätte ich ihr gern diesen lateinischen Satz um die Ohren gehauen, pecunia non nochwas, ihr wißt, dieser Ausspruch von diesem römischen Kaiser über die Einnahmen aus den öffentlichen Scheißhäusern, aber er ist mir leider nicht ganz eingefallen.«

»Franz-Josef, du machst den dümmsten Fehler, den ein Mann machen kann«, sagte Baldur. »Du schleimst hinter der Prinzessin her, statt sie hammerhart ranzunehmen. Wer sich wie ein Bettvorleger benimmt, wird auch so behandelt.«

»Hättest du mir mal rechtzeitig von deinen Problemen erzählt, Alter ...« sagte Schwertfeger und schraubte die letzte Flasche auf. Er schwankte wie eine Tanne bei Windstärke acht. »Hättest du deinem Freund Ralf gleich reinen Wein eingeschenkt, dann hätte die Blasmusik weitergespielt. Ich kenne alle Kirrungen.«

»Hätte ich, hätte ich ...« sagte Köttelgruber. »Erklär du mir nicht, wo die Glocken hängen! Ich kann mir denken, was du mir geraten hättest: Schenk ihr einen Nerzmantel, dann täuscht sie einen Orgasmus vor. Nein danke! So eine Liebe ist etwas ganz Intimes. Wenn man anfängt, darüber zu quatschen, ist der Hase meistens gelaufen. Außerdem bin ich immer noch total verschossen in dieses Weib, trotz allem, was sie mir angetan hat. Echte Liebe dauert länger als Schuppenflechte. Da kann kommen, was will.«

»Da kam ja auch allerhand«, sagte Schwertfeger.

»Denk nur mal an diesen Lichterketten-Schnulli. Friedenstaube auf dem T-Shirt und Ständer in der Hose. Mit dieser Mimosennille hat sie dich betrogen. So war's doch.«

»Da war nichts«, sagte Köttelgruber. »Ich müßte es ja wissen.«

»Hör bloß auf«, sagte Schwertfeger. »Im Dorf haben sie Witze gerissen über dich. Es war ja nicht nur dieser Ostermarschierer, mit dem sie getackert hat. Denk mal an den Fußballtrainer, an den Kaplan, an den Frisör. Und an den Musiklehrer, der ihr angeblich Klavierstunden gegeben hat. Du Idiot hast deswegen einen Riesen-Flügel gekauft. Dabei hat der Musikus meistens den Stehgeiger gemacht.«

»Halt's Maul!« brüllte Köttelgruber. »Das ist Vertrauensmißbrauch! Du willst mich bloßstellen, du Freibankmetzger!«

Köttelgruber wuchtete sich mit den Unterarmen vom Tisch hoch. Sein Glas fiel um. Schwertfeger wollte dem weithergeholten Schwinger ausweichen, verlor die Balance und krachte durch die Schranktür. Auf dem Boden zerscherbte die letzte Ginflasche.

»Schluß! Aus! Aufhören!« schrie Baldur, der sich mehr um sein kärgliches Mobiliar als um Schwertfegers körperliche Unversehrtheit sorgte.

Er versuchte, den zur Attacke torkelnden Köttelgruber zu stoppen. Beide kamen aus dem vom Alkohol destabilisierten Gleichgewicht und plumpsten auf das Bett an der Fensterseite. Der Holzrahmen ging splitternd in Stücke.

»Hundsfott«, keuchte Köttelgruber so kurzatmig, als hätte er ohne Sauerstoff den Nanga Parbat erklommen, »Hundsfott!«

Es blieb offen, ob er Baldur oder Schwertfeger damit meinte.

In der Tür, vor dem Nachthintergrund kaum zu erkennen, tauchte ein schwarzer Farmarbeiter auf. Seine Stimme klang heiser und vorsichtig.

»Alles okay, Baas?«

»Verschwinde, Lazarus!«

Baldurs barscher Ton verscheuchte den Schwarzen schneller, als es eine aufgerichtete Speikobra bewirkt hätte. Der arme Kerl schien seinen Pappenheimer zu kennen.

Köttelgruber machte noch einen schlappen Versuch, für eine weitere Attacke in die Gänge zu kommen, doch es wäre leichter gewesen, einem Hängebauchschwein den Foxtrott beizubringen. Seufzend blieb Köttelgruber auf dem zusammengekrachten Bett liegen. Gegenüber arbeitete sich Schwertfeger aus dem Schrank.

»Sack und Eier! Habt ihr eine Ahnung, was es kostet, Möbel in die Wildnis zu karren?« sagte Baldur, der als erster wieder auf die Beine gekommen war.

»Möbel!« sagte Schwertfeger. »Dieses Sperrholzgerümpel nennst du Möbel? Mach dir mal keine Gedanken, wir kaufen dir neue.«

»Wenn der Krieg jetzt vorbei ist, kann ich ja zu Bett gehen«, sagte Baldur. »Wie sieht's aus, hält der Waffenstillstand?«

»Vergiß es«, sagte Schwertfeger, »das war eine Sache zwischen Freunden.«

»Na, dann ist ja alles im Lack«, sagte Baldur. »Treu gemeint sind die Schläge eines Freundes, doch trügerisch die Küsse eines Feindes. Das hat meine Großmutter immer gesagt. – Also alles klar für morgen? Der Leopard wartet auf den Abschuß! Ein Prachtexemplar, das verspreche ich euch! Seit zwei Jahren habe ich die Bestie immer wieder mal im Glas. Ein Dutzend Rinder hat sie mir schon geholt. Die Schafe habe ich nicht gezählt. Heute morgen haben meine Leute eine frische Fährte entdeckt. – Also, Männer, gute Nacht!«

Das Kreuz des Südens überstrahlte alle anderen Sterne. Die Luft war angenehm kühl.

»Baas?« flüsterte es aus der Dunkelheit.

»Hat alles geklappt?« fragte Baldur gedämpft.

»Die Madami ist angekommen. Sie hat das Tier mitgebracht. Hinter dem kleinen Schuppen sitzt es in der Kiste.«

»Na bestens«, sagte Baldur. »Leg dich jetzt schlafen, Lazarus. Morgen früh um sechs Uhr fahren wir die Kiste in den Busch.«

Er war zufrieden. Mona war eine gute Frau, obwohl sie frech war wie ein Honigdachs. Eine Weiße hätte nicht zuverlässiger sein können, ein Burentrampel schon überhaupt nicht. Auch als Geschäftsfrau war Mona ein As. Ohne ihre Ideen würde Baldur sich heute noch in einem heruntergewirtschafteten Betrieb für ein paar namibische Dollar mit Rindern und Schafen abrackern.

Als Inhaber einer Jagdfarm hatte er es bedeutend besser. Die großen Tiere, die auf Siegfried Baldurs ererbtem Land vom Leben zum Tod befördert wurden, fanden sich in der Wildnis kaum besser zurecht als ihre deutschen Exekutionskommandos. Mona holte die Viecher immer kurz vor dem großen Halali bei einem Tierhändler in Otjiwarongo. Manche waren so klapperig, daß man besorgt sein mußte, ob sie den Transport überlebten.

Von der Kuhantilope bis zum Kudu, vom Warzenschwein bis zum Zebra konnte Baldur alles aufbieten, was das Jagdfieber hochtrieb. Auf Leoparden waren die großen Jäger besonders erpicht. Denn die Katze war ja ein brandgefährliches Raubtier, das auch Menschenfleisch nicht vom Teller schubste. Mit einer Leopardentrophäe konnte man ordentlich Eindruck machen beim Gesellschaftsabend zu Hause im Jagdstübchen.

Baldur profitierte von dem Verlangen deutscher Hubertusjäger, dem Tod durch die Zieloptik auf sichere Distanz ins Auge zu blicken. Keine Jagdbeute brachte ihm soviel ein wie ein altersschwacher Leopard, der sich einen halben Tag lang durch das hügelige Savannengelände seiner Jagdfarm schleppte, bis er von Lazarus' Fährtensucher-Augen geortet und von geltungssüchtigen Spät-Hemingways mit ein paar nervösen Schüssen von seinen Leiden erlöst wurde.

Baldur kalkulierte. Abzüglich Anschaffungskosten und Transport würde der morgige Tag ihm umgerechnet viertausend Deutsche Mark bringen. Weidmannsheil!

Auf der Terrasse erwartete ihn Mona. Sie trug einen knappen weißen Fetzen und drückte ihren Unterkörper gegen ihn. Eigentlich hatte er noch einen Drink nehmen wollen, aber nun schien es ihm verlockender, die junge, milchkaffeebraune Haut unter seinen schwieligen Händen schwitzen zu lassen.

»Du hast doch schon wieder einen Koffer in die Ecke gestellt, du Furztüte«, sagte Schwertfeger.

»Tut mir leid«, sagte Köttelgruber. »Nein, es tut mir nicht leid! Mußtest du diesem beknackten Buschläufer denn alles auf die Nase binden? Willst du mich ins Kittchen bingen?«

»Weißt du nicht, wo wir sind, Alter?« sagte Schwertfeger. »Am Arsch der Welt! Aber absolut! Und dann kommst du und laberst von Polizei.«

»Von Polizei hab ich nichts gesagt. Nur, daß dieser blöde Farmer sich irgendwann irgendwo wichtig machen könnte. In Windhuk zum Beispiel. Und schon ist die Kacke am Dampfen, gell!«

»Okay, okay«, sagte Schwertfeger, »wenn es dich beruhigt: Ich verliere kein Wort mehr über die Affäre. Ehrlich! Und den Frisör erwähne ich nicht mehr. Komm, Hand drauf!«

»Schon vergessen«, sagte Köttelgruber. »Wir können

die Betten tauschen. Ich nehme das kaputte. Es war ja meine Schuld.«

»Nein, Franz-Josef. Kommt nicht in die Tüte. Mitgegangen, mitgefangen, mitgehangen! Immerhin sind wir Freunde. Ich lege mich in das Trümmerfeld. Morgen soll Siegfried eine neue Koje aufstellen. Das werde ich ihm schon weismachen, dem Knauser.«

»Das wird morgen ein Abenteuer«, sagte Köttelgruber. »Nach so einer Pirsch weiß man wieder genauer, ob man ein Mann ist oder eine Memme.«

»Bis morgen«, sagte Schwertfeger, »schlaf gut!«

Köttelgruber lag wach. Das Schlafgegrunze Schwertfegers machte ihn neidisch. Warum konnte der alles besser? Sah besser aus und konnte alles besser. Sogar besser schlafen, und das in einem Wrack von einem Bett.

Köttelgruber dachte an zu Hause. Was Daria zur Stunde wohl trieb? Nach allem, was passiert war, würde sie wohl zur Besinnung gekommen sein. Zuletzt, da sie erkennen mußte, daß Köttelgruber ein bißchen mehr drauf hatte als ein »dummer Schweinebaron«, wie sie ihn im Zorn genannt hatte.

Es hatte lange gedauert, bis er sich zu wirkungsvollen Gegenmaßnahmen aufgerafft hatte. Tag für Tag, Woche für Woche, Monat für Monat hatten Eifersucht und Verzweiflung ihn tiefer hinabgezogen. Daria hatte ihn schon so sehr verachtet, daß sie nichts mehr vor ihm verheimlichte. Nach der Affäre mit dem Kaplan, der von einem – dank Köttelgruber – lückenlos informierten Bischof Gott sei Dank weit weg in die Diaspora verbannt wurde, hatte sie mit diesem überkandidelten Frisör angebandelt. Jeder wußte es. Wirklich jeder. Das Getuschel hinter seinem Rücken machte Köttelgruber fertig. Und der Frisör war nicht wegzukriegen, konnte von keinem Bischof und von keinem Innungsmeister entfernt werden. Der Schurke hatte ein Hauptgeschäft in Walmkirch, Köttelgrubers Heimatgemeinde, und zwei Filialen in der Kreisstadt.

Statistisch wäre er erst in rund dreißig Jahren fällig gewesen für den Sensenmann. Eine inakzeptable Frist für Franz-Josef Köttelgruber, den Rivalen loszuwerden. Daria ließ auch keinen Hoffnungsschimmer aufkommen, daß sie sich in absehbarer Zeit von dem Frisör lösen könnte. Im Gegenteil. Je trübtassiger und vergrämter Köttelgruber wurde, um so toller und quietschiger trieb sie es mit dem Figaro. Da gab es kein Versteckspiel mehr. Schweinedreist fuhr der Frisör auf dem Köttelgruber-Hof vor, um die Geliebte abzuholen.

Die Demütigung war ätzend. Köttelgruber fühlte sich weidwund. Aber was hätte er tun können? Den Frisör hochkant aus dem Haus werfen? Dann wäre Daria auch gegangen. Und das wäre für Köttelgruber der größte anzunehmende Unfall gewesen. Obwohl Daria das eheliche Schlafzimmer längst geräumt und ihr privates Boudoir bezogen hatte. Obwohl sie ihm längst nicht mehr sagte, wo und mit wem sie ihre Nachmittage, manchmal sogar ganze Tage verbrachte. Obwohl sie sich nicht einmal mehr für erlesensten Schmuck oder ein neues Cabriolet erkenntlich zeigte. Er liebte sie. Er liebte sie, obwohl sie schon bald nach der Hochzeit Eigenschaften an den Tag zu legen begann, die Köttelgruber ganz und gar nicht paßten. Vorbei die Dankbarkeitsbeteuerungen und die Unterwerfungsgesten, die sich in Sätzen wie »Nur durch dich ist mein Dasein lebenswert« offenbarten. Aus der naiven Schönheit kristallisierte sich eine Herrin heraus, die mehr nach Bildung und Lebensart hungerte als nach Schweinekoteletts. Je mehr sie heranreifte, um so dominanter wurde sie gegenüber Köttelgruber. Gleichzeitig entfernte sie sich von ihm wie eine Tochter, die sich ihres unkultivierten Vaters schämte. Sie maßregelte ihn beim Essen, sie giftete ihn an, wenn er in der Nase bohrte, sie gewöhnte ihm ab, im Stehen zu pinkeln, und schickte ihn zurück, wenn er sich danach die Hände nicht gewaschen hatte.

Köttelgruber wälzte sich auf der lummerigen Matratze. Schwertfeger schlief wie ein Murmeltier. Ob er ihn wekken sollte? Nein, das wäre nicht sehr männlich und würde von Ralf Schwertfeger auch so ausgelegt werden. Köttelgruber mußte allein durch den Irrgarten seiner Psyche. Er mußte sich den Bildern stellen, die sich jede Nacht in seinem Gehirn aufbauten. Immer wieder. Immer wieder.

Köttelgruber durchlebte erneut, was geschehen war.

II. KAPITEL

Figaros Ende

Es war ein goldener Oktobertag, den Köttelgruber im Revier verbracht hatte. Das heißt: Objektiv gesehen war es für fast alle Menschen in und um Walmkirch ein goldener Oktobertag. Für Köttelgruber war es nur ein Oktobertag. Er hatte in einer Kanzel am Waldrand gesessen und sich den juckenden, schuppenden Rücken so geräuschvoll am Holz gescheuert, daß das Wild, so denn welches in der Nähe gewesen wäre, ihm sofort schnippisch den Spiegel oder die Blume gezeigt hätte. Als der Flachmann leer war, stieg Köttelgruber die Leiter hinab und fuhr in seinem grünen Pick-up nach Hause.

Er sah das Auto des Frisörs sofort, als er mit seinem Offroader in den Hof preschte. Der lotosweiße Japaner parkte vor der in Ferkelrosa gehaltenen Fassade des Wohnhauses. Der Nebenbuhler schien eben erst angekommen zu sein. Zufall oder Fügung? Daria war nicht da. Sie war zum gynäkologischen Routinecheck in die Stadt gefahren – das hatte Köttelgruber am Morgen bei einem Blick auf ihren in der High-Tech-Küche herumliegenden Tagesplan erhascht.

Dem Frisör war nicht wohl in seiner Haut. Köttelgruber witterte es geradezu. Es war das erste Mal, daß der Komplimentemacher sich auf Köttelgrubers Terrain aufhielt, ohne daß Daria an seiner Seite war. Unschlüssig trippelte er neben seinem Auto hin und her, zupfte an seinem bananengelben Sakko, griff sich in die Taschen und drehte seinen Parfümkopf in alle Richtungen, als suche er nach einem Fluchtweg. Dabei machte er ein Gesicht, als hätte ihm sein Hausarzt eröffnet, demnächst würden ihm alle seine champagnerblonden Haare ausfallen.

Köttelgruber ließ sich Zeit. Er fühlte sich am längeren Hebel. Langsam, ganz langsam drehte er den Pick-up in Richtung Frisörskarosse. Die bullige Schnauze war auf den fluchtbereiten Lockendreher gerichtet. Köttelgruber fühlte, daß etwas völlig Ungewohntes, etwas Fremdartiges von ihm Besitz ergriff: eine Kraft, eine löwenmäßige Überlegenheit, die in ihm hochstieg. Dort stand er, der Frisör. Der Spezialist für Fön und Fick. Der Feine. Der Nicht-Furzer. Der Schuppenfreie. Dort lief er hin und her wie ein aufgeschreckter Hase. Köttelgruber lächelte hinterhältig, weil er ahnte, wie das Hasenherz unter dem Designer-Jackett jagte. Wunderbar! Köttelgruber war nicht mehr Köttelgruber. Dieses neue, dieses unglaubliche Gefühl schwemmte ihn hoch wie eine hohle Plastikpuppe im Gischt eines Wassersturzes. Von der erhöhten Warte des Pick-ups starrte er auf seine Beute.

Köttelgruber dachte nicht mehr klar. Nicht im mindesten war ihm bewußt, daß er im Begriff stand, den Rubikon seiner Möglichkeiten zu überschreiten. Mechanisch klinkte er die Doppelläufige aus der Halterung. Es geschah alles wie in einem Traum, unabänderlich und seltsam fremdgesteuert. Köttelgruber löste die Sperre und knickte die Läufe nach vorn. Wie in Zeitlupe nahm er zwei Schrotpatronen aus der Tasche der Lodenjacke, die auf dem Beifahrersitz lag, und schob sie ein. Er stellte den Motor ab, stieß die Tür auf und stieg aus. Leise zischend entfuhr ihm ein übler Wind. Mit der Doppelläufigen in Vorhalte ging er auf den entgeisterten Frisör zu.

Zehn – neun – acht – sieben Schritte höchstens noch trennten ihn von dem angststarren Rivalen, als es Köttelgruber siedend heiß bewußt wurde, daß diese Drohgebärde nicht alles sein konnte. Es mußte etwas geschehen, etwas Entscheidendes, Männliches, Rohes – sonst war er der erbärmlichste Hampelmann unter den zeitgenössischen Eheopfern! Es mußte etwas geschehen! Weitergehen konnte er nicht mehr – und zu weit gegangen war er ohnedies. O Scheiße! O verdammte Schweinescheiße! Was jetzt?

Im Geiste hatte er den Frisör schon oft abgeknallt. Abgeknallt, wie ein Westernheld es getan hätte. Aber Django und Konsorten waren im Land der Gesetzlosen umhergeritten, um die Ehre einer Mary oder Clementine zu retten. Hier war Walmkirch, und es gab einen Polizeiposten. Von einer Sekunde auf die andere war Köttelgruber wieder Köttelgruber. Nicht mehr und – falls es jetzt überhaupt noch einen Komparativ nach unten gab – nicht weniger.

»Herr, mein Gott«, durchzuckte es ihn. »Ich müßte bloß abdrücken. Aber ich traue mich nicht. Jetzt geht mein letztes bißchen Ehre dahin. Steh mir bei, o Herr!«

Die Kinnlade des Frisörs hing herunter, und in immer kürzeren Abständen kamen grotesk kieksige Töne aus seiner Kehle. In seiner Panik entging ihm, daß sich der doppelt und dreifach gehörnte Köttelgruber vom rachelüsternen Hahnrei allmählich zum Waschlappen zurückbildete. Eine Comicfigur häutete sich: Die Supermann-Muskelpelle blätterte ab. Das graue Alltagskostüm des Schwächlings schimmerte schon durch.

Kurz bevor die Szene ein für Köttelgruber jämmerliches Ende genommen hätte, bog der Ausmister um die Ecke: Jürgen Kanallisch, der verzwergte Schwachkopf, schob eine Schubkarre voll Schweinekot über den Hof.

Köttelgruber freute sich immer, wenn er ihn sah, den Jürgen Kanallisch, dieses unglückliche Abfallprodukt der Liebe, denn dann fühlte er sich trotz Schuppenflechte und Blähsucht als vergleichsweise gelungenes Exemplar. Im Grunde beschäftigte er Kanallisch deswegen. Der kleine, mißgestaltete Mehrfachbehinderte war ihm ergeben wie ein sprechender Hund. Für Kost und Logis wühlte er sich mit Schippe und bloßen Händen durch jene durchdringend duftende Materie, um die andere einen Bogen machten. Köttelgruber fühlte sich als Wohltäter, denn der arme Jürgen Kanallisch hätte in einer Anstalt dahindämmern müssen, wenn er, Köttelgruber, ihn nicht zu den Schweinen gesteckt hätte.

Kanallisch hatte niemanden mehr auf der Welt. Er hatte stummelige Beine, einen großen, sich nach oben verjüngenden, birnenförmigen Kopf und wusch sich nicht. Es nahm auch niemand Anstoß daran, wenn er mit offener Hose aus dem Saustall kam.

»Seh ich Jürgen, muß ich würgen«, war Köttelgrubers Standardsatz, wenn der Ausmister ihm über den Weg dackelte.

»Jürrgen – würrgen«, antwortete Kanallisch jedesmal guttural, und in seinem Gesicht klaffte ein Loch auf, an dessen Eingang zwei einzelstehende, vielschichtig belegte Zahnruinen verfaulten. So lachte Kanallisch.

Köttelgruber blickte auf Kanallisch, auf den Frisör, wieder auf Kanallisch, wieder auf den Frisör – und hatte eine Eingebung.

»Jürgen, stell die Schubkarre ab und komm her zu mir, aber dalli!«

Kanallischs krumme Liliputanerbeine entwickelten eine beträchtliche Beschleunigungsenergie. Mit offenem Mund verharrte er neben Köttelgruber und glotzte zu ihm hoch. Eine Aura aus Gestank und unberechenbarer Debilität umgab ihn.

»Jürrgen – würrgen!«

»Ist ja gut, Jürgen. Bleib brav bei mir, gell! Nicht so dicht, so, ja, so ist's recht.«

»Jürrgen – würrgen!«

»Halt die Schnauze!«

»Ist Daria nicht da? Ich wollte bloß ...« fiepste der Frisör.

»Die ist zum Ritzenkratzer«, sagte Köttelgruber mit kaltem Lächeln.

»Wie? Wie bitte? Ich verstehe nicht ...« Der Frisör war ein klammes Hemd.

»Du weißt nicht, was das ist, du Spezialist?« sagte Köttelgruber. »Zum Frauenarzt ist sie.«

»So. Zum Frauenarzt«, wisperte der Frisör. »Muß hin und wieder sein. Natürlich.«

»Dich geht das aber einen feuchten Schweinedreck an«, sagte Köttelgruber. »Was machst du überhaupt hier auf meinem Grund und Boden, Saukerl?«

»Das läßt sich erklären«, falsettierte der Frisör. »Ich bin geschäftlich hier. Sozusagen frisurberatend. Es gibt da eine neue ...«

»Das reicht, Herr Coiffeur«, sagte Köttelgruber ungerührt.

»Jürrgen – würrgen«, rief Kanallisch.

»Los, Herr Coiffeur«, kommandierte Köttelgruber, »vor mir her! Aber flott, gell!«

Er war jetzt ein Riese, ein Herrscher, ein Tyrann. Mit einer Schrotflinte in der Hand und dem Glöckner von Notre-Dame an der Seite.

»Ich bitte Sie in aller Form ...« Der Frisör war ein personifiziertes Tremolo.

»Vor mir her, Herr Coiffeur!« Köttelgruber war unbeirrbar.

Der Frisör eierte in die mit der Doppelläufigen angewiesene Richtung. Der Weg führte an einer ackergroßen Güllengrube vorbei, von der ein Gestank ausging, der stechender und intensiver war als dünnflüssige Katzenscheiße unterm Sofa. Sie gelangten zum sogenannten Sauteich, einem Tümpel hinter dem Muttersaustall. Von weitem sah er aus wie ein sumpfiger, verwilderter Fischweiher, aus dem eine wuchernde Natur ein Biotop gemacht hatte. Aber wenn man dicht dabei stand, konnte sogar eine von Stockschnupfen stillgelegte Nase leicht erraten, daß Köttelgruber hier eine seiner vielen Umweltsauereien begangen hatte. Die grünlich-braune Brühe des Tümpels war pure Jauche. Außerdem hatte Köttelgruber vor ein paar Jahren, als die Schweinepest grassierte, in dem trüben Loch zwei Dutzend tote Grunzer illegal versenkt.

»Da hinein, Herr Coiffeur!« Köttelgrubers Ton war scharf und gebieterisch.

»Nein-nein-nein-nein«, winselte der Frisör, für dessen im Duftgewölk des Salons überreizte Riechnerven es keine größere Beleidigung geben konnte.

»Ich knalle dich ab, du Ehebrecher«, schrie Köttelgruber, »ich jage dir eine Ladung Schrot in die Brunftkugeln, wenn du nicht machst, was ich befehle!«

»Ihre Frau hat mich verführt«, wimmerte der Frisör und fing an zu flennen. »Ich bin doch auch nur ein Mann ... Mein Gott, Herr Köttelgruber, lieber, lieber Herr Köttelgruber, wenn ich gewußt hätte, was ich Ihnen damit antue ...«

»Es gibt Platzhirsche, und es gibt Beihirsche«, sagte Köttelgruber mit einem nie zuvor empfundenen Stolz. »Der Platzhirsch in diesem Revier bin ich! Und ich sehe einen schwachen Beihirsch, der jetzt schnurstracks in diese Pißbrühe marschiert und sich die Sünden des Fleisches vom Leib wäscht!«

Der Frisör sah ein, daß er einen Vollstrecker anjammerte. Mit der Schuhspitze nahm er widerwillig Kontakt auf mit dem Jauchesumpf, fuhr sich in rücksichtsloser

Verzweiflung durch die Frisur und investierte den letzten, flehentlichen Blick. Dann ergab er sich in sein Schicksal.

Als er bis zur Hüfte in dem Höllensud stand, aus dem blubbernd Blasen aus Methangas stiegen, gingen ihm die Nerven durch.

»Barbar!« kreischte er. »Unmensch! Im Dreißigjährigen Krieg hat man solche Schweinereien gemacht!«

»Nicht ganz korrekt, Herr Coiffeur«, rief Köttelgruber gutgelaunt. »Da kenne ich mich aus, gell. Der Schwedentrunk hieß deshalb so, weil die Schweden einem die Gülle zu *saufen* gaben. Einfach nur so rumstehen, wie du das hier machst, pah – das wäre doch das reinste Plaisir gewesen. – Und jetzt runter mit der Rübe! Ich zähle bis drei, dann sehe ich von dir keine Haarspitze mehr, du hinterfotziger Rammler! Eins – zwei . . .«

Der Frisör schnappte über.

»Versager!« jaulte er. »Juckbuckel! Du poppst phantasieloser als ein Eber! Von Frauen verstehst du soviel wie ein Schwein vom Seiltanzen! Ich weiß alles über dich und deinen lachhaften kleinen Ringelschwanz! Alles!!«

»Drei!« Köttelgruber flüsterte die Zahl. Es war ihm egal, ob der Frisör es hörte oder nicht.

»Mach ihn still, Jürgen!« sagte er. »Hast du kapiert? STILLMACHEN!«

Folgsam wie ein Hühnerhund platschte Jürgen Kanallisch in die Jauche. Als er den Frisör erreichte, stand ihm die eklige Suppe fast am Kinn. Wie ein Ertrinkender krallte er sich an seinem Opfer fest, ging gierig an ihm hoch wie ein Straßenköter am aufgehängten Räucherschinken. Dabei stieß er unartikulierte Schreie aus. Die Jauche spritzte, als würde eine Rotte Wildsäue baden.

Der Frisör war kaum noch zur Gegenwehr fähig. Das bananengelbe Designer-Jackett war schon dunkel besudelt, und Jauche hatte die gefönten Haare an den Kopf geklatscht, als er langsam in die Knie ging. Für kurze Zeit verschwanden der Frisör und der besessene Zwerg unter der Oberfläche. Prustend und schreiend kamen sie beide wieder hoch, grün-braun verschlammt wie böse Moorgeister. Von den Augen des Frisörs sah man nur noch das Weiße. Jürgen Kanallisch hing ihm an der Kehle.

Nachdem sie zum zweiten Mal untergetaucht waren, blieb es ein paar Atemzüge lang still. Dann schoß der übergroße Kopf des Kleinen aus der Brühe, sonderte einen viehischen Schrei ab und verschwand wieder.

Nun dauerte es ein paar Atemzüge länger als zuvor, bis Jürgen Kanallisch aus der Finsternis der Kloake zurückkehrte. Triumphierend schaute er zu Köttelgruber herüber und zeigte irre lachend seine Zahnstummel.

»Jürrgen – würrgen«, krächzte er immer wieder, während er ans Ufer watete.

Köttelgruber fühlte sich blutleer. Ungläubig starrte er auf die Stelle, wo der Frisör eben noch gestanden hatte. So lange er auch schaute – die Brühe war glatt und ruhig wie ein blinder Spiegel. Kein Zweifel: Der Idiot hatte den Haarkünstler zu Tode getunkt!

Es gab kein Zurück.

Gott hatte einen Schwachsinnigen zum Mörder gemacht – und ihn, Franz-Josef Köttelgruber, zum Anstifter.

Er hielt nach einem schweren Stein Ausschau und fand einen.

»Da, leg den drauf! Auf den Mann drauf! Hast du kapiert? Drauflegen, aber dalli!«

Als sichergestellt war, daß die Leiche des Frisörs unten bleiben würde, auch später, wenn sich im Leib des einstigen Frauenlieblings große Blasen von Fäulnisgasen bildeten und für Auftrieb sorgten, ging Köttelgruber ans Spurenbeseitigen. Es gab nicht viel zu tun, doch es mußte rasch gehandelt werden.

Köttelgruber zerrte eine Plastikfolie vom Pick-up und

legte sie über die Vordersitze der Frisörslimousine. Im Zeitalter der mikroskopischen Methoden computergestützter Kriminalisten konnte man nicht vorsichtig genug sein.

Er holte ein Paar Anti-Aids-Handschuhe aus dem Pick-up-Verbandskasten, zog seine erdverklumpten Schnürstiefel aus und startete den eleganten Japaner. Wie ein in Jauche gebadeter Waldschrat stand Kanallisch ihm im Weg und grinste mit debilem Stolz. Köttelgruber ließ die Seitenscheibe herunter.

»Arbeiten, Jürgen!« sagte er und deutete auf die Schubkarre. »Scheiße fahren, dallidalli!«

Die Entsorgung der Frisörskutsche verlief unproblematisch. Köttelgruber fuhr den Wagen auf den Friedhofsparkplatz außerhalb des Dorfes. Da begegnete einem um diese Zeit niemand, höchstens eine halbtote Oma mit Plastikgießkännchen und grauem Star.

Darias silbergrauer Boxter stand im Hof, als Köttelgruber nach längerem Fußmarsch sein Anwesen erreichte. Die junge Göttin lag ausgestreckt auf der goldgelben Schweinsleder-Rundecke inmitten gediegensten Landhausstils. Sie war ausgehfertig, sah betörend aus und war gereizt wie eine Wildkatze. Neben ihr lag das Schnurlose. Vermutlich schon seit anderthalb Stunden.

»Mein armer Liebling«, sagte Köttelgruber scheinheilig, »wartest du auf jemanden?«

Mit einem dramatischen Ruck warf Daria sich auf das Leder. Ihre Schultern zuckten wie unter Stromschlägen. Das bislang Unvorstellbare war eingetreten: Sie war von einem Mann versetzt worden! Sie, die mit einem einzigen Augenaufschlag mehr Erektionen auslösen konnte als ein sechzigseitiges Herrenmagazin. Begann jetzt das Alter? Sie schluchzte. Die tröstende Hand Köttelgrubers schlug sie zur Seite.

»Du wirst schon noch sehen, was du an mir hast«, sagte Köttelgruber mit butterweicher Stimme. »Du wirst es schon noch sehen. Meiner Liebe kannst du nicht entgehen.«

III. KAPITEL

Männerfreiheit

Über der Savanne flirrte bereits die Hitze, als die beiden Jäger verkatert und zerknittert zum Haupthaus taperten. Das grelle Licht tat weh.

»Wie das heute alles zusammengehen soll, kann ich mir nicht vorstellen«, sagte Schwertfeger. »In dem Zustand einem Leoparden gegenübertreten – prost Mahlzeit.«

»Apropos Mahlzeit«, sagte Köttelgruber, »es ist fast elf. Reichlich spät für ein Frühstück, gell?«

»Leoparden gehen in der Dämmerung auf Raub. Wir können uns Zeit lassen«, sagte Schwertfeger.

Mona sah hinreißend aus.

Sie trug ein einfaches rotes Kleid, ihre nackten Füße steckten in rosa Plastiksandalen, aber Mona hätte sich eine Gardine umhängen und in alte Gummistiefel steigen können und hätte kein Jota von ihrem Reiz verloren. Das helle Braun ihres Gesichts war makellos. Ihre Augen über den hohen Backenknochen sprühten die Leichtigkeit und die spontane Lebensfreude ihrer aus Schwarz und Weiß gemischten Rasse.

»Eine Melange zum Anbeißen«, sagte Schwertfeger. »Unter mir würde die schreien, wie wenn man ein Schwein sticht.«

»Nicht so laut!« zischte Köttelgruber. »Die versteht doch jedes Wort.«

»Meine Herren«, sagte Mona aufgeräumt, »für ein Frühstück ist es ein bißchen zu spät. Darf ich Sie zum Brunch bitten? Gehen Sie bitte ins Eßzimmer.«

Die vom Alkohol ausgetrockneten Helden der Jagd literten Eiswasser in sich hinein und hofften auf die kräftigende Wirkung gebratener Antilope.

Draußen baute sich die Hitze auf. Die Sonne stach mit glühenden Nadeln. Baldur kam. Mit dem Daumen schob er seinen Hut nach hinten. Auf seinem Gesicht glänzte Schweiß.

»Ich war schon draußen heute früh«, sagte er. »In einer Astgabel hängt ein frischer Riß. Springbock, schätze ich. Wir werden die Katze heute erledigen, ich schwör's.«

»Seid vorsichtig«, sagte Mona. »Ich werde vor Angst zittern, bis ihr wieder da seid.«

Baldur lächelte in sich hinein. Herrgott, was war das für ein Stress gewesen heute morgen, bis der lendenlahme Flecken-Methusalem aus der Kiste war. Als er sich nach einer Viertelstunde endlich aus seiner vergitterten Behausung getraut und sich zögernd davongemacht hatte, war Baldur aufgefallen, daß er auf drei Beinen lief. Die rechte Vorderpranke schien durch Verletzung verkrüppelt. Baldur tippte auf Tellereisen. Wenn dieser Leopard in seiner langen Laufbahn nicht mindestens fünfmal betäubt und mit einem Gegenmittel wieder aufgeweckt worden war, wenn der nicht mindestens drei Halsbänder mit Sendern verschlissen hatte, würde Siegfried sich Sieglinde nennen lassen. Wer aus diesem abgelebten Burschen einen Bettvorleger machen wollte, durfte wirklich keinen Tag länger warten.

»Mir juckt schon der Schießfinger«, sagte Schwertfeger.

»Mir auch«, sagte Köttelgruber und kratzte sich ausgiebig an der Schulter.

»Wie wär's mit einem kühlen Bierchen?« fragte Baldur listig.

Die Getränke berechnete er extra. Und je durstiger der Jagdgast, desto besser für Baldur. Denn daß alles an Trinkbarem, was nicht aus dem Farmbrunnen gepumpt wurde, von Okahandja meilenweit über Land gekarrt werden mußte und infolgedessen einen entsprechenden Preis hatte, mußte jeder einsehen. Nie beschwerte sich ein Gast darüber, wenn Baldur nach einer Woche oder vierzehn Tagen Jagd und Suff eine gepfefferte Rechnung aufmachte – zwei Kudus, ein Warzenschwein, acht Flaschen Gin, 68 Flaschen Bier, soundso viele Übernachtungen, Vollpension und so weiter und so weiter –, denn die Erlebnisse des Tiertötens wühlten noch so frisch und überschwenglich in den Weidmännern, daß das schnöde Zivilisationspapier Geld kein wirklicher Gegenwert sein konnte. Die meisten hatten ohnedies mehr als genug davon.

»Eine Muttersau für ein Bier!« sagte Köttelgruber begeistert.

»Mir bitte auch eins«, sagte Schwertfeger. »Und du trinkst natürlich eins mit, Siegfried. Auf unsere Kosten! Unter einer Bedingung: Du erzählst uns mal, was hier so abgeht, wenn wir nicht in diesem Land sind und für Randale sorgen, hähähähä.«

»Die Typen da drüben« – Baldur deutete auf die zeitungsgroße, bräunliche Foto-Reproduktion an der Wand, die vor einer öden Wüstenkulisse ein Dutzend uniformierter Reiter mit gezwirbelten Kaiser-Wilhelm-Schnurrbärten und großen Hüten zeigte, die keck an einer Seite hochgeheftet waren – »die könnten euch von Abenteuern erzählen, daß euch die Löffel abfallen.«

»Ah, unsere Schutztruppe«, sagte Schwertfeger. »Das waren Kerle. Vor dem Reiterdenkmal in Windhuk habe ich bestimmt eine halbe Stunde gestanden. Phantastisch. Einfach phantastisch.«

»Die Christuskirche«, sagte Köttelgruber, »und diese typisch deutschen Häuser mit den Steildächern. Und der Thüringer Hof. Deutscher ist es nirgendwo in Deutschland, gell.«

Mona legte eine Platte auf. *Roo-saa-munde, schenk mir*

dein Herz und sei mein ... Aus Erfahrung wußte sie, welche Stimmung der deutsche Jäger in der ehemaligen Kolonie schätzte. Mit einem Glas voll rotem Saft aus Kaktusfeige setzte sie sich zu den Männern.

»Damals, zur Schutztruppenzeit, wäre ich gerne mitgeritten«, sagte Schwertfeger. »Das muß ein Leben gewesen sein. Kampf! Abenteuer! Dreck! Gefahr!«

»Du kannst doch überhaupt nicht reiten«, sagte Köttelgruber.

»Tja, die alten Tage in Deutsch-Südwest«, sagte Baldur. »Heil dir im Siegerkranz, Herrscher des Vaterlands! Da haben die Kaffer ein ums andere Mal eins auf den Deckel gekriegt. Kennt ihr Fort Namutoni?«

»Davon gehört«, sagte Schwertfeger. »Ist das nicht oben im Norden, am Rand der Etoschapfanne?«

»Richtig«, sagte Baldur. »Namutoni ist ein deutsches Denkmal. Gewissermaßen. 1904, genauer gesagt, am 28. Januar 1904 sind dort oben die Fetzen geflogen. Fünfhundert Ovambos wollten sich das Fort unter den Nagel reißen. Fünfhundert Ovamboneger gegen sieben Deutsche. Und unsere Männer haben das Fort verteidigt. Unerschütterlich. Sieben gegen fünfhundert!«

»Die Deutschen hatten sicher Kanonen und Granaten, und die Ovambos haben Steine geworfen«, sagte Mona.

Baldur lachte auf eine Weise, so kurz und abgehackt, die unschwer erkennen ließ, daß er bei so wichtigen historischen Gegebenheiten keinen Spaß vertrug.

»Steine geworfen!« sagte er heftig. »Steine geworfen! Da kichert ja die Hyäne! Ich weiß vom Kampf um Namutoni mehr als jeder andere hier in diesem ganzen Beritt. Mehr als jeder Historiker! Mein Großvater hat mir alles erzählt.«

»Als ob *der* dabeigewesen wäre«, sagte Mona. »Soviel ich weiß, hat dein Großvater im Lüderitzer Telegrafenamt am Schreibtisch gearbeitet.«

»Das spielt ja im Moment überhaupt keine Rolle«, sagte Baldur genervt. »Laß gefälligst meinen Großvater aus dem Spiel! Deinen kennst du ja nicht einmal.«

Köttelgruber wollte Stress vermeiden.

»Ist doch egal, wo der Opa dem Kaiser gedient hat«, sagte er. »Ich würde ganz gerne hören, was in dem Fort passiert ist. Wollen wir uns noch ein Bierchen genehmigen? Denn Alkohol, mäßig genossen, schadet auch in großen Mengen nicht, haha.«

»Also gut.« Baldur klang besänftigt, schließlich brannte er darauf, die Geschichte loszuwerden; es war ja erst das hunderteinunddreißigste Mal, daß er sie zum besten gab.

»Das Fort steht heute noch. Ist toll renoviert, das alte Stück. Für die Touristen, aber na ja, lassen wir das – ihr Jäger seid damit ja nicht gemeint. Am Tor ist eine Gedenktafel angebracht. Da stehen die Namen der sieben Verteidiger drauf. In Bronze. Aber der Reihe nach, ich will ja nichts vorwegnehmen. Also, der Angriff erfolgte einen Tag nach Kaisers . . .«

»Das Bier, bitte schön«, sagte Mona laut wie auf einer Theaterbühne.

». . . einen Tag nach Kaisers Geburtstag. Früh um sechs Uhr hatten die Ovambos zwei Spione in die Nähe des Forts geschickt. Namutoni war völlig isoliert, nur von Savanne umgeben, und zu dem Zeitpunkt verdammt dünn besetzt. Sieben Mann. Und nicht, daß ihr denkt, das seien alles Schutztruppler gewesen, nee, so steht das vielleicht in diesen schlauen Büchern. Tatsächlich waren es nur vier Soldaten. Ich kann euch die Namen nennen: Unteroffizier Großmann, Sanitätssergeant Laßmann, Gefreiter Lemke und der Gefreite Lier, und den sollte man nicht einmal mitzählen, weil er Malaria hatte. Wenig Mannschaft, nicht wahr? Und dann waren da noch die drei Farmer Becker, Basendowski und Hartmann. Die waren mit ihrem ganzen Vieh von Sandhup und Nagusib in das Fort gekommen.«

»Der Gefreite hatte Malaria? Ich dachte, er hätte Durchfall gehabt«, sagte Mona.

»Dünnschiß wäre auch schon schlimm gewesen, gell. Ich kenne das«, sagte Köttelgruber, weiterhin um Harmonie bemüht.

». . . mit ihrem gesamten Vieh in das Fort gekommen, weil es überall im Land Aufstände mit Mord und Brandschatzung gegeben hatte. Zweihundert Rinder standen im Kral um das Fort herum. Gegen sieben Uhr kommen drei Ovambos ins Fort. Schute, ihr Anführer, sei auf der Jagd, sagen sie. Mit vielen Männern. Am südlichen Rand der Pfanne. Schute wolle dem Fort einen Besuch abstatten, lügen die drei Neger. Bei unseren Leuten klingeln natürlich sämtliche Alarmglocken. Um halb zehn tauchen sie dann auf, Schute mit etwa vierhundert Mann. Mindestens dreihundert sind mit Henry-Martini-Gewehren bewaffnet. Außerdem haben sie fünf Pferde und rund dreißig Reitochsen dabei. Weiß der Geier, wo sie die Tiere zusammengetrieben haben. Von den Türmen des Forts aus beobachten unsere Männer, daß hinter dem großen Ried, das ist nördlich des Forts, weitere hundert Ovambos zusammenkommen. Die haben keine Schußwaffen, nur Keulen und Speere, so das übliche Kaffernmordgerät halt, wenn euch das was sagt. Schute versucht eine List. Er läßt die Krieger in Sichtweite des Forts lagern und kommt – ganz harmlos und mit nur einem Begleiter – ans Tor. Die Deutschen lassen ihn rein. Ob er nicht einen Sack Reis haben kann, fragt der schlaue Hund, seine Kinder hätten nämlich Hunger. Er will einen guten Reitochsen dafür geben. Warum nicht, sagen unsere Leute. Er soll den Ochsen bringen lassen, dann kann er den Sack Reis mitnehmen, sagen sie. Und dieweil man sich so miteinander unterhält und verhandelt, kommen immer mehr

Ovambos näher. Erst sind sie oben am Wasser, dann direkt am Fort. Unteroffizier Großmann ahnt, worauf die Sache hinaus soll. Die Krieger sollen zurückgehen, sagt er dem Schute. Der will nichts riskieren, er steht unseren Männern ja dicht gegenüber, und er schickt die Halsabschneider zurück.«

»Brenzlige Situation«, sagte Schwertfeger. »Wie groß war denn das Fort?«

»Zehn Meter breit, vierundzwanzig Meter lang. Nur ein einziges Gebäude. Rechteckig. Ungebrannte Backsteine. An der Ost- und an der Westseite Türme mit Zinnen drauf. Sieht ja heute noch so aus. Das Fort hatte sechs Räume und war in der Mitte durch einen Gang geteilt. Über dem Ganzen war ein Wellblechdach. Da konnte man über eine Holztreppe draufsteigen. Also, ihr seht, das war keine riesige Festung. Aber ein solider Kaffernschreck.«

»Deutsche Wertarbeit«, sagte Schwertfeger.

»Nun gut«, sagte Baldur, »die Sache geht ja weiter. Also, die sieben Mann im Fort wissen längst, was die Stunde geschlagen hat. Anderthalb Stunden ist es still. Absolut still. Unsere Männer hängen Strickleitern aus Ochsenriemen und Jochscheiten an die beiden Türme und bringen die gesamten Munitionsvorräte nach oben. Um halb zwölf, in der größten Hitze, greifen die Ovambos an. Basendowski steht noch am Backofen unten im Hof und holt das Brot raus, da geht das Feldgeschrei los. Für unsere Männer gibt's nur eins: So schnell wie möglich rauf auf die Türme! Wegen des Überblicks. Die Ovambos ballern aus allen Rohren auf die Türme. Sie wissen genau, wo sie zuerst hinwollen. In die Proviantkammer nämlich. Gleich im ersten Ansturm kriegen sie das hin. Wie die Heuschrecken dringen sie durch die kaputtgeschossenen Fenster ins Proviantmagazin unter dem Westturm. Während die einen rausschleppen, was sie tragen können, schießen die anderen von unten auf gut Glück durchs Wellblechdach. Nämlich – und das ist das Vertrackte! – direkt auf dem Blechdach liegen unsere Männer. Könnt ihr euch vorstellen, was für ein Höllengefühl das ist? Man liegt auf einem heißen Blechdach, von unten knallt's aus einem Dutzend Schießprügeln, und links und rechts, vor dir und hinter dir reißt das Blech auf, als würde es Löcher hageln. Die Kaffern hätten aus dem Dach . . .«

»Erstens hätte ich mich hingestellt, um den Kugeln nicht so viel Fleisch zu bieten«, sagte Mona, »und zweitens hätte ich mich an den Rand gestellt.«

»So schlau werden die schon gewesen sein«, sagte Kötelgruber fix. »Und weiter?«

». . . hätten aus dem Dach ein Sieb gemacht und unweigerlich auch unsere Leute durchlöchert, wenn nicht die Verteidiger des Ostturms durch die Holztür ins Proviantmagazin hineingeschossen hätten. Mit ihren Achtundachtzigern halten die drauf, was das Zeug hält. Die Projektile gehen durch die Tür wie durch Papier. Das wird den Ovambos dann doch zuviel. Durch die Fenster hauen sie ab. Aber auf den Tabakvorrat sind sie so gierig, daß sie ihn sogar unter Beschuß aus dem Fort schleppen.«

»Und von unseren Leuten hat keiner was abgekriegt?« fragte Schwertfeger.

»Alle unverwundet. Aber viele Ovambos liegen im Staub. Rundherum ums Fort. Siebzig, achtzig Tote und Schwerverwundete kann man von den Türmen aus sehen. Das gesamte Vieh haben die Ovambos fortgetrieben. Geschossen wird immer noch. Unseren Männern wird die Munition knapp. Um halb vier Uhr am Nachmittag sind von den fünfzehnhundert Patronen fast alle verschossen. Unsere Männer haben natürlich auch sämtliches Dynamit mitgenommen auf die Türme, um sich als letzten Ausweg zusammen mit den Ovambos in die Luft zu sprengen. Aber die haben genug. Am Ried sammeln sie sich. Das ist die Chance! Im Handumdrehen sind unsere sieben Verteidiger die Türme runter und ab durch die Savanne in südlicher Richtung. Der Malariakranke muß sogar getragen werden. Als die Ovambos mitkriegen, daß alle Vögel ausgeflogen sind, ist es eh zu spät. Unsere Leute sind auf und davon. Da haben die Neger vor Wut das Fort niedergebrannt.«

»Wenigstens wurde ein paarmal ins Schwarze getroffen«, sagte Schwertfeger.

Köttelgruber bemerkte Monas gehobene Brauen und sagte schnell:

»Ovambos sind schwärzer als Rehobother Basters, das ist gar keine Frage, gell.«

»Wollt ihr wissen, was auf der Bronzetafel steht?« sagte Baldur. »Ich kann euch das wörtlich sagen. Am 28. Januar 1904 überfielen 500 Ovambos die Station Namutoni. Sieben tapfere deutsche Männer schlugen den Angriff siegreich ab. Ehre ihren Namen.«

»Wir sind zu spät auf die Welt gekommen«, sagte Schwertfeger und wischte sich Bierschaum vom Mund. »Ehrlich.«

»Ist doch gut so«, sagte Mona. »Sonst hättet ihr vielleicht auch vor den bösen Negern davonrennen müssen wie eure Landsleute von Namutoni.«

Baldur brauste auf.

»Ich dulde nicht, daß du das Andenken unserer Pioniere herunterputzt!«

»Unsere Pioniere! Unsere Pioniere!« äffte Mona ihn nach. »Landräuber waren das. Imperialisten. Was habt ihr zum Beispiel mit den Hereros gemacht? In die Omaheke habt ihr sie getrieben, wo es keinen Tropfen Wasser gab. Wie viele sind dort verdurstet? Fünfzigtausend? Sechzigtausend? Hat dein Großvater dir das nicht gesagt?«

»Niemals waren das fünfzigtausend!« schnarrte Baldur. »Vierzehntausend, wenn's hoch kommt. Und die waren selber schuld. Hätten ja keinen Krieg mit uns anzuzetteln brauchen.«

»Muß denn das jetzt noch ...« Weiter kam Köttelgruber nicht.

»Da!« Mona hatte ein altes, in Leder gebundenes Buch, eins von den insgesamt fünf Werken, welche die stolze Bibliothek des Farmhaushalts darstellten, vom Bord genommen und blätterte hektisch auf der Suche nach einer bestimmten Stelle. »Da! Da steht es! So heißt es im deutschen Generalstabsbericht: *Nach der mörderischen zweitägigen Schlacht* ... ah, hier: *Diese kühne Unternehmung zeigte die rücksichtslose Energie der deutschen Führung bei der Verfolgung des geschlagenen Feindes in glänzendem Lichte. Keine Mühen, keine Entbehrungen wurden gescheut, um dem Feind den letzten Rest seiner Widerstandskraft zu rauben; wie ein halb zu Tode gehetztes Wild war er von Wasserstelle zu Wasserstelle gescheucht, bis er schließlich willenlos ein Opfer der Natur seines eigenen Landes wurde. Die wasserlose Omaheke sollte vollenden, was die deutschen Waffen begonnen hatten: die Vernichtung des Hererovolkes.* Und, Moment, da geht's weiter: *Als die Regenzeit kam, als sich die Bühne allmählich erhellte und unsere Patrouillen bis zur Grenze des Betschuanalandes vorstießen, da enthüllte sich ihren Augen das grauenhafte Bild verdursteter Heereszüge. Das Röcheln der Sterbenden und das Wutgeschrei des Wahnsinns, sie verhallten in der erhabenen Stille der Unendlichkeit! Das Strafgericht hatte sein Ende gefunden. Die Hereros hatten aufgehört, ein selbständiger Volksstamm zu sein.* So ist das gewesen. Das haben die Deutschen selbst geschrieben.«

»Dusselige Gackeltrappe!« donnerte Baldur. »Was haben Rehobother Basters in der Geschichte der Deutschen und der Hereros herumzurühren? Die Kaffern hätten sich doch alle gegenseitig frikassiert, wenn die Deutschen sie nicht auseinandergehalten hätten. Ich habe dir schon hundertmal gesagt, daß du den Quatsch, den du in der Negerschule gelernt hast, nicht an unsere Gäste heranschmeißen sollst. Die wollen deinen Unsinn nämlich gar nicht hören.«

Beistand heischend blickte Baldur auf die verdatterten Jäger.

»Reg dich doch nicht auf, Siegfried«, versuchte Köttelgruber zu dämpfen, »wir sind alle in Gottes Hand. Außerdem haben wir ein bißchen getrunken.«

Mona ließ nicht locker.

»Die deutschen Herren haben darüber gestritten, womit man die Schwarzen am besten schlägt. Die Nilpferdpeitsche hat Löcher in ihre Haut gemacht. Danach konnten sie nicht mehr arbeiten. Dicke Seile waren praktischer.«

»Paß auf!« sagte Baldur drohend. »Paß auf, was du sagst!«

»Dann schlag mich doch auch, Baas«, sagte sie, und ihre Lippen vibrierten dabei. »Oder geh doch Zootiere totschießen mit deinen Freunden!«

Sie lief aus dem Zimmer.

»Was meint sie denn mit Zootieren?« fragte Schwertfeger.

Baldur wirkte geplättet. Er nahm einen langen Zug aus der Bierflasche.

»Die hat doch von nichts eine Ahnung«, sagte er. »Weiber! Als ob es nicht genug wäre, daß wir sie von einem Höhepunkt zum anderen bocken!«

»Zootiere! Wie kommt sie denn auf...«, sagte Schwertfeger.

»Von nichts eine Ahnung, sag ich«, fiel Baldur ihm ins Wort, »von nichts! Entweder sind sie spitz wie eine Mistgabel, oder sie haben ihre Tage, und dann sind sie wie

Strangulierfeigen am Kameldornbaum. Hab ich nicht recht?«

»Nicht hundertprozentig«, sagte Schwertfeger. »Du kennst meine Elisabeth nicht. Eine größere Nervensäge gibt's nicht. Aber spitz wie eine Mistgabel? Die ist eher wie eine Filterzigarette. Da ist das ganze Gift im Mundstück, hähähähä. Und trotzdem hat sie mit unserer Heirat zwei Menschen glücklich gemacht, nämlich ihren Vater und ihre Mutter.«

»Nicht schon wieder das Thema Weiber!« forderte Köttelgruber. »Ich bin nach Afrika geflogen, um mich davon abzulenken.«

»Gebongt!« sagte Baldur, der froh war, daß der Begriff *Zootiere* vom Tisch war. »Machen wir uns langsam fertig, damit die Katze heute noch vom Ast fällt. Hier gibt's ein schönes Sprichwort: Im Tod hinterläßt der Leopard sein Fell und der Jäger seinen Namen.«

Die Sonne war schon etwas gnädiger gestimmt, als Lazarus den klappernden, scheppernden Landrover durch das wellige Buschland rüttelte. Dornsträucher kratzten am mattbraun gespritzten Blech. Neben Lazarus saß Baldur, das Gewehr zwischen den Knien. Im Gürtelholster steckte sein Revolver, die ersten zwei Kammern vor dem Anschlag mit Schrotpatronen bestückt – wegen der Schlangen. Auf der Rückbank wurden Köttelgruber und Schwertfeger durchgeschüttelt. Jeder umklammerte seine Büchse. Alle Fenster des Rovers waren aufgeschoben. Nicht nur wegen der Hitze, auch wegen Köttelgrubers reger Darmtätigkeit, die sich der Außenwelt in schier pausenlosem Ausstoß fürchterlicher Fürze mitteilte.

»Das wird der erste Leopard sein, der im Gaskrieg stirbt«, sagte Baldur.

Sie kreuzten eine rote Piste, die *Pad*, wie man in Südwest sagt.

»Das alles hier, so weit ihr schauen könnt, ist mein Land«, sagte Baldur.

»Das ist schon was«, sagte Köttelgruber.

Über die großmaschigen Zäune, die allenthalben zu sehen waren, wunderte er sich ebensowenig wie Schwertfeger. Auch nicht darüber, daß Lazarus ein paarmal anhielt, um leiernde Schwingtore zu öffnen und wieder sorgsam zu schließen. Schließlich lebte man in einer Zeit, in der die menschliche Zivilisation nicht mehr von Wildnis umlauert war, sondern ihrerseits Wildnis eingrenzte. Die an die Ordnung des deutschen Waldes, an durchkalkulierte Holzplantagen und die Parzellierung in Schonungen und Wildäcker gewöhnten Jäger nahmen keinen Anstoß daran, daß auch die sogenannte Wildnis einer namibischen Jagdfarm der umzäunten Ordnung bedurfte, daß das Land vermessen und im Grundbuch eingetragen war.

Immerhin hatte man während der Fahrt schon ein pinselschwänziges Warzenschwein mit drei Frischlingen, alle mit steil in die Höhe gerecktem Pürzel, durch das sonnengebleichte Gras rennen sehen.

»Flitzender Speck«, sagte Baldur.

»Peng«, sagte Schwertfeger und schoß mit einer imaginären Waffe.

»Oryx, drei Uhr«, sagte Baldur.

Die Fahrtrichtung des Rovers war zwölf Uhr. Drei Uhr, das war scharf nach rechts. Köttelgruber und Schwertfeger drehten die Köpfe nach den vier gemächlich trottenden Antilopen mit den enormen Hornspießen.

»Springböcke, ein Uhr«, sagte Baldur.

Eine kleine Herde machte sich aus dem Staub, einige Tiere im Hochsprung mit starren Läufen, andere im Slow-Motion-Sprung grazil über zehn Meter Weite. Für sie waren Baldurs Zäune kein Hindernis.

»Drei Kudu-Böcke, zehn Uhr«, sagte Baldur. »Sehr beliebtes Jagdwild. Wißt ihr, warum?«

»Keine Ahnung«, sagte Köttelgruber.

»Ich will's euch sagen: Der Kudu hat ein richtiges Hasenherz. Haut ab bei der geringsten Störung. Und dann macht er den Fehler seines Lebens: Er bleibt stehen und glotzt zurück. Für einen Löwen wäre er dann schon viel zu weit weg. Aber, und das ist der Clou, für einen Jäger mit Gewehr steht er auf diese Distanz goldrichtig. Wumm!«

»Wie eine Schießbudenfigur«, sagte Schwertfeger, »hähähähä.«

Mit brummiger Singstimme mischte Baldur seine Hymne in den Lärm des geschundenen Landrovers.

Hart wie Kameldornholz ist unser Land,
und trocken sind seine Riviere.
Die Klippen, sie sind von der Sonne verbrannt,
und scheu sind im Busche die Tiere.
Und sollte man uns fragen:
Was hält euch denn hier fest?
Wir könnten nur sagen:
Wir lieben Südwest!

»Einzigartig!« sagte Schwertfeger.

»Das ist echte Männerfreiheit hier draußen«, sagte Köttelgruber.

»Paviane, halb elf Uhr«, sagte Baldur.

»Sieh dir den Oberaffen an«, sagte Schwertfeger. »Ohne Gewehr möchte ich dem Burschen nicht über den Weg laufen.«

»Das sind Bärenpaviane«, sagte Baldur. »Üble Viecher, sag ich euch. Der Chef, der Kaptein, hat solche Eckzähne, ungelogen.«

Mit Daumen und Zeigefinger beschrieb er die Länge einer Zigarettenschachtel.

»Ich habe mehr Lämmer an die Paviane verloren, als

ich selber geschlachtet habe. Die brechen in die Koppel ein, reißen den Lämmern die Bäuche auf und fressen die Eingeweide.«

»Abknallen«, sagte Schwertfeger.

»Mach ich auch manchmal«, sagte Baldur.

An einem Rivier, einem trockenen, sandigen Flußlauf, durch den sich nur in der Regenzeit gelegentlich braune Fluten wälzten, verließen sie das Auto.

»Das soll ein Fluß sein?« sagte Schwertfeger. »Da ist doch kein Tropfen Wasser drin.«

»In einer guten Regenzeit laufen die Riviere tagelang. Dann ist wieder Ebbe für den Rest des Jahres. Nur noch Sonne, Sonne, Sonne.«

»Das ist Afrika«, sagte Schwertfeger. »Aber ehrlich!«

»Schaffst du das, Franz-Josef?« fragte Baldur.

»Wie weit ist es denn?«

»Zwei, drei Kilometer werden wir laufen müssen. Die letzten paar Meter vor dem Ziel wird die Kugel für euch zurücklegen.«

»Die Kugel, hähähähä.« Schwertfegers Lachen klang nervös.

Lazarus ging zuerst, die drei Weißen folgten ihm mit geschulterten Büchsen. Vor Baldurs Bauch baumelte eine Kamera im Futteral – fürs Siegerfoto.

»Unser Lazarus kann der Spur einer Ameise folgen«, sagte Baldur. »Und ihr beide müßt ein bißchen vorsichtig sein. Hier gibt's verflucht giftige Schlangen.«

»Scheißbiester«, sagte Schwertfeger.

»Puuh, was für eine Hitze«, sagte Köttelgruber.

»Hinter mir war mal eine Mamba her«, sagte Baldur. »Eine Schwarze Mamba, wenn euch das was sagt. Das giftigste Aas in ganz Südwest. Fast vier Meter lang. Wenn die dich am Arsch hat, bist du geliefert. Die ist nicht nur höllisch giftig, sondern auch noch schnell wie ein Pferd. Die schnellste Schlange der Welt. Ich bin gerannt wie ein

Gepard. Fünfzig, sechzig Meter. Die Mamba war immer noch hinter mir. Zum Glück stand ein Baum im Weg. Ich hab mich mit dem Arm am Stamm festgehakt und bin 360 Grad um den Baum herumgeflitzt. So schnell konnte die Mamba nicht kehrtmachen. Sie ist glatt vorbeigezischt. Mir haben vielleicht die Knie geschlottert, Donnerschlag!«

»Passiert sowas öfter?« Schwertfeger haßte Schlangen wie die Pest, weil er sich vor ihnen fürchtete.

»Es muß ja nicht grad 'ne Schwarze Mamba sein, die dich kaltmacht«, sagte Baldur ungerührt. »Die Puffotter macht dich genauso fertig. So ein beschissener Schlauch kann hier irgendwo im Sand liegen. Du siehst sie nicht, bis du draufgetreten bist. Dann stößt sie zu wie der Blitz. So schnell kannst du gar nicht gucken.«

»Tödlich?« fragte Schwertfeger. Er beobachtete den Boden bei jedem Schritt.

»Tödlich«, sagte Baldur. »Aber vorher gehst du durch sieben Höllen. Die Puffotter verspritzt Blutgift, wenn dir das was sagt.«

»Nie gehört«, sagte Schwertfeger.

»Das ist so«, erklärte Baldur erbarmungslos, »daß dir zuerst um die Bißstelle herum das Gewebe abstirbt. Zelltod, sagt der Doktor, oder in dem Fall der Leichenbeschauer, haha. Wenn das Gewebe kaputtgeht und überall Blut rauskommt, sind das Schmerzen zum Wahnsinnigwerden. Das Gift kann auch in deinem ganzen Körper Blutungen auslösen. – Jaja, die Puffotter ist schon eine bösartige Gurke.«

»Du hast doch bestimmt ein Serum im Auto, Siegfried«, sagte Schwertfeger. Es sollte gelassen klingen.

»Denk nicht dran«, sagte Baldur. »Bei der Vielzahl von Schlangen hier.«

»Was, es gibt noch mehr?«

»Mann!« sagte Baldur. »Was glaubst du denn? Die

kann ich dir gar nicht alle aufzählen. Schon mal was von der Zebraschlange gehört? Oder von der Kapkobra? Oder von der Vogelschlange? Oder von der Hornviper? Oder von der Schwarzen Spuckschlange? Die trifft dich auf drei Meter mit ihrem Giftstrahl ins Auge. Dann bist du blind wie ein Regenwurm!«

»Au Scheiße«, sagte Schwertfeger.

»Gibt's denn außer diesem gefährlichen Kriechzeug auch große Tiere auf deinem Gebiet?« fragte Köttelgruber. »Ich meine Löwen, Nashörner, Büffel, Elefanten und so.«

»Eigentlich nicht. Im Norden, in der Etoschapfanne, da gibt's das alles massenhaft. Aber die Großviecher kommen nicht so weit runter. Und in Etoscha darfst du leider keinen Schuß abgeben, weil's ein Nationalpark ist. Ist aber schon vorgekommen, daß die Elefanten auf Wanderschaft gegangen sind und weiter südlich die Farmzäune kaputtgemacht haben. Walzen ja alles platt, die Dicken. Wie Planierraupen. Aber mit dem richtigen Kaliber stoppst du jeden Elefantenbullen. Hab ich alles schon hinter mir.«

»Was? Du hast schon einen Elefanten erlegt?« Schwertfegers Miene drückte Respekt aus.

»Aber sicher doch. Vor ein paar Jahren. Drüben in Botswana.«

Mehr sagte Baldur nicht. Bei solch knappen Andeutungen konnte er sich darauf verlassen, daß begierig nachgefragt wurde – und einem, der zum Erzählen gedrängt wurde, würde man nicht so ohne weiteres Großwildjäger-Latein unterstellen.

»Schieß los!« sagte Schwertfeger. »Wie läuft das ab, wenn so ein Ungetüm umgelegt wird? Wie hoch ist das Risiko?«

»Es ist ungefährlicher, eine Taube vom Dach zu schießen, wenn du das meinst. Aber ein alter Afrikaner wie ich setzt auf Erfahrung. Der Rest ist Nervensache! Es war übrigens ein alter Bulle, der auf mich losging. Ohren breitgestellt! Trompete auf voller Lautstärke! Der Schwarze neben mir gibt Fersengeld. Konnte ihm das nicht mal übelnehmen. In so einer Situation brauchst du Nerven wie Stahltrossen. Und die hast du – oder du hast sie nicht. Also, der Koloß kommt auf mich zu wie ein doppelstöckiger Panzer. Pendelt mit dem Schädel. Flappt mit den Ohren. Stoßzähne wie Rammböcke. Hoppla, denk ich, so war das nicht geplant. Büchse hoch, zweimal geschossen. Da dreht er ab, im letzten Moment – ich hab mich schon als Matschklumpen auf der Savanne gesehen. Also, er dreht ab, rennt in die andere Richtung und macht Radau.«

»Krankgeschossen!« sagte Köttelgruber. »Hast du ihn suchen müssen?«

»Das stellt ihr Bambikiller euch so vor. Pustekuchen! Da gibt's nur eins: Schuß in den Auspuff! Voll in den Arsch! Achtzehnkommadrei Gramm Teilmantel in den Elefantenarsch! Das lähmt total. Dann gehst du ran und gibst ihm den Rest.«

»Ah ja«, sagte Köttelgruber, »Schuß in den Arsch, das ist der polnische Blattschuß. Bei uns zu Hause sieht man das nicht so gern.«

Er sagte das, weil er sich über den Ausdruck Bambikiller ärgerte.

»Aber das hier ist Afrika«, sagte Schwertfeger, »hier geht's um Sein oder Nichtsein. Ich hätte das genauso gemacht, aber ehrlich.«

»Nervensache«, sagte Baldur. »Alles Nervensache.«

Ein Pulk Blutschnabelweber zog lärmend über das Buschland.

»Was ist denn da drüben?« fragte Köttelgruber. »Da drüben links. Da links neben dem krummen Baum, Siegfried.«

»Ach, da drüben. Da hab ich vor längerer Zeit mal einen kleinen Damm gebaut und eine Wasserstelle angelegt. Wenn ich in der Regenzeit das Wasser staue, hält sich's bis weit in die Trockenmonate.«

»Da hat sich was bewegt«, sagte Köttelgruber.

»Du mußt keine Gespenster sehen, Franz-Josef. Bis zu unserem Leoparden ist es noch ein Stück«, sagte Baldur, der keinen Augenblick daran dachte, daß der lahmende Leoparden-Greis die Stelle verlassen haben könnte, wo er ihn aus der Kiste gejagt hatte. Zur Erhöhung der Standorttreue hatte er der Katze ein altes Huhn dagelassen, das er mittels vier Meter Nylonfaden, den er an einem Busch befestigt hatte, an ausgedehnten Ausflügen hinderte.

»Und ich sag dir, Siegfried, da hat sich was bewegt«, beharrte Köttelgruber.

Lazarus pendelte mit seinem Oberkörper, machte einen langen Hals und enge Augen, um durch das Dickicht zu spähen.

»Großes Tier, Baas«, flüsterte er.

»Nicht möglich«, sagte Baldur. »Wir haben doch alle Rinder ins Südkamp getrieben. Höchstens, daß der Zaun schon wieder kaputt ist.«

Unschlüssig näherte die Gruppe sich dem Wasserloch.

»Nur vorsichtshalber ...«, sagte Baldur. Der Verschluß seines Repetierers klackte.

Auch Köttelgruber und Schwertfeger entsicherten ihre Gewehre.

Der waffenlose Lazarus schlich voran, den Oberkörper vorgebeugt wie ein Buschmann auf Pirsch. Hinter ihm schritt Baldur, das angespannte Gesicht von der breiten Hutkrempe beschattet, die schwere Büchse in beiden Fäusten waagerecht vor der Brust. Schwertfeger wirkte weitaus weniger entschlossen als Clark Gable auf einer Kintopp-Safari. Dahinter furzte Köttelgruber.

Dann konnte man es hören. Es bewegte sich etwas

Massiges im schmatzenden Matsch. Es schnaubte und prustete und matschte und stöhnte. Noch immer konnte man nichts sehen.

»Büffel!« sagte Lazarus.

»Dann will ich Sieglinde heißen«, sagte Baldur. »Hier ist noch kein Büffel aufgetaucht, seit mein Alter mir die Farm vermacht hat.«

Gerade noch fünfzehn Schritte trennten die Männer von dem Schlammloch, als dem graubraunen Tümpel eine fürchterliche Gestalt gleicher Farbe entstieg. Ein urtümliches Ungeheuer. Zuerst sah man die mächtigen Hörner. Dann den schlammigen Schädel mit dem breiten Hornwulst auf der Stirn, der dem Büffelgesicht den Ausdruck dummer Brutalität gab. Dahinter der Nacken, ein schlammverklebter Hügel voll archaischer Kraft.

Die Männer erstarrten bis in die Zehenspitzen.

»Schnell weglaufen, Baas«, wisperte Lazarus.

»Donnerschlag!« stieß Baldur hervor. »Zu spät! Zu spät!«

Er riß das Gewehr an die Wange und feuerte. Repetierte und feuerte wieder.

Der Büffel kam aus dem Loch wie Zerberus aus der Unterwelt. Tausend Kilo Fleisch und Wut gingen zum Angriff über. Unwiderruflich.

Flink wie ein Pavian war Lazarus am nächstbesten Baum, erwischte einen Ast und war oben. Baldur machte einen Satz zur Seite, rannte schräg an dem Kaffernbüffel vorbei und platschte samt Büchse ins Schlammloch. Gerettet!

Schwertfeger fiel um wie eine Bahnschranke. Es sah aus, als hätte er das Bewußtsein verloren. Köttelgruber versuchte erst gar nicht zu fliehen. Er schloß die Augen.

»Herr, mein Gott«, sagte er. »Wenn du mich richten willst, richte mich! Ich bin ein Sünder. Ich bin deiner Gnade nicht wert. Ich bereue von ganzem Herzen, ich bereue von ganzem Herzen, ich bereue von ganzem Herzen...«

Köttelgruber bereute immer noch, als Schwertfeger sich aufrappelte.

»Knapper hätte es nicht sein können«, sagte er flach und zitterte wie eine nasse Katze.

Erst jetzt merkte Köttelgruber, daß der Tod an ihnen vorübergestampft war. Mit Gebrüll war der Büffel durchs Gestrüpp gebrochen. Er war weg!

»Es gibt kein gefährlicheres Wild«, rief Baldur aus dem Schlammloch. »Wenn ich ihm nicht eins verpaßt hätte... ACHTUNG! ER KOMMT ZURÜCK!«

Baldur verschwand völlig im Schlamm.

Schwertfeger stand dem Büffel im Weg. Er sah ihn auf sich zukommen – und war wie angewurzelt.

»Schieß, Franz-Josef! Franz-Josääääf...«

Köttelgruber sah, wie das Schlamm-Monster Schwertfeger überrannte, hob ohne nachzudenken die Büchse, zielte instinktiv und schoß. Der Büffel brüllte und taumelte Richtung Schlammloch, wo er wie eine verkrustete Monumentalstatue dicht vor den aufgerissenen Augen Baldurs verharrte. Ein Zittern lief durch den Rumpf. Mit urigem Sterbelaut sackte der Büffel ein. Baldur schrie seine gestaute Angst hinaus, als der Schädel mit den ausladenden Hornwaffen vor ihm, zum Greifen nah, in den Morast sank, und schiß sich in die Hosen.

Die Schlacht war vorbei. Nun wurden die Toten gezählt.

Lazarus stieg vom Baum herunter.

Ohne Waffe und vom Schlamm verfremdet wie ein Außerirdischer, stieg Baldur aus der Suhle.

»Du hast ihn ins Auge geschossen«, sagte er. »Die einzige verwundbare Stelle am Kopf. Durchs Auge ins Gehirn. Franz-Josef, du bist der Größte! – Sakra, ich glaube, mir ist was in die Hose gegangen.«

»Ralf ist tot«, sagte Köttelgruber.

»Nein«, sagte Schwertfeger.

»Großer Gott, wir loben dich«, sagte Köttelgruber. »Herr, wir preisen deine Stärke.«

»Mir tut alles weh«, sagte Schwertfeger. »Ich trau mich nicht, mich zu bewegen.«

Lazarus tastete ihn ab.

»Au, mein Bein!« schrie Schwertfeger. »Au, meine Rippen!«

»Nichts gebrochen«, sagte Lazarus.

Baldur und Lazarus nahmen den geprellten und verstauchten Schwertfeger in die Mitte. Ächzend legte er seine Arme um sie. Nach siegreichem Feldzug zog die Armee der Jäger heimwärts. Köttelgruber trug zwei Gewehre – sein eigenes und das von Schwertfeger. Baldurs Büchse war im Schlamm versunken, lag irgendwo bei dem toten Büffel, dessen rechtes Horn wie eine letzte Drohung aus dem Morast ragte.

»Sack und Eier!« sagte Baldur. »Das ist mir noch nie passiert. Es wäre sehr kameradschaftlich, wenn die Sache unter uns bleiben könnte.«

»Mach dir darüber keine Gedanken«, sagte Köttelgruber.

Er hätte die Welt umarmen können. Er hätte einen Teil seines Vermögens verschenkt, wenn ihn in diesem Moment jemand darum gebeten hätte. Er hätte dem Ostermarschierer, dem Fußballtrainer, dem Kaplan, dem Frisör, dem Musiklehrer und all den anderen, die ihm an Ehre und Seele Schaden zugefügt hatten, großzügig verziehen. Er, Köttelgruber, von Grund auf feige und wankelmütig, schuppend, furzend und angeblich nach Schwein riechend, er hatte einen Kaffernbüffel erledigt. Den berüchtigtsten Jäger-Killer Afrikas! Auf höchstens sechs Meter mit einer Magnum-Kegelspitz-Patrone genau ins Auge! Ein Hasardschuß! Die Krönung eines weidmännischen Lebens! In der hohen Diele, zwischen den vielen anderen Trophäen, würde dieser Büffel das beherrschende Stück sein. Unten würden immer wieder Jagdkameraden und auch die Kollegen vom Schweinezüchterverband stehenbleiben und ehrfürchtig hochschauen. *Du* hast den erlegt, Franz-Josef? Wahnsinn! Erzähl mal!

»Das ist eine Trophäe, um die wird dich ganz Deutschland beneiden«, sagte Baldur, als habe er Köttelgrubers Gedanken erraten. Allerdings war es kein Kunststück, in diesen Minuten Köttelgrubers Gedanken zu erraten.

»Wir haben kein Foto gemacht«, sagte Köttelgruber.

»Wie denn?« sagte Baldur. »Schau dir den Apparat an! Den kann ich wegwerfen.«

»Ich habe einen im Koffer«, stöhnte Schwertfeger.

»Da hörst du's, Franz-Josef«, sagte Baldur. »Läuft alles wie geölt. Nachher laß ich den Büffel aus dem Loch ziehen. Das Foto können wir auch vorm Farmhaus machen. Jetzt müssen wir erst mal deinen Kumpel versorgen.«

Mona wandelte sich zur Krankenschwester.

»Legt ihn in das andere Gästehaus. Er muß Ruhe haben«, ordnete sie an.

»Ruf den Doktor an in Okahandja!« sagte sie zu Baldur.

»Es geht schon«, sagte Schwertfeger schwach.

Köttelgruber suchte Schwertfegers Klamotten zusammen. Was dieser Markenfetischist alles nach Afrika mitgenommen hatte! Zwei Flacons Rasierwasser edelster Art. Duschgel vom Feinsten, Body-Lotion vom Besten, Sun-face-cream *Explorer*, Frisier-Creme *Valentino*, genitalbetont geschnittene Unterhosen Marke *Adventure*. Einer seiner beiden Hartschalenkoffer war abgeschlossen. Köttelgruber suchte den Schlüssel. Er dachte schon daran, zu dem bettlägerigen Schwertfeger ins Nachbarhaus zu gehen und ihn nach dem Depot zu fragen, da fand er den Kofferschlüssel in Schwertfegers weißseidener Ausgeh-Safarijacke, die auf Kante gefaltet im Schrank lag. Er wuchtete den Koffer auf das zusammengekrachte Bett, öffnete ihn und sah sich mit weiteren Upperclass-Utensilien konfrontiert.

»Mein lieber Scholli«, sagte Köttelgruber und schnalzte mit der Zunge, »so verreist ein feiner Pinsel! Wie Graf Koks von der Gasanstalt.«

Es war wider seine Natur, die seidene Safarijacke so fein zu falten, wie Schwertfeger es getan hätte. Aber so zerknäult, wie sie jetzt dalag, ging's auch nicht. Köttelgruber zupfte und glättete, und wäre er weniger umständlich und zeitaufwendig zugange gewesen, dann wäre ihm das Foto im Postkartenformat gar nicht aufgefallen, und alles hätte einen anderen Verlauf genommen. So aber sah Köttelgruber eine Ecke der Fotografie zwischen zwei *Adventure*-Unterhosen hervorlugen.

»Ha, da schau her«, sagte er amüsiert, »Darias Haarfarbe. Dieser Schlawiner trifft ganz meinen Geschmack!«

Die Neugier übermannte ihn, und er zog das Foto zwischen den Unterhosen hervor.

Daria schaute ihn an.

Köttelgruber schüttelte seinen Rundkopf, als wolle er die Sicht klären, eine Halluzination beenden.

Daria lächelte. Wie Köttelgruber dieses Lächeln kannte! Es war so verlogen zaghaft, so gespielt zerstörbar, so raffiniert kindlich – und zum Verrücktwerden erotisch. Das Foto mußte an einem stürmischen Sommertag gemacht worden sein. Gelbe Mähne fächerte über das ebenmäßige Gesicht. Sie war fast nackt. Ihre hellen Schultern schimmerten im Sonnenlicht. Das bunte Tuch hielt sie nachlässig vor die schönsten Hügel, die je in den Karpaten gewachsen waren. Im Hintergrund glitzerte das weiße Zauberspiegellicht eines Sees.

Köttelgruber drehte das Bild um. Er erkannte Darias runde Schrift sofort. Mit roter Tinte hatte sie geschrieben:

Gib acht auf Dich, Ralfi!

Du bist der Jäger meines Herzens. Denke daran, wie schön es sein wird, wenn Du zurückkommst. Nur Du. Unser Glück wird grenzenlos sein. Ich liebe Dich so sehr, daß es schmerzt.

Dein Reh.

Köttelgrubers Herz pumpte Eiswasser durch die Adern. Dann fingen seine Hände an zu zittern, als hätten die Finger einen Stromanschluß. Das Foto fiel in den Koffer zurück. Köttelgruber torkelte zur Kloschüssel und kotzte sie mit halbverdautem Antilopenbraten voll.

Als er sich aufrichtete, war sein Gesicht eine Maske, ein leerer Ausdruck zerfetzter Gefühle.

Er griff nach seinem Gewehr. An der Tür blieb er stehen.

»Nein«, sagte er, »nein.«

Unschlüssig tappte er hin und her.

»Es muß durch Gottes Hand geschehen«, sagte er. »Dein ist die Rache, o Herr. Ich bin dein ergebener Diener. Ich warte auf dein Urteil!«

Er legte das Gewehr aufs Bett, wusch sich das Gesicht und fuhr fort, Schwertfegers Sachen zusammenzusuchen. Die Sonne begann mit der großen Abendaufführung, als er das Gepäck ins Nachbarhäuschen schleppte. Er fühlte sich zu Schlacke ausgebrannt.

Schwertfeger lag im Bett, weiß zugedeckt bis zur schwarzbehaarten Brust.

»Mona ist gerade gegangen«, sagte er. »Sie ist ein richtiger Schatz. Dieser Siegfried ist ein ziemlicher Stumpfbold, daß er das nicht merkt. Ehrlich.«

»Ein Stumpfbold, soso, ein Stumpfbold«, sagte Köttelgruber.

»Was war das für ein Tag heute!« sagte Schwertfeger.

»Du hast mir das Leben gerettet, Franz-Josef. Wenn du nicht gewesen wärst, hätte der Büffel mich plattgemacht wie ein Marmeladenbrot. Franz-Josef, ich habe dir mein Leben zu verdanken.«

»Du hast es doch verdient, oder?« sagte Köttelgruber.

»Wer bekommt schon, was er verdient hat! Ich hätte den Schuß vermasselt, aber ehrlich. Ich hab die Nerven nicht. Du kennst doch meinen Wahlspruch«, sagte Schwertfeger.

»Welchen?« sagte Köttelgruber.

»Ein lebendiger Hund ist besser als ein toter Löwe«, sagte Schwertfeger, »hähähä, autsch, tut das weh, verdammt!«

»Guter Wahlspruch«, sagte Köttelgruber, »den werde ich mir merken.«

»Du, stell dir vor«, sagte Schwertfeger, »der Doktor kommt nicht. Mona hat's mir gesagt. Weil sein Auto kaputt ist. Angeblich. Wir sind hier draußen verdammt weit weg vom Schuß.«

»Vom Schuß?«

»Tu nicht so, du kennst doch die Redensart! Ich will damit nur sagen, daß hier draußen Gott weiß was passieren kann, und niemand schert sich drum. Aber mach dir keine Gedanken. Ich hab nichts Ernstes. Morgen laß ich mich noch von Mona bemuttern, und dann schieße ich den Leoparden vom Ast. Das heißt: du oder ich.«

»Richtig«, sagte Köttelgruber, »du oder ich.«

»Hast du schon ein paar Sundowner gekippt? Du bist so . . . so komisch.«

»Findest du?« sagte Köttelgruber.

»Dir spukt sicher noch der Büffel im Kopf rum.«

»Keineswegs«, sagte Köttelgruber. »Ich muß nur immer an den Frisör denken. Was das Schicksal doch für Haken schlagen kann. Man sagt doch: Vögel, die morgens pfeifen, holt abends die Katze. So ähnlich war's auch mit dem Frisör. Mittags hat er ans Vögeln gedacht, und noch vor dem Abend hat ihn der Teufel geholt.«

»Vergiß ihn endlich«, sagte Schwertfeger. »Der blutet nicht mehr.«

»Du weißt doch, daß es höchste Vertrauenssache ist, wenn man einem Freund so ein Geheimnis preisgibt. Du bist der einzige Mensch, dem ich gesagt habe, was mit dem Frisör passiert ist. Und du bist der einzige Mensch, der den Grund kennt, warum alles so gekommen ist.«

»Bleib ruhig, Franz-Josef! Und mach dir bloß keinen Kopf wegen des Frisörs. Ich konnte das Arschloch auch nicht ausstehen. Und was mich angeht, also ich kann schweigen wie ein Grab, ehrlich.«

»Das wird wohl so sein«, sagte Köttelgruber. »Die Sonne geht unter. Ich muß zu Gott sprechen.«

Mißtrauisch blickte Schwertfeger ihm hinterher.

»Schlitzohriger alter Stink-Eber«, flüsterte er tonlos. »Auf dich wartet der Metzger.«

Köttelgruber setzte sich mit seinem Sundowner auf die Veranda.

Der Korbsessel knisterte unter seinem Gewicht, und die Mischung stimmte: viel Gin, wenig Tonic. Mona hatte für Nachschub gesorgt.

Die Sonne entfachte ihr Untergangsdrama.

»Herr, mein Gott«, murmelte Köttelgruber, »es ist dein Wille, mich zu prüfen. Du bist der Wille, ich bin das Werkzeug. Dein Wille geschehe. Wenn Ehebruch und Verrat schon auf Erden gesühnt werden sollen, bin ich, Franz-Josef Köttelgruber, dein willfähriger Diener. Du hast mich mit Grind und Blähungen geschlagen, dennoch verneige ich mich in dankbarer Demut. So spricht der Herr: Kommt her, die mein Vater gesegnet hat, und nehmet in Besitz das Reich, das euch von Anfang an bereitet war. Du hast eine wunderschöne Welt geschaffen mit wunderschönen Tieren, von denen du mir so viele geschenkt hast. Heute hast du mir einen Büffel gegeben. Du allein weißt, daß ich ein schlechter Schütze bin. Doch heute hast du mir die Hand geführt und das Geschoß ins Auge des Büffels gelenkt. Dir, Herr, werde ich diese Trophäe widmen. In der Diele soll sie mich künftig jeden Tag an deine Gnade erinnern.«

Der Landrover rappelte aus der Savanne heran. Die sinkende Sonne vergoldete den aufgewirbelten Staub, der das Vehikel wie eine Gloriole umgab. Ein Dachaufbau wie aus einem Endzeit-Thriller war als Schattenriß zu sehen. Die beidseitig ragenden Hörner machten das Gefährt zu einer Science-fiction-Kampfmaschine.

»Mister Kettengruber«, drang Lazarus' heisere Stimme durch die Drehzahl-Orgie, »wir haben den Kopf von dem Tier. Ganzes Tier ging nicht. Steckt zu fest im Loch.«

Lazarus und ein weiterer schwarzer Farmarbeiter lösten die Verzurrungen und wuchteten unter Geächze den Büffelkopf vom Dach. Baldur kam mit dem Fotoapparat.

»Hopp, hopp, es wird dunkel«, rief er.

Köttelgruber posierte mit seiner Büchse hinter dem verschlammten Kopf. Zum Glück waren die Lichtverhältnisse und Baldurs Fotografierkünste gleichermaßen schlecht, so daß auf dem später vorliegenden Foto das Grauen nur im Ansatz erkennbar war: der Büffel mit seiner schräg heraushängenden Zunge, einem toten Auge auf der einen und einem blutigen Loch auf der anderen Seite, dahinter Köttelgruber mit dem dümmlichen Grinsen eines Buben, der voller Stolz auf etwas blickt, was er kaputtgekriegt hat.

»Normalerweise gehe ich noch mit Glanzspray über die Hörner«, sagte Baldur, »aber bei dem bißchen Licht hat das keinen Zweck. Morgen früh fahre ich das Prachtstück zum Präparator. Der veranlaßt später den Transport nach Deutschland. Ist das okay?«

»Vollkommen«, sagte Köttelgruber.

Er kniete noch eine Weile andächtig neben dem Büffel-Rest, besah sich die Einschußstelle und betastete die Hörner. Sie waren ausladend wie Adlerschwingen und schartig an den Enden.

»Da wäre dein Blut dran, Ralf«, sagte er, »wenn Gott es jetzt schon gewollt hätte.«

»Franz-Josef, nehmen wir noch einen zur Brust?« rief Baldur, den sein angekratztes Image peinigte, vom Haupthaus herüber.

»Heute nicht«, antwortete Köttelgruber. »Ich will morgen auf den Leoparden anlegen.«

Er ging zu seinem Häuschen und pflanzte sich wieder in den Korbsessel.

»Herr, was wird morgen sein? Ich vertraue mich deiner Gnade an. In deine Hände lege ich mein Schicksal. Denn dein ist die Rache. Wenn ich das Böse bekämpfe, tue ich es in deinem Namen. Du sollst nicht begehren deines nächsten Weib – das ist ein Gebot, das du den Menschen auferlegt hast. Warum, o Herr, wird dieses Gebot am wenigsten befolgt? Es ist ein schwerer Prüfstein, den du deinen Kindern auferlegt hast. Du hast die Schlange der Versuchung auf die Welt gesandt und läßt es zu, daß die Menschen mit ihr spielen. Und wie klein ist die Zahl deiner Diener, die in deinem Namen züchtigen! Auch der Musiklehrer hat gegen deine Gesetze verstoßen. Der Musiklehrer . . .«

Köttelgruber legte seinen Kopf, so weit es möglich war, in den Specknacken und schloß die Augen. Er sah Schneeflocken tanzen. Er sah Darias Gesicht aus der Zobelkapuze lachen. Er sah den Musiklehrer . . .

IV. KAPITEL

»In Ihrer Gattin ist Musik«

Das Verschwinden des Frisörs hatte die Bevölkerung weniger beunruhigt und die Polizei weniger beschäftigt, als Köttelgruber befürchtet hatte. Der unstete Vogel sei auf die Philippinen geflogen, sagten die Leute. Da wollte er ja immer schon hin. Viermal hatte er dort bereits Urlaub gemacht. Seine arme Frau! Wenigstens hatte er die Konten nicht geplündert. So anständig sei er wohl gerade noch gewesen, sagten die Leute.

Die Frau des Frisörs tat ihre Pflicht. Sie meldete ihren Mann als vermißt, führte tapfer das Geschäft in Walmkirch weiter, verpachtete die Filialen in der Kreisstadt und hielt eine Anstandsfrist ein, in der sie augenfälligen Vergnügungen wie Tanztee und Partys entsagte.

Die Polizei tat ebenfalls ihre Pflicht. Die Beamten fragten ziellos in der Gegend herum, auch im honorigen Haus des regional bedeutendsten Schweinemästers. Nein, Anhaltspunkte konnte keiner geben. Auch Daria nicht, die bereits nach dem ersten Weinkrampf am Tattag keine Tränen mehr hatte für Elmar, den champagnerblonden Geliebten.

Köttelgruber überschlug sich vor Aufmerksamkeiten. Nichts, was Daria begehrte, war ihm zu teuer. Er wich kaum von ihrer Seite. Sogar an Termine, die ihm seit jeher heilig waren, mußte er erinnert werden.

»Morgen ist Hegeringversammlung. Du gehst doch hin?« sagte Daria.

»Ach ja, Hegeringversammlung. Mal seh'n.«

Dann kam die Zeit, in der Daria sehr oft Tennis spielte. So oft, als würde sie sich auf die US-Open vorbereiten.

Köttelgruber fuhr ihr hinterher, fand seinen Verdacht aber nicht bestätigt. Daria spielte tatsächlich Tennis. Daß sie öfter an der Saft-Bar stand als am Netz, weil ihr Partner keine Kondition hatte, entging Köttelgruber.

Jürgen Kanallisch hatte sich seit dem Vorfall am Sauteich kein bißchen verändert. Er transportierte Scheiße, und wenn er Köttelgruber begegnete, bleckte er seine zwei verschimmelten Zahnwracks zu einem Idiotengrinsen und stieß einen rohen Impulslaut aus der Kehle.

Köttelgruber sprach mit dem Schweinemeister. Nach Köttelgruber war er der wichtigste Mann, der – wie er stolz von sich sagte – »in dem ganzen Sauladen für Zucht und Ordnung sorgte«.

»Wie lange ist der Kanallisch schon bei uns?« fragte Köttelgruber.

»Hoho, der Kanallisch, wenn isch das wüßt«, sagte der in seinem Beruf aufgehende Schweinemeister. »Wie isch misch erinnere kann, hat die Caritas uns den Heini angedreht, weil seine Mutter gestorbe war. Kann zwei, drei Jährschen her sein. Sie ware halt so gutmütig, Chef, un habe ihn genomme. Der Kanallisch is so horndoof, daß er nach jeder Mittagspaus neu angelernt werde muß.«

»Er schafft jedenfalls fleißig. Ich sehe das doch täglich«, sagte Köttelgruber.

»Wenn wir schon drüber rede, Chef, sag isch's grad raus. Der Kerl is doch mindestens dreißisch Jahr alt un kann net viel mehr als Winkewinke. Der hat einen Blumekohl im Kopp un riescht wie Nillenkäs. Der neue Arbeiter, Sie wisse schon, Chef, der Mustafa, der hat sisch aach schon beschwert. Er will mit dem Kanallisch net auf einer Bud liege. Wir sin ein Riesenbetrieb hier, Chef. Wenn da jeder mache tät, was er will . . .«

»Geh'n wir doch mal runter zu den Unterkünften. Ich guck mir die Bude vom Kanallisch mal an«, sagte Köttelgruber.

»O je, Chef, wenn's unbedingt sein muß . . .«

An vier langgestreckten Flachbauten vorbei, aus deren sämtlichen Mauerritzen das stechende Odeur dicht an dicht stehender Schweine drang, gummistiefelten sie zum Quartier der Arbeiter. Der Schweinemeister hatte schon selbst die steife, schwerhüftige Gangart der von ihm seit drei Jahrzehnten mit allen erlaubten und nicht erlaubten Kniffen ins Fleisch getriebenen Grunzer angenommen.

Das Quartier war unter aller Sau. Die Kammer von Kanallisch und Mustafa wäre in den Slums von Kalkutta oder den versifftesten Favelas von Rio de Janeiro gesundheitspolizeilich geschlossen worden. Alles starrte und klebte vor Dreck, es stank wie in einer Latrine, und die Kakerlaken machten Wettrennen. Sie hatten ziemlich freie Bahn, denn außer den verwanzten Matratzen und zwei schmalen Spinden waren ihnen nur Zigarettenkippen, ein paar leere Flaschen und verwurmte Essensreste im Weg.

»Der Mustafa soll hierbleiben«, sagte Köttelgruber, »und der Kanallisch kriegt eine andere Bude.«

»Aber Chef, der Kanallisch is doch die Drecksau . . .«

»Der Kanallisch ist schon länger bei uns. Das haben Sie selbst gesagt. Außerdem wollen wir ein praktisches Beispiel geben, wie man Behinderte in die Arbeitswelt eingliedert.«

Dazu fiel dem Schweinemeister nichts mehr ein.

»Isch werd sehe, was sisch mache läßt, Chef . . .«

Köttelgruber ging allein zurück, weil der Schweinemeister, der einen Besamungslehrgang bei der Landwirtschaftskammer mit der Note »gut« bestanden hatte, noch eine künstliche Schweinevermehrung mit zugekauftem Sperma vorbereiten mußte.

In Höhe des Muttersaustalls stummelte Kanallisch hinter seiner Schubkarre Richtung Güllegrube.

»Seh ich Jürgen, muß ich würgen«, rief Köttelgruber ihm zu und hielt ihm ein altes Hustenbonbon hin, das in seiner Jackentasche den zweiten Jahrestag gefeiert hatte.

»Jürrgen – würrgen«, lachte Kanallisch und grapschte sich das Bonbon wie ein Verhungernder.

»Wir beide verstehen uns«, sagte Köttelgruber, und es schien ihm, als würde ihm aus den Augen des Kretins etwas entgegenfunkeln, was ihm sonst aus den Reihen der Menschheit nicht im Übermaß beschieden war: ein unergründlicher Ausdruck von Sympathie.

»Ich möchte Klavier spielen«, sagte Daria eines Abends mit einem Augenaufschlag wie aus der Badeschaumwerbung.

»Kannst du's, mein Liebling?« fragte Köttelgruber.

»Nein, aber ich möchte es lernen. Im Tennisclub habe ich zufällig einen Musiklehrer getroffen, der's mir beibringen könnte.«

Köttelgruber schnürte es die Kehle zu. Es war wieder soweit. Er spürte es.

»Einen Musiklehrer«, sagte er. »Zufällig, gell?«

Die viereinhalb Wochen ohne Nebenbuhler waren so schön gewesen. Köttelgruber hätte sich nicht einmal gescheut, von einer glücklichen Ehe zu sprechen. Natürlich waren auch diese viereinhalb Wochen ohne Sex vergangen, auch ohne jedwede andere körperliche Zärtlichkeit. Doch! Einmal beim Frühstück hatte Daria scherzhaft Köttelgrubers Nase mit Daumen und Zeigefinger leicht gekniffen und geschüttelt und »Du krätziger alter Stinker« gesagt. Zwar hatte sie ihr angebissenes Brötchen danach nicht mehr angefaßt, aber Köttelgruber war selig gewesen.

Er suhlte sich geradezu in der Illusion von Zweisamkeit. Seine Madonnenverehrung verlangte wenig Gegenleistung. Nur Ausschließlichkeit. Ähnlich, wie wenn er in einer stillen Kapelle vor der Schönheit der Gottesmutter niederkniete und damit zufrieden war, daß ihre Augen in diesem Augenblick allein auf ihm ruhten, ganz allein auf ihm und auf niemand anderem im Universum.

Köttelgruber hatte längst begriffen, daß er mit Drängen das Gegenteil von dem erreichte, was er gerne gehabt hätte. Im Verlauf seiner Ehe mit der gekauften Göttin war er sehr bescheiden geworden. Er empfand ungeteilte Nähe selbst dann, wenn sie sich abwandte, ein Buch las oder einen Schmachtfetzen auf dem TV-Bildschirm der neuesten Generation anschaute und weder seine Blicke noch seine Fragen beantwortete. Schon ihre pure Anwesenheit machte ihn happy. Sogar seine Schuppenflechte hatte sich zurückgebildet, nicht viel, aber stellenweise.

»Ist was?« fragte Daria überraschend.

»Was soll schon sein«, sagte Köttelgruber.

»Drück dich bitte deutlicher aus«, sagte Daria. »Ich kenne diesen demonstrativ gequälten Gesichtsausdruck nur zu gut.«

»Ich habe Angst, daß du wieder was anfängst, eine Affäre, meine ich.«

»Was du immer gleich vermutest«, sagte Daria.

»Ich hab das im Urin«, sagte Köttelgruber.

»Igitt«, sagte Daria, »du hast eine scheußliche Einbildung und eine scheußliche Ausdrucksweise. Und dazu diesen religiösen Blick. Ich ertrage das nicht.«

Köttelgruber blickte auf den Hirschgeweihkronleuchter.

»Dein Leben ist ein total langweiliges Programm«, sagte Daria. »Taufschein, Jagdschein, Trauschein, Heiligenschein.«

Köttelgruber blickte auf das Stilleben mit totem Fasan im Goldrahmen.

»Ist dir nicht bewußt, was du mir antust? Wie du mich einengst mit deiner Spießigkeit und deiner verlogenen Moral? Du riechst ja schon aus dem Leumund!«

Köttelgruber blickte auf das Eichenparkett.

»Sperr mich doch in einen Käfig, nein, in einen Schweinestall! Schmeiß doch Schweinemist auf mein Leben!«

Sie blähte die Nasenflügel und wandte sich ab in kontrollierter Fassungslosigkeit.

Köttelgruber kapitulierte bedingungslos.

»Um Gottes willen, Liebling... So war das doch nicht gemeint. Beruhige dich doch. Bitte! Weißt du was? Wir fahren in die Stadt und kaufen ein schönes Klavier.«

So war er, Franz-Josef Köttelgruber. Mit den Steinzeitwaffen einer jungen Frau, die ihm nichts gewährte, war er zu manipulieren. Und Daria verstand es, Köttelgrubers im eucharistischen Weihrauchnebel entstandene Verehrungsneurose zu steuern und zu nutzen.

Ein neues Kapitel im großen Buch der Demütigung wurde aufgeschlagen. Noch bevor der Flügel – er kostete ein kleines Vermögen – ins Haus geschafft wurde, war der Musiklehrer da.

»Darf ich vorstellen?« sagte Daria. »Herr Detlef Dahmen-Elmhorst, mein Lehrer.«

»In Ihrer Gattin ist Musik. Ich fühle das«, sagte Detlef Dahmen-Elmhorst.

Instinktiv erkannte Köttelgruber, daß die Gefahr diesmal aus einer völlig anderen Richtung kam. Da stand kein Athlet vor ihm. Auch kein Schönling. Nicht einmal ein Dandy. Eher ein Schubert. Ein Genealoge hätte auf die Idee kommen können, Detlef Dahmen-Elmhorsts Stammbaum bis ins Wien jener Tage zurückzuverfolgen. Sein leicht untersetzter Körper bestand aus zartem Fleisch. Er trug eine randlose Studiertenbrille, hatte flusige Haare, einen weichen Mund und ein kleines, rundes Ja-Sager-Kinn.

Köttelgruber ahnte: Dieser Dahmen-Elmhorst würde nicht Darias gröbere Sinne ansprechen. Der neue Rivale würde auch nicht über den beklagenswert unansehnlichen Köttelgruber mit seinem zu klein geratenen Pimmel triumphieren wollen, sondern über den dummen Schweinemäster, der Bildung und Kultur mit dem Sieb gefressen hatte.

»Ich habe mit Ihrer Gattin zwei Übungseinheiten pro Woche vereinbart«, sagte Dahmen-Elmhorst.

»Nur zwei?« sagte Köttelgruber feindselig.

»Bitte, Franz-Josef«, sagte Daria spitz.

Bald war das Haus voll unerträglicher Musik. Selbst für Köttelgruber, der von Natur aus kein Gehör für die Harmonie der Töne hatte und dem zeitlebens das Gekreisch schlachtreifer Schweine das liebste Orchester war, selbst für ihn hatte das Stakkato nicht aufeinander abgestimmter Anschläge etwas Nervtötendes.

Ein einziges Mal erlaubte er sich eine Anmerkung.

Er öffnete die Tür zum eigens eingerichteten Musikzimmer und sagte: »Dieser Flügel hat so viel Geld gekostet. Da kann man doch bestimmt mal was Anständiges drauf spielen. Schopäng zum Beispiel.«

Schlagartig war es still wie in einem verschneiten Wald.

Daria sah ihn mit aufgerissenen Augen an, wie man einen Kulturschänder, einen Bilderstürmer, einen Bücherverbrenner ansieht, einen, der aus einer Stradivari Feuerholz machen will.

Der Klavierlehrer nahm seine weiße Hand von ihrer Schulter und wandte sich Köttelgruber frontal zu.

»Schopäng«, sagte er und nickte kaum merklich mit dem Kopf.

Nach diesem allseitigen Kulturschock war die Tür

zum Musikzimmer bei jeder Lektion von innen verschlossen. Auch wenn der Flügel, was immer öfter der Fall war, keinen Ton von sich gab. Dann drang romantische Klaviermusik vom Band nach draußen, und Köttelgruber ahnte, warum Daria die Ottomane aus ihrem Schlafzimmer in den Musikraum hatte bringen lassen. Stille Brunft, so nennen es die Jäger, wenn die Hirsche bei der Betätigung zur Arterhaltung wenig oder gar keinen Lärm machen.

Zweimal hatte Köttelgruber – den geladenen Drilling an sich gepreßt und bebend bis in die Knochen – vor dem Musikzimmer gekauert, dann wußte er endgültig, daß er für entschlossene Aktionen nicht der Mann war. Daß er es nicht fertigbrachte, durch die Tür zu schießen. Der Mut verließ ihn, als er an die Folgen dachte. Er würde im Knast landen, wo er auf den Menschen Franz-Josef Köttelgruber reduziert wäre, ohne den gesellschaftlichen Rang eines VIP-Bürgers mit goldenen Kreditkarten und Ehrenämtern. Das wäre ein Sterben auf Raten.

»Ich bin häßlich und feige«, sagte Köttelgruber mit selbstmörderischem Blick in die drei Gewehrläufe, »ein Haufen Scheiße, an dem Geldscheine kleben.«

Im Musikzimmer wurde Mozarts *Kleine Nachtmusik* aufgelegt, als Köttelgruber die Drillingsmündungen in sein Brustfleisch preßte. Bevor die Todesangst ihn übermannte, rettete ihn die Religion.

»O Herr, du hast mir das Leben gegeben«, sagte er, »ich darf es nicht durch eigene Hand beenden. Nimm diesen sündigen Gedanken von mir. Aus der Tiefe rufe ich, Herr, zu dir: Erbarme dich meiner Seele. Amen.«

Damit war er aus dem Schneider.

»Ich danke dir, o Herr«, flüsterte er. »Unter der Wucht deiner Hand vergehe ich.«

Dann fiel ihm ein, daß unter einem seiner Dächer ein

Wesen vegetierte, das nicht sündigen konnte. Der kopf- und körperbehinderte Jürgen Kanallisch wartete auf Impulse, wie ein vorübergehend ruhiggestellter Terminator.

»Herr, mein Gott«, flüsterte Köttelgruber, »alle, die dich suchen, werden frohlocken. Die mit Tränen säen, werden mit Jubel ernten und ihre Gaben einbringen.«

Er trat mit dem Pantoffel gegen die Tür, hinter der zu den Klängen Mozarts geunzüchtelt wurde, verstauchte sich dabei den großen Zeh und humpelte leise wimmernd ins Jagdstübchen, um sich mit einem Kräuterschnaps zu trösten.

»Detti wird am Sonntag bei uns essen«, sagte Daria. »Du hast doch nichts dagegen, Franzel?«

»Wer zum Teufel ist Detti?«

»Ach, Franz-Josef!«

»Nenn ihn nicht Detti, jedenfalls nicht mir gegenüber! Glaubst du, ich weiß nicht, was ihr treibt?«

»Sei nicht so ekelhaft, Franz-Josef. Du willst doch, daß ich im Haus bleibe. In *deinem* Haus, mit *dir* zusammen, nicht wahr? Als *deine* Frau, um die dich alle beneiden! Bin ich nicht die Litfaßsäule, an der dein Prestige klebt?«

»Ich brauche keine Litfaßsäule. Ich will eine Frau. Ganz allein für mich.«

Daria lächelte ironisch.

»Möchtest du eine andere haben?« sagte sie. »Gibt es für dich eine in dieser Gegend? Falls ja, was für eine? Eine blinde Oma vielleicht oder eine Geistesgestörte mit perverser Neigung zu unappetitlichen Männern? Hör dich mal um, ob der Kanallisch eine Schwester hat!«

»Daria, ich liebe dich über alles. Das weißt du. Aber mach mir nicht das Herz kaputt, du, mach das nicht!«

»Ach Franzel! Du bist anhänglich wie ein Klotz am Bein. Sei mit dem zufrieden, was für dich bleibt. Du hast eine dumme kleine Gans gekauft, die im Dreck steckte.

Mit der konntest du machen, was du wolltest. Das ist nun vorbei. Du hast deinen Spaß gehabt. Jetzt mußt du lernen, mit der zweitbesten Lösung zu leben. Aber tröste dich: Die Männchen-Weibchen-Beziehung ist sowieso nur ein paar Monate lang absolute Spitze. Dann wird's ruhiger. Sogar bei Paaren, die zueinander passen. Wußtest du das nicht?«

Sie wickelte ihn um den Finger, wenn sie schmollte, sie fuhr mit ihm Schlitten, wenn sie gut drauf war. Und wenn eine ihrer Affären auf hormonellen Hochtouren lief, war sie verteufelt gut drauf.

Es gab Fasan. Käthchen, die meist unsichtbare gute Fee des Hauses mit der grauen Hallelujazwiebel am Hinterkopf, hatte die zwei bunten Vögel vorschriftsmäßig ein paar Tage am Stoß auf den Speicher gehängt. Köttelgruber hatte fachmännisch festgestellt, daß es »Jährige« waren und nicht etwa steinalte Recken. »Schwach entwikkelte, stumpfe Sporen auf halber Höhe der Ständer«, hatte er diagnostiziert. Die alten, zähen Kämpen der Wildbahn trugen nämlich spitze Stachelsporen von einem Zentimeter und mehr.

»So etwas sollte man wissen«, dozierte Köttelgruber. »Musikmachen ist nicht alles.«

Zu den Fasanen gab es verschiedene Wintersalate und braunkrustige Bratkartoffeln. Das feine Silber mit den Jagdmotiven lag auf.

Detlef Dahmen-Elmhorst kam im schwarzen Blazer mit Goldknöpfen. Goldene Notenschlüssel verunzierten im Dutzend seine cremefarbene Seidenkrawatte. Er verbeugte sich zu einem gehauchten Handkuß vor Daria und ihrem atemberaubenden Dekolleté.

Köttelgruber pflanzte sich im offenen Jägerhemd an die Tafel.

»Sie kriegen ja eine Glatze, Herr Dahmen«, sagte er.

»Da können Sie die Haare noch so nach vorne bürsten, man sieht's trotzdem.«

»Sehr aufmerksam«, sagte Dahmen-Elmhorst. »Im fortgeschrittenen Alter werde ich Ähnlichkeit mit Ihnen haben. Natürlich nur obenherum.«

»Bitte keine Hahnenkämpfe«, sagte Daria. »Ich möchte, daß wir eine große Familie sind.«

»Die ich finanzieren darf. Darum geht's doch«, sagte Köttelgruber.

»Ich bin Ihnen nichts schuldig«, sagte Dahmen-Elmhorst, »und am Tisch eines Gastgebers möchte ich kein Gespräch in Dur führen. Offenkundig bin ich hier so willkommen wie eine tote Ratte im Pool.«

»Bitte!« sagte Daria. »Bittebittebitte!«

Käthchen trug auf. Die mit Kräutern und Gewürzen gefüllten Fasanen verbreiteten ein Aroma, das Gastrokritiker zum Dichten angeregt hätte.

Von einem der Erdgeschoßfenster ging ein scharrendes Geräusch aus.

»Laufen die Hunde frei, Franzel?« fragte Daria.

»Ich werd mal nachsehen«, sagte Käthchen.

»Huch!«

Es war dieser Laut mißliebigen Erstaunens, der aus einem Frauenmund dringt, wenn eine Schabe durch die Küche rennt. Leicht verstört kam Käthchen ins Speisezimmer zurück und wies mit ausgestrecktem Arm Richtung Tür.

»Der Kanallisch ist da draußen!«

»Waaaas?« entsetzte sich Daria.

»Ich hab ihn eingeladen«, sagte Köttelgruber mit böser Heiterkeit. »Hast du nicht eben gesagt, daß wir eine große Familie sein sollen? Es wird so viel geredet und geschrieben über den Umgang mit Behinderten. Ich habe mir gedacht: Franz-Josef, du bist christlich erzogen, du führst ein christliches Leben und eine christlich-keusche

Ehe – nun verhalte dich auch christlich gegenüber deinen Mitarbeitern. So spricht der Herr: Selig die Armen im Geiste, denn ihnen gehört das Himmelreich!«

Kanallisch sah aus wie ein in die Rot-Kreuz-Kleidersammlung geratener Schimpanse. Die Pepita-Joppe aus dem Paläozoikum der Mode war ihm drei Nummern zu groß. Offenbar hatte er versucht, sich die Haare zu kämmen. An einer Seite standen sie widerborstig hoch, auf der anderen waren sie mit viel Wasser an den Schädel geplättet. Statt der Gummistiefel, ohne die ihn bislang noch niemand gesehen hatte, trug er verbrauchte Wanderschuhe, deren offene Schnürsenkel sinnlos herumschlenkerten.

»Seh ich Jürgen, muß ich würgen«, rief Köttelgruber ihm aufmunternd zu.

Kanallisch antwortete nicht sofort. Der Prunk der Wohnlandschaft schien ihn einzuschüchtern.

»Seh ich Jürgen, muß ich würgen!!« rief Köttelgruber ungeduldig. Er wollte sich die Choreographie des Auftritts nicht vermasseln lassen.

»Jürrgen – würrgen.«

Na also! Es war nicht so kräftig-guttural, wie Köttelgruber es hören wollte, doch er ließ es gelten.

»Setz dich hierher, Jürgen, und greif zu! Prima Happahappa!«

Köttelgruber feierte seine Komik mit homerischem Gelächter und hielt, obwohl am Tisch eisiges Schweigen herrschte, eine Zugabe für angebracht: »Prima Happahappa ... nein ... japs ... ich krieg mich nicht mehr ...«

Mit ganz kurzen, schlurfenden Schritten, wie ein verlegenes Kind, näherte sich Kanallisch der Tafel.

»Hierher! Da ist dein Platz. Da.«

Mit erschreckender Plötzlichkeit packte Kanallisch den ihm von Köttelgruber zugewiesenen Stuhl und setzte ihn dicht neben seinem Chef knallend aufs Parkett. Seine kleinen Habichtsaugen blitzten und flitzten hierhin und dorthin, nachdem er mit artistischem Seitpferdschwung auf den Stuhl gelangt war. Die im Vergleich zum Oberkörper stumpigen Beine erreichten den Boden nicht. Auf halber Höhe war Schluß.

Köttelgrubers Laune war weiterhin im Steigflug.

»Ich sage immer: Der Kanallisch läuft auf Saugnäpfen«, sagte er und hieb sich auf die Oberschenkel. »Wie ein Schlumpf, hahaha, gell, wie ein Schlumpf. Wenn der Kanallisch im Wald von einem Gewitter überrascht wird, kann er sich unter einen Pilz stellen.«

Kanallisch hielt den Kopf schief und schaute Köttelgruber an. Ein strenger Bocksgeruch ging von ihm aus.

»Wenn ich aussähe wie der Kanallisch«, sagte Köttelgruber, »dann würde ich lachend in eine Kreissäge rennen, hahaha.«

»Schrecklich«, sagte Dahmen-Elmhorst mit unbewegtem Gesicht.

»Du bist gemein, Franz-Josef! Abscheulich!« Darias Selbstbeherrschung stand auf der Kippe.

Dahmen-Elmhorst polierte seine Brille mit einem Spezialtüchlein.

»Lasset uns beten!« sagte Köttelgruber. »O Herr, du hast uns eine volle Tafel beschert. Wir danken dir von ganzem Herzen, daß es uns an nichts mangelt.« Drei Sekunden Kopfneigen, und weiter: »Du hast heute zwei Gäste an unseren Tisch gelenkt, die in diesem Haus heute und in Zukunft erwarten dürfen, was ihnen gebührt. Amen. Ich wünsche allseits einen guten Appetit.«

Kanallisch hatte mit offenem Mund zugehört. Mit offenem Mund und irren Raubvogelaugen beobachtete er, wie Köttelgruber ihm den Teller füllte. Dann gab es kein Halten mehr. Kanallisch aß mit den Fingern. Er stieß sich seinen üppigen Anteil am Fasanenmahl in den Schlund und sabberte wie ein kopulierender Eber, so daß Daria die Augen verdrehte und zu essen aufhörte.

Dahmen-Elmhorst betrachtete durch seine makellos polierten Brillengläser, wie das goldgelbe Fett, das millimeterdick unter der Fasanenhaut stand, aus Kanallischs Mundwinkeln troff, über sein Kinn rann, dessen unregelmäßiger Bewuchs an gerupfte Baumwolle erinnerte, wie es auf seine Hände tropfte und auf den kurzen Fingern mit den schwarzen Nagelrändern glänzte.

Dahmen-Elmhorst legte sein Silberbesteck demonstrativ gekreuzt auf den Teller.

Köttelgruber aß mit gesegnetem Appetit.

»Ganz delikat, wirklich delikat«, sagte er mit vollem Mund. »Käthchen hätte ruhig noch ein paar Brocken Schweinefleisch in die Füllung geben können.«

»Nun ja, für mich wird es Zeit ...« hob der Musiklehrer an. »Ich sollte noch mit einem Privatschüler ...«

»Nichtdochnichtdoch«, sagte Köttelgruber kauend. »Heute ist Sonntag. Da werden Sie doch ein Stündchen Zeit haben, Herr Dahmen. – Außerdem: Haben Sie von Käthchens Desserts schon gehört? Nein? Das dürfen Sie sich nicht entgehen lassen!«

»Franz-Josef ...« Daria sah blaß aus.

»Geht's dir nicht gut, mein Liebling? Du hast ja kaum was gegessen. Muß Kötti sich Sorgen machen?«

Kanallisch leckte seinen Teller ab.

»Will er etwa noch mehr, unser Ritter der Tafelsuhle?« fragte Köttelgruber.

Kanallisch blickte verlangend.

»Kein Problem«, sagte Köttelgruber. »Aber nur, wenn du dich an diesem angeregten Tischgespräch beteiligst. Hast du verstanden? Nicht nur: Jürgen – würgen. Kannst du noch was anderes?«

Kanallisch blickte auf seinen blankgeleckten Teller.

»Mama war immer die Milch von den Kühen am Rausholen«, sagte er.

Köttelgruber fiel fast vom Stuhl.

Galt Kanallisch bislang doch als weitgehend sprachlos!

»Habt ihr das gehört?« sagte Köttelgruber fassungslos. »Da hat man seit Jahren einen Ausmister im Stall und denkt, der macht das Maul nur zum Fressen auf.«

Er beugte sich zu Kanallisch vor, der seinen Teller mit beiden Händen festhielt.

»Sag noch was! Komm, sag noch was! Los, noch *einen* Satz!«

Kanallischs Augen bohrten fast Löcher in das Porzellan.

»Wenn ich in mein Kämmerlein geh, will mein Bettlein machen, steht ein bucklig Männlein da, fängt gleich an zu lachen.«

»Habt ihr das gehört? Ich faß es nicht, ich faß es nicht«, sagte Köttelgruber. »Hat dieser Pachulke doch die ganze Zeit auf taubstumm gemacht, und jetzt quasselt er wie ein Alleinunterhalter.«

»Es reicht jetzt!« sagte Daria. »Du machst ihn zum Narren.«

»Quatsch«, sagte Köttelgruber, »er ist doch einer.«

Kanallisch drehte den Teller wie ein Lenkrad.

»Wenn ich in mein Küchlein geh, will mein Süpplein kochen, steht ein bucklig Männlein da, hat mein' Krug zerbrochen.«

»Super«, sagte Köttelgruber und klatschte in die Hände. »Zugabe! Los, noch was! Noch'n Gedicht!«

»Wo die Toten sind, ist es ganz ruhig«, sagte Kanallisch. »Nur die Toten im Stall schreien, wenn man über den Hof geht. Aber die Toten im Teich sind ruhig.«

»HALT'S MAUL!« schrie Köttelgruber. »RUHE!«

An den Gesichtern von Daria und ihrem Klavierlehrer erkannte er, wie barbarisch er gebrüllt hatte.

»So einen Schwachsinn kann man doch wirklich nicht anhören. Das macht einen doch ganz nervös, gell«, sagte er schnell.

»Schick ihn fort!« sagte Daria.

»Verschwinde!« sagte Köttelgruber. »Aber dalli!«

Als ihm aufging, wie begehrlich Kanallischs Augen an dem noch reichlich vorhandenen Fasanenfleisch hingen, sagte er: »Du darfst was mitnehmen.«

Er ging davon aus, daß Käthchen einen Schenkel in Stanniol einschlagen und in Kanallischs Pepita-Jacke verstauen würde. Doch Kanallischs Naturinstinkte machten keine Umwege. Kompromißlos fuhren seine kurzen Greifer ins helle Fasanenfleisch, zerrissen und zerquetschten Haut und Knochen in ihrer Gier nach Menge, rafften und preßten zusammen, und bevor ein Laut über die Lippen der perplexen Betrachter kam, rannte Kanallisch zur Tür.

»Welch bedauernswerte Kreatur«, sagte Dahmen-Elmhorst.

»Daß du uns so etwas antun mußtest!« sagte Daria. »Du bist so unhöflich. So geschmacklos. So unkultiviert.«

»Ich konnte nicht wissen, daß der so einen Scheißdreck daherredet«, sagte Köttelgruber.

»Bitte«, sagte Daria, »wir sitzen zu Tisch.«

Köttelgruber verkniff sich die Entgegnung, die ihm auf der Zunge lag und die nach seiner Sicht etwa so hätte lauten können: »Der Tisch in den Karpaten, von dem ich dich weggeholt habe, vertrug solche Sitten.« Aber das wäre der gewisse Tropfen ins randvolle Faß gewesen, und so hielt er den Mund.

»Es ist phänomenal, daß ein so offensichtlich Geisteskranker geradezu literarisch formuliert. Handelt es sich bei diesem . . . bei diesem . . .«

»Jürgen Kanallisch«, sagte Köttelgruber.

». . . bei diesem Jürgen Kanallisch etwa um einen Autisten?« fragte Dahmen-Elmhorst.

»Was ist ein Autist?« fragte Köttelgruber.

Dahmen-Elmhorst lächelte milde.

»Autismus ist eine ganz gravierende Persönlichkeitsstörung«, sagte er. »Ein extremes Insichgekehrtsein. Der Autist denkt und spricht unlogisch.«

Daria warf ihm einen bewundernden Blick zu.

»Ah, sooo ist das bei dem Kanallisch«, sagte Köttelgruber. »Ich dachte, der hätte sie bloß nicht alle.«

»Die Toten im Stall schreien, wenn man über den Hof geht. Phänomenal. Ich muß mir das aufschreiben«, sagte Dahmen-Elmhorst.

»Vergessen Sie das Kauderwelsch. Essen Sie lieber noch was«, sagte Köttelgruber.

»Aber die Toten im Teich sind still . . . oder wie war das noch?«

»Schwachsinn! Alles Schwachsinn! Essen Sie doch! Oder soll Käthchen das Dessert bringen, ja?« sagte Köttelgruber. »Käthchen, bring den Nachtisch!«

»Mir ist das richtig unheimlich«, sagte Daria.

»Es geht eine seltsame Faszination davon aus, auch wenn es einem dabei kalt den Rücken herunterläuft«, sagte Dahmen-Elmhorst. »Künstlerisch veranlagte Menschen fühlen das so direkt, so unmittelbar.«

»Ich fühle es auch«, sagte Daria.

»Flambierte Früchte auf Pfannkuchen mit Vanilleeis und Schlagrahm«, sagte Käthchen und stellte eine Platte vom Durchmesser eines Verkehrsschildes auf den Tisch. Sie wußte, wieviel Köttelgruber essen konnte, bis er den Gürtel lockerte und sich stöhnend zur Toilette begab.

»Der Tod«, sagte Dahmen-Elmhorst und häufte Sahne auf seine Komposition aus Pfannkuchen, Wildkirsche, Vanilleeis und Walderdbeere, »der Tod ist das größte Mysterium für uns Lebende. Ob in der Malerei oder in der

Musik – der Tod, thematisch aufgegriffen, läßt uns erschauern.«

»Meine Schweine können ein Lied davon singen. Die wissen genau, was die Stunde geschlagen hat, wenn's über die Rampe geht«, sagte Köttelgruber. »Gott erlaubt nicht zu morden, aber er erlaubt zu töten.«

»In meiner alten Heimat ist der Vampirglaube noch sehr verbreitet«, sagte Daria. »Als Kind habe ich mich so gefürchtet. Ich konnte nächtelang kein Auge zutun, wenn die Alten abends Geschichten erzählten. Grauenvoll!«

»Wie unverantwortlich«, empörte sich Dahmen-Elmhorst, »ein junges Mädchen in der Entwicklungsphase mit Vampirismus zu erschrecken! Das kann einen durchs ganze Leben verfolgen.«

»So ist es«, sagte Daria, »hier draußen würden mich nachts keine zehn Pferde ins Freie zerren können. So tief sitzt die Angst noch heute.«

»Mir geht es ganz ähnlich«, sagte Dahmen-Elmhorst und tupfte sich mit der Serviette einen Sahneklecks vom Mundwinkel. »Von Kindesbeinen an plagt mich die Nachtangst. Und ich kenne nicht einmal das Auslösemoment. Nach dem Ereignis . . .« – er beugte sich ganz nah zu Daria herüber und flüsterte etwas, was sich für Köttelgruber so ähnlich wie »Du weißt, was ich meine« anhörte – »also nach einem Ereignis, über das ich mich jetzt nicht näher auslassen möchte, ist es noch schlimmer geworden. Viel schlimmer sogar. Ich habe einen Psychiater konsultiert. Einen Psychotherapeuten. Einen Psychoanalytiker. Einen Gesprächspsychotherapeuten. Es war wirkungslos. Wirkungslos wie eine Fahrradbremse an einem Jumbo-Jet. Ich muß mich wohl damit abfinden.«

Köttelgruber war hellwach. Er gab sich mäßig interessiert, rief »Käthchen, den Kaffee bitte!« und »Bring auch den alten Cognac mit!«, aber sein Gehirn kombinierte.

Nachtangst! War das die schwache Stelle des Klavierlehrers, an der man den Hebel ansetzen konnte? Was war das für ein *Ereignis*, das er so geheimniskrämerisch vernuschelte? Köttelgruber würde es herausfinden. Irgendwie. Er würde Nutzen daraus ziehen. Irgendwann. Irgendwo. Das stimmte ihn heiter.

»Nun bin ich doch froh, daß wir uns in so gelöster Atmosphäre ein bißchen besser kennengelernt haben, gell«, sagte er. »Nach diesem köstlichen Dessert kann man nur mit dem ältesten Cognac meiner Hausbar anstoßen. Und Schluß mit *Herr Köttelgruber.* Ich heiße Franz-Josef.«

Abrupt legte Daria ihre Dessertgabel auf den Teller.

»Franzel«, sagte sie, »du wirst vernünftig.«

Dahmen-Elmhorst stand auf, schob die baumelnde Notenschlüssel-Krawatte unter den schwarzen Blazer und sagte: »Detlef.«

»Dein Vorname klingt nach Entmannung«, sagte Köttelgruber, »aber mach dir nichts draus, meiner klingt nach Rheumasalbe.«

»Solange du ihn nicht Detti nennst, bin ich einverstanden«, sagte Daria.

Alle drei kosteten von der Antiquität, die goldbraun in den großen Schwenkern schwappte und in deren Bukett Köttelgrubers fleischige Nase sich schwelgerisch blähte.

»Mmmmh ...«, schwärmte er und bemerkte beiläufig: »Was hast du da eben gesagt, Daria? Vampire in deiner Heimat? Erzähl doch mal!«

»Ich weiß nicht«, sagte Daria. »In so netter Stimmung ...«

»Gerade dann«, sagte Köttelgruber mit einem Seitenblick auf den Musiklehrer. »Am hellen Tag und in netter Stimmung nimmt man's leicht. Wenn man sich kurz vor der Nacht über Untote unterhält, kann das zu Albträumen führen, gewiß. Aber jetzt?«

»Gruselig«, sagte Dahmen-Elmhorst und zitterte mit den Schultern. »Brrr.«

»Ich bitte dich nicht oft um etwas«, sagte Köttelgruber. »Bitte, Daria, gönne uns ein Horrorstündchen!«

»Na meinetwegen. Wenn die Gentlemen unbedingt Hinterwäldlergeschichten hören wollen, sollen sie sie haben«, sagte Daria und schloß die Augen, um in Erinnerungen hinabzutauchen.

»Wo ich herstamme, sozusagen vom Rand der Weltscheibe, hat sich jahrhundertelang fast nichts verändert. Du weißt es ja, Franzel. Als ich so neun oder zehn Jahre alt war, starb im Nachbardorf ein Schäfer. Ein paar Tage danach begannen die Leute sich zu fürchten. Der Schäfer würde nachts zurückkommen, sagten sie. Ein paar Kinder wurden krank. Es fehle ihnen Blut, sagte der Bezirksarzt. In einem einzigen Monat, im November, starben drei Kinder und ein Erwachsener. Das ist ungewöhnlich viel für ein kleines Dorf. Vorher sind auch Ziegen und Schafe gestorben, ohne daß jemand erklären konnte, warum.«

»Ein Virus«, warf Dahmen-Elmhorst ein. »Wie in Ebola.«

»Ich weiß nicht«, sagte Daria. »Von einem Virus hat damals niemand gesprochen. Die Leute hatten Angst vor etwas anderem, sogar die Männer. Einmal haben vier von ihnen in der Kneipe geschlafen, weil sie sich nicht nach Hause trauten. Sie hatten nämlich durch die Scheiben einen langen Schatten an der Wand gegenüber gesehen.«

»Die fabelhafte Ausrede von Zechbrüdern, die einen Krach mit ihren Frauen vermeiden wollten«, sagte Dahmen-Elmhorst.

»Möglich«, sagte Daria. »Aber in der Dunkelheit ging kein Mensch mehr nach draußen, wenn es nicht unbedingt sein mußte, nicht einmal die zwei Männer von der Miliz. Die älteren Leute im Dorf sagten, sie wüßten, was los sei. Sie hatten nämlich schon mal etwas Ähnliches erlebt. Das war so um die fünfzig Jahre her. Damals sollen Tote zu ihren Angehörigen zurückgekommen sein. Immer nur nachts. Einige sollen sehr oft gekommen sein. Sie hätten mit ihren Leuten gegessen und getrunken. Tote Frauen hätten mit ihren Ehemännern geschlafen, sagten die alten Leute.«

»Da kriegt man ja eine Gänsehaut«, sagte Dahmen-Elmhorst und ließ sich Cognac nachschenken, zum dritten Mal schon. »Wer verbürgt sich für solche unheimlichen Geschichten?«

»In unserem Haus saß mal ein alter Mann. Dem liefen die Tränen über das Gesicht, als er von seiner Frau erzählte. Er schwor beim Kreuz, daß damals, als er noch jung war, seine tote Frau sieben Mal bei ihm war. Ich habe den Mann gesehen und dabei gefroren.«

»Gab's keine offiziellen Untersuchungen?« fragte Kötelgruber.

»Doch. Es kam eine Kommission ins Dorf. Vier oder fünf Studierte aus der Hauptstadt, sagte man. Denen ist es auch zu verdanken, daß die Vorgänge aufgeschrieben wurden. In den Archiven kann man das alles nachlesen. Auch über die aufhockenden Toten.«

»Die aufhockenden Toten?« Dahmen-Elmhorsts Schwenker zerbrach fast in seiner weißen Hand.

»Die aufhockenden Toten, so wurde das Phänomen genannt, weil auch die Kommission nicht verschont wurde. Bevor nämlich die Gräber geöffnet wurden, sind den Kommissionsmitgliedern, wenn sie nachts durch das Dorf gingen, Tote auf den Rücken gesprungen. Ein paar Schritte lang ließen sie sich tragen, dann sprangen sie wieder ab und verschwanden.«

»Das waren die Dörfler selbst. Irgendwelche Bauernlümmel, die Schabernack trieben«, griff Dahmen-Elmhorst nach einem Hoffnungszipfel des Erklärbaren.

»Nein«, sagte Daria. »So einfach ließ die Kommission sich nicht reinlegen. Die Gräber wurden sofort geöffnet, und viele der Toten waren gar nicht oder kaum verwest. Bei einigen sollen sogar die Glieder beweglich gewesen sein. Sie hatten Teile ihrer Leichentücher gefressen, und unter der alten Haut war eine neue, rote gewachsen. Für die Experten war das nichts Neues. Bereits im achtzehnten Jahrhundert waren in einem polnischen Dorf Leichen ausgegraben worden, die genauso ausgesehen hatten. Die Männerleichen nannte man Upier, Frauenleichen Upiercyca.«

»Du armes Kind hast gewiß schreckliche Ängste ausgestanden«, sagte Köttelgruber.

»Und ob. Als in unserem Nachbardorf das unerklärliche Sterben losging, graute es einen vor jeder Nacht. Muttergottes, was war ich froh, daß zwischen dem Nachbardorf und unserem Örtchen ein kleiner Fluß war. Als Kind kann man so viel Angst haben, daß man sich im Dunkeln nicht mehr traut, unter der Bettdecke hervorzuschauen. Damals hat mir die Mutter so gefehlt. Sie war bei meiner Geburt gestorben, und ich wußte oft nicht, ob ich sie mir herbeiwünschen soll oder nicht. Sehnsucht und Angst waren gegeneinander. Wenn nämlich eine Mutter im Wochenbett gestorben war, warteten die Leute erst mal ab. Es wurde alles so hergerichtet, als ob sie jeden Moment zurückkommen könnte. Ihre Kleider wurden ordentlich hingelegt. Den Schnuller, den sie ihrem Kind geben sollte, legte man dazu. Man sagte, daß die tote Mutter während einer bestimmten Anzahl von Nächten heimlich kam, um ihr Kind an die Brust zu legen.«

»Mir sträuben sich die Haare«, sagte Dahmen-Elmhorst.

»Und der Schäfer, von dem du erzählt hast, war er ein Untoter?« fragte Köttelgruber.

»Die Männer, die ihn ausgruben, haben gesagt, sie hätten schon beim Schaufeln ein Schmatzen gehört. Dann hätten sie einen Vampir gesehen. Der Schäfer sei fetter gewesen als im Leben, haben sie gesagt. Und er hätte Fetzen seiner Kleider im Mund gehabt. Richtig lebendig hätte er ausgesehen. Darum haben sie ihm mit einem Grabscheit den Kopf abgestochen und ihn vor den Kirchhof gelegt. Von da an hörte das viele Sterben auf.«

»Dir geht das unter die Haut, Detlef. Das sehe ich«, sagte Köttelgruber.

»Veranlagung«, sagte Dahmen-Elmhorst. »Dafür kann man nichts. Je sensibler der Mensch, desto ausgeprägter seine bildliche Vorstellungskraft.«

»Du würdest also nicht sagen, daß das Ammenmärchen aus den Karpaten sind, wo die Leute rückständig sind und sich was zusammenfabulieren, weil sie für Fernsehen und Video keinen Zaster haben?« sagte Köttelgruber.

Dahmen-Elmhorst bedachte Daria mit einem zartfühlenden Blick.

»Die Menschen dort sind sicher nicht rückständiger als in dieser Gegend hier«, sagte er. »Es ist anzunehmen, daß in solchen ursprünglichen Regionen die Kenntnisse über das, was mit toten Körpern unter der Erde geschieht, nicht sonderlich groß sind. Ich habe mich informiert, allein schon, um meine Ängste zu bekämpfen. Es geht in der Tat ein Schmatzen von verwesenden Körpern aus. Zersetzungsprozesse. Chemie. Pure Chemie. Auch was Daria über die angeblich neue Haut der Toten erzählt hat, ist vollkommen natürlich. Das ist nicht wirklich eine neue Haut, sondern nur eine Schicht, die unter der weggeplatzten Oberhaut rosig-frisch sichtbar wird. Was sagte Daria über diesen Schäfer? Fett soll er gewesen sein, fetter als zu Lebzeiten. Stimmt! Leichen blähen sich nach einer gewissen Zeit auf. Durch Fäulnisgase. Die Gestalt wird fülliger – aber gewiß nicht, weil sie nachts den Lebenden das Blut absaugt. Das ist Aberglaube. Purer Aberglaube! Purer, von der Literatur genüßlich gepflegter Aberglaube! Nur dazu angetan, den Menschen Angst zu machen. Angst! Angst! Angst!«

Der Musiklehrer hatte rote Bäckchen und lockerte die Schlinge seiner Notenschlüssel-Krawatte. Köttelgruber registrierte es mit heimlicher Freude. Es lag auf der Hand, daß Dahmen-Elmhorst einen Wall von Beruhigungsargumenten, von biologischen und chemischen Erklärungen um sich herum aufschichtete. Dieser Warmduscher versucht sich eine ozeantiefe Furcht von der Seele zu reden, dachte Köttelgruber. Na warte!

»Nun ist aber Schluß mit der Geisterstunde«, sagte Daria. »Ich werde mit Detti kurz in die Stadt fahren, Franzel. Ich hab nämlich seiner Frau Mutter versprochen, heute einen Tee mit ihr zu trinken.«

Teetrinken mit Frau Mutter! Sie glaubt, daß ich verkalkt bin, dachte Köttelgruber, verkalkt, vertrottelt, verblödet.

»Wenn du's versprochen hast, mußt du's wohl einhalten«, sagte er. »Soll ich dich später abholen?«

»Nicht nötig«, sagte sie fix. »Detti wird mich zurückfahren.«

Mit gesenktem Kopf und verschränkten Armen blieb Köttelgruber auf seinem Stuhl sitzen, während die beiden zum Aufbruch rüsteten. Auf das »Verbindlichen Dank für die Gastfreundschaft« des Musiklehrers und das fröhlich gedoppelte »Tschü-hüs« Darias reagierte er mit einem motzigen »Macht mir doch nichts vor!«.

Die beiden werden sich amüsieren, dachte Köttelgruber neidisch. Über den Hof wehten Laute der Vorfreude, geil und gickerig. Autotüren wurden zugeschlagen. Plötzlich war es sehr still, und Köttelgruber fühlte sich einsam und verlassen.

Es war Sonntagnachmittag. Ein Sonntagnachmittag in

der Provinz kann so eintönig sein wie das Rosenkranzgeleier alter Frauen am Tag des ewigen Gebets. Eine Steigerung provinzieller Eintönigkeit ist ein Sonntagnachmittag in einem Schweinemastbetrieb, zwei Kilometer entfernt vom nächsten Dorf. Es ist wie Tütenkleben in einer geschlossenen Anstalt.

Köttelgruber goß sich einen Cognac gegen die Trostlosigkeit ein. Durch die Scheiben ödete ihn ein grauer, nasser Wintertag an.

V. KAPITEL

Schweinetage

Köttelgrubers zielloser Gang durchs Haus führte ihn allerorten an ländlichen Kostbarkeiten vorbei: an alten, mit Blumen und Ornamenten bemalten Bauernschränken, an Truhen aus dem Dreißigjährigen Krieg und an prachtvollen Gobelins, die sein Vater in der Hamsterzeit nach dem Zweiten Weltkrieg gegen Speck und Kartoffeln eingeheimst hatte. In der hohen Diele, in der man mindestens fünf Turner hätte aufeinanderstellen müssen, damit der oberste mit den Fingerspitzen die Decke erreichte, blieb Köttelgruber eine Weile stehen. Die Stirnwand starrte vor Trophäen: Geweihe, Gehörne, Schaufeln, präparierte Köpfe von Keilern, ein ausgestopfter Dachs, ein Iltis, ein Fuchs und – groß wie der Nachmittagsschatten eines Feldschobers – das Fell des Karpaten-Bären.

Über den breiten Treppenaufgang mit dem kunstvoll geschnitzten Geländer stieg Köttelgruber in den ersten Stock. Er ging über dicke Teppiche. An den Wänden hingen in Eichenholz gebrannte Sprüche wie *Im Hause muß beginnen, was leuchten soll im Vaterland* und *Ein guter Schuß zur rechten Zeit bewahrt des Jägers Fröhlichkeit.* In einem Badezimmer aus rotem Marmor entledigte Köttelgruber sich geräuschvoll eines finalen Stoffwechselprodukts, das – wie bei gefräßigen Fleischvertilgern üblich – jeden Geruchssinn außer seinem eigenen zutiefst gekränkt hätte. Darias Abwesenheit ausnutzend, verzichtete er auf das lästige Händewaschen und setzte seine von Langeweile getriebene Hausinspektion fort. Immerhin zögerte er, bevor er die Türklinke zu Darias Privatgemach herunterdrückte.

Alles in ihrem Zimmer war aus honigfarbenem Rattan. Der exotische Stil paßte absolut nicht in dieses Haus, aber sie hatte es unbedingt so haben wollen: das Bett aus geschwungenem Rattan, der filigrane Schreibtisch mit der Glasplatte, auf welcher Schmuck, Notizen und farbiges Briefpapier kreuz und quer herumlagen, der offenstehende Kleiderschrank, der einen Blick auf Darias variantenreiche Eleganz gestattete, der Schminktisch mit dem Kristallspiegel, der die vielen Tiegelchen und Töpfchen widerspiegelnd verdoppelte.

Eigentlich wollte Köttelgruber nur ein bißchen von der Intimsphäre seiner jungen Göttin erschnuppern, als eine hinterlistige Neugier ihn schnurstracks zum rattangeflochtenen Papierkorb trieb. Er war dreiviertel voll – wahrscheinlich seit Monaten nicht geleert, denn seines Wissens schrieb Daria nicht viel. Köttelgruber kippte den Inhalt auf den Perserteppich.

Er ging systematisch vor, Zettel für Zettel, Fetzen für Fetzen. Zunächst stieß er nicht auf die erhoffte Ausbeute. Keine Brieffragmente, keine Bekenntnisse. Überwiegend waren es zerknüllte Quittungen aus Boutiquen und Kosmetik-Shops. Dann entdeckte er einen an den Musiklehrer gerichteten Brief, geschrieben auf lila Papier. Offensichtlich war er wegen Verschreibens in der siebten Zeile abgebrochen worden.

Geliebter Detti-Frosch!

Ich halte es nicht mehr aus! Allein der Gedanke an Dich erregt mich bis in die Zehenspitzen. Der Alte ist meiner Anregung gefolgt und hat eine Schlafkoje in die Jagdhütte einbauen lassen. Das könnte eine sichere Laube für uns sein, denn K. ahnt ja nicht, weshalb ich dir

Ende. Vermutlich, weil *dir* mit kleinem d geschrieben

war und sie nicht kritzelig herumkorrigieren wollte. Auch bei Liebesbriefen schien sie heikel zu sein. Köttelgruber begann zu schwitzen. In der Jagdhütte! Ausgerechnet in der Jagdhütte, wo sie ihm, Köttelgruber, kurz nach der Hochzeit eine schnelle Nummer im Stehen genehmigt hatte. Niemals würde er diesen einzigen Spontanfick im Kurzstrecken-Sex seiner Ehe vergessen! Er hatte die Kniebundhose heruntergelassen, während Daria sich mit den Ellbogen auf dem Fensterbrett abstützte. Hinter ihr stehend, hatte er sie bedient. Noch Tage danach hatte Muskelkater in den Beinen ihn an das Bravourstück erinnert. Und nun war die Jagdhütte zur Rammelkammer eines Rivalen geworden, der sich auch noch bequem hinlegen konnte – in die nagelneue Schlafkoje.

Haßerfüllt schnüffelte Köttelgruber weiter. Von Interesse waren nur noch drei aus einem Frauenmagazin herausgerissene Seiten. Daria hatte sich dem Test *Wie schamlos sind Sie in der Liebe?* unterzogen und Dutzende von Kästchen angekreuzt. Sie hatte die höchstmögliche Punktzahl erreicht.

Köttelgruber war fertig – mit dem Inhalt des Papierkorbs und mit den Nerven. Pedantisch knüllte er die Papiere in den ursprünglichen Zustand zurück und füllte den Korb wieder. Die Stücke älteren Datums kamen zuunterst, Aktuelles wie der lila Brief an den geliebten Detti-Frosch obenauf. – Augenblick! Einen kleinen weißen Zettel hätte Köttelgruber fast übersehen.

Konnte Dich nicht erreichen. Bin um 16.30 Uhr in der Hütte. Sei bitte pünktlich. Love. D.

Der Zettel, eine Haftnotiz, schien für den Außendekkel eines Briefkastens oder für eine Windschutzscheibe bestimmt zu sein, doch aus einem unerfindlichen Grund war er nicht dorthin gelangt, sondern hatte die kurze Reise vom Schreibtisch in den Papierkorb gemacht. Was auch immer dahinterstecken mochte, der mit roter Tinte beschriebene Zettel erschien Köttelgruber brauchbar. Ziel und Zweck waren ihm in diesem Moment zwar noch schleierhaft, aber sein ganz auf Frust und Zorn geschaltetes Empfinden gebot ihm, das Corpus delicti in die Tasche zu stecken.

Köttelgruber verließ das Zimmer, verließ das Haus und hoffte, daß die Winterluft seinen heißen Kopf kühlte. In seinen Schläfen hämmerte es. Er blickte auf die wellblechgedeckten Flachbauten, die sich im grauen Dezemberdunst sterbensstill wie Lagerbaracken duckten.

Für die Kreaturen, die sich unter diesen Dächern drängten, empfand Köttelgruber nichts. Die Schweine in ihrer Masse erschienen ihm anonym und seelenlos. Eine berechenbare Menge Fleisch. Der Wert eines solchen Lebens war auf einen einfachen Nenner zu bringen: knapp sieben Monate alt, hundert Kilo schwer, schlachtreif. Von den Zitzen ihrer Mütter weg kamen die Ferkel in die Mästerei. Hier standen sie Schulter an Schulter in Stahlrohrboxen über den Mistkanälen, stakten über unbequeme Spaltböden, die ihre Klauen und Gelenke belasteten und binnen weniger Wochen schmerzhaft deformierten. Nie in ihrem kurzen Leben würden sie mit einem sauwohl gegrunzten *Wooch-wooch-wooch* die Wonnen einer Matschsuhle genießen. Nie würden sie mit ihren Rüsseln durch die wundervolle Erde pflügen. Köttelgruber hatte keine Ahnung, daß eine Rüsselscheibe mit ihren Tausenden von Tastsensoren um vieles sensibler war als seine Fingerkuppen. Köttelgruber hatte keine Ahnung, daß die Riechschleimhaut der Schweinenase zehnmal mehr von der Welt aufnahm als die des Menschen. Köttelgruber hatte auch keine Ahnung, daß das Schwein gleich nach dem Schimpansen, dem Delphin und dem Elefanten zu den Intelligenzbestien im Tierreich zählte, gelehriger noch als ein Schäferhund. Solcherlei Wissen wäre für Köttelgruber bloß hinderlich gewesen. Für ihn gab es nur automatisch gefütterte, gewichtsgenormte Industrieschweine, die zweimal im Leben Auslauf bekamen: aus der Mastbox in den Lastwagen, und vom Lastwagen vor die Elektrozangen ihrer Schlächter, die sie mit einem 260-Volt-Hirnbeben betäubten, damit sie den Ausblut-Stich in die Kehle stumm ertrugen.

Da in großer Eile gestorben wurde, war die Betäubung nicht garantiert. Manch armes Schwein zuckte in Krämpfen und war noch bei vollem Bewußtsein, wenn der scharfe Stahl seine Halsschlagader durchschnitt. Aber das Transportband des Todes lief unerbittlich, und die Männer in den schwarzen Gummischürzen sahen nur das Fleisch, das an den Hinterlaufsehnen vom Haken baumelte und bald ohne Innereien, Augen und Ohren in langer Reihe von Arbeitsgang zu Arbeitsgang ruckte.

Über die Anklage des griechischen Philosophen Plutarch – »Für einen Bissen Fleisch nehmen wir einem Tier die Sonne und das Licht und das bißchen Leben und Zeit, an dem sich zu erfreuen seine Bestimmung gewesen wäre« – hätte Köttelgruber den Kopf geschüttelt. Über Leo Tolstois Einschätzung »Solange es Schlachthöfe gibt, wird es Schlachtfelder geben« hätte er gelacht. Aber Köttelgruber blieb die Geste erspart, lachend den Kopf zu schütteln, weil es im Umkreis von zwanzig Kilometern keinen Zeitgenossen gab, der es für ersprießlich gehalten hätte, den Schweinebaron auf Plutarch oder Tolstoi anzusprechen.

Ein Kollege aus dem Züchterverband, der exklusive Urlaubsziele bevorzugte, hatte am Rand einer Tagung verbreitet, daß auf einigen Südseeinseln, auf denen früher Kannibalen ihre Keulen geschwungen hatten, die zum Festschmaus auserkorenen Menschen als *Langschweine* bezeichnet worden seien.

»Mensch und Schwein liegen geschmacklich wohl nicht weit auseinander. Auf die Zubereitung kommt's an«, hatte Köttelgruber dem Weitgereisten die Schau gestohlen und auf deutsche Massenmörder wie Hamann und Kürten verwiesen, die in karger Zeit ihre Opfer gepökelt oder – wie ein Berliner Ladykiller im Ersten Weltkrieg – zu Würstchen verarbeitet hatten.

Köttelgruber versuchte, die Gedanken auf sein Schweinegeschäft zu konzentrieren. Was lag an für den nächsten Tag? Der Futtermitteltransporter war bestellt. Ein Viehwagen samt Hänger mußte mit Schlachtschweinen für Norditalien gefüllt werden. Der Termin mit dem Tierarzt, das Telefonat mit dem Landwirtschaftsamt wegen EU-Subventionen – Köttelgruber würde zu tun haben. Am Silo, auf halbem Weg zu den Ställen, machte er kehrt. Die Schweine schrien immer so hysterisch, wenn ein Mensch in ihre fabrikmäßig angelegten Todeszellen kam. Das konnte Köttelgruber im Moment nicht vertragen. Er ging in die andere Richtung. Kurz darauf stand er am Sauteich, obwohl er auch dorthin nicht gewollt hatte. Nachdem der Frisör sich so unwiderruflich an der Stinkbrühe verschluckt hatte, war Köttelgruber nur noch zweimal ganz kurz dort gewesen, um sich zu vergewissern, daß der Stein den mittlerweile halbverfaulten Provinzschönling auch weiterhin zuverlässig an der Auferstehung hinderte.

In das schmutzige Grau des Dezembertages schlichen sich die ersten Schatten der Düsternis. Das tiefe Gewölk fraß Licht. Der Sauteich lag still und dunkel wie das Auge eines toten Zyklopen. Köttelgruber fröstelte. Außer dem kahlen Geäst einer Trauerweide, die beim kleinsten Luftzug zitterte, bewegte sich nichts.

Köttelgruber konnte das Gefühl, beobachtet zu werden, nicht abschütteln.

»Was mache ich hier?« sagte er. »Weshalb bin ich überhaupt hergekommen?«

Auch das Selbstgespräch half nicht.

»Seit über zwanzig Jahren bin ich Jagdpächter«, sagte er laut und forsch. »In den Karpaten habe ich einen Bären erlegt. Ich hab's nicht nötig, im dunklen Wald zu pfeifen!«

Das Unbehagen blieb. Es wurde sogar stärker. Köttelgruber zog den Kopf ein.

»Laß mich in Ruhe!« rief er über den schwarzen Teich. »Ich habe dich nicht umgebracht. Ich nicht. Es war ein Geistesgestörter. Ich hab's nicht verhindern können!«

Wie eine Antwort kam das rauhe Krächzen einer Krähe aus dem Dunst hinter der Trauerweide. Köttelgruber spürte, daß eine Gänsehaut über ihn kroch, sogar über die tellergroßen Stellen der Schuppenflechte.

»Es war der Kanallisch«, rief er. »Der wäre doch durch nichts mehr zu stoppen gewesen, das mußt du doch gemerkt haben. Ich bin kein Mörder! Ich bin Katholik!«

Die unsichtbare Krähe antwortete übellaunig. *Krah-krah-krah.*

Köttelgruber dachte an Flucht. Doch dann hätte er dem Unheimlichen den Rücken zuwenden müssen, und das hätten seine Nerven nicht ausgehalten.

»Du bist in eine Ehe eingebrochen, die vor Gott geschlossen wurde«, rief er. »Es war Gottes Wille, der den Wahnsinnigen auf dich gehetzt hat. Es war die Strafe Gottes! Mach nicht mich dafür verantwortlich! Ich bitte dich!«

Der Lärm-Cocktail aus Stimmen, Klatschen und Schlagen kam so plötzlich und nah aus dem Dunst, daß Köttelgruber vor Schreck das Gleichgewicht verlor. Trübe Jauche umspritzte ihn. Wie ein Schwein auf der Rampe, das das Blut der toten Artgenossen riecht, kreischte er seine beschissene Angst hinaus.

Ein Schwarm Krähen flog dicht über ihn hinweg.

»Scheiße!« brüllte Köttelgruber und schlug mit der flachen Hand in die Brühe.

Er richtete sich auf und stand da mit abgewinkelten Armen, während Jauche von ihm abtropfte.

»Was bin ich für ein Idiot!« sagte er.

Da wurde sein Rückgrat starr wie ein Stahlrohr, sein Kiefer klappte herunter und seine sich weitenden Augen erfaßten neben der Trauerweide die Umrisse einer Gestalt. Sie bewegte sich am Rand des Sauteichs entlang, blieb stehen, bewegte sich auf groteske Weise wieder ein Stück, blieb wieder stehen und ließ ihre Stimme ertönen:

Die Krähen schrein
Und ziehen schwirren Flugs zur Stadt.
Bald wird es schnein.
Wohl dem, der jetzt noch Heimat hat!

Köttelgruber wußte nicht, daß es Nietzsche-Verse waren. Aber er wußte, daß es die Stimme von Jürgen Kanallisch war.

Flieg, Vogel, schnarr
Dein Lied im Wüstenvogel-Ton!
Versteck, du Narr,
Dein blutend Herz in Eis und Hohn!

Köttelgrubers Befinden schwankte zwischen Erleichterung, Verwirrung und Verärgerung.

»Schwachkopf!« knurrte er. »Spatzengehirn! Deinetwegen bin ich in die Jauche gefallen, du verdammter Idiot!«

Kanallischs Gedichtvortrag, seine Lernfähigkeit überhaupt waren Köttelgruber unerklärlich, doch er hatte keine Lust, dieses Mysterium durch einen neuerlichen Dialogversuch mit Kanallisch zu ergründen. Für diesmal war er bedient.

Während er zum Haus zurückging, fiel die Dunkelheit rasch wie der Schatten eines riesigen Vogels über das Land.

Köttelgruber wusch sich, zog frische Sachen in Jäger-Grün an und übergab Käthchen die Gülle-Textilien.

»Jemine, Herr Köttelgruber, waren Sie im Stall? Nein

aber auch, daß Sie sogar sonntags arbeiten müssen, nein aber auch!« sagte Käthchen.

»Um alles muß man sich selber kümmern«, sagte Köttelgruber.

Dann telefonierte er mit Ralf Schwertfeger.

»Ich könnte mich schwarz ärgern«, sagte Schwertfeger, »seit vierzehn Tagen laufen zwei wildernde Hunde durchs Revier. Zwei große Bastarde. Heute habe ich sie wieder gesehen. Aber glaubst du, ich wäre zum Schuß gekommen? Die Burschen sind gottverdammt gewitzt, Franz-Josef.«

»Jaja«, sagte Köttelgruber, »in manchen Köpfen spielt sich halt doch mehr ab, als wir annehmen.«

»Wie sieht's diese Woche bei dir aus? Hast du Zeit? Ich bin vier Tage lang Strohwitwer. Sollen wir uns die Köter gemeinsam vorknöpfen?« sagte Schwertfeger.

»Warum nicht«, sagte Köttelgruber. »Wie kommst du denn zu deinem Glück?«

»Zu welchem Glück?« sagte Schwertfeger.

»Daß du deinen Gendarmen vier Tage vom Hals hast.«

»Elisabeth macht Weihnachtseinkäufe in Mailand. Den Spleen kriegt sie doch jedes Jahr.«

In Köttelgruber, der im allgemeinen kein Rekordjäger beim Errichten von Gedankengebäuden war, keimte eine Idee auf. Recht vage noch, aber das Fundament war vorhanden.

»Sag mal, Ralf ...«, begann er zögerlich, weil er noch nachdachte, während er sprach, »sag mal, könnte Daria eventuell mit nach Mailand? Die zwei Mädels kommen doch gut klar miteinander.«

»Dürfte kein Problem sein«, sagte Schwertfeger. »Aber ich warne dich: Das kann dich Haus und Hof kosten. Beim Shopping in Milano haben Frauen keine Skrupel, hähähähä. – Warte einen Moment, ich sehe mal nach, wo Elisabeth ist.«

Am Telefon war Elisabeths Stimme genauso unerträglich wie in natura. Ein metallisches Schnarren. Ein Motor auf Hochtouren. Ein Dutzend Zungenschläge pro Sekunde.

»Ich nehm den Porsche«, sagte sie und steigerte die Drehzahl: »Da kriegt man zwar nichts rein, aber das macht ja nichts, weil ich mir die Einkäufe sowieso zuschicken lasse, und da kann Daria natürlich mit, ist ja gar keine Frage, im Gegenteil, ich freu mich, weil, in Italien so allein, das ist so eine Sache, und wenn ich . . .«

»Wann fährst du?« sagte Köttelgruber.

»Morgen früh um halb acht«, sagte Elisabeth leicht eingeschnappt.

»Toll«, sagte Köttelgruber. »Bist du so lieb und holst Daria hier ab?«

Eine längere Antwort befürchtend, fügte er gleich hinzu: »Mit dir kann man Pferde stehlen, Elisabeth. So eine wie dich hat Ralf gar nicht verdient.«

Das kam immer gut an, konnte notfalls als kleiner Spaß abgetan werden, streute aber in jedem Fall Pfeffer auf die wundgescheuerte Schwertfeger-Ehe. Wenn er, Köttelgruber, schon im Unglück leben mußte, konnte auch die Disharmonie der Schwertfegers getrost noch ein paar zusätzliche Haarrisse vertragen. Ein bißchen Gerechtigkeit mußte sein.

Daria strahlte vor Glück und guter Laune, als sie kurz vor Mitternacht eintrudelte. Köttelgruber hatte im Wohnzimmer auf sie gewartet.

»Du bist noch auf, Franzel? – Also, Dettis Mutter ist einfach süß. Was wir gelacht haben!«

»Kann ich mir denken«, sagte Köttelgruber.

»Hast du einen schönen Tag gehabt?« sagte Daria, wartete aus Interesselosigkeit die Antwort nicht ab und schob eine weitere, ebenso teilnahmslos empfundene Frage nach: »Hast du auf mich gewartet?«

»Ja, mein Liebling. Ich bin aufgeblieben, um dir eine Überraschung zu bereiten. Aber nur unter einer Bedingung: Du mußt dich sofort entscheiden, auf der Stelle. Einverstanden?«

Köttelgruber baute auf Darias Spontaneität und ihre unbändige Lust auf Neues.

»Waaas? Einkaufsbummel in Mailand? Vier Tage?« In ihrer Stimme war dieser kindliche Überschwang, den er so liebte. »Du bist ein Schatz, Franzel. Zehntausend? Ja, das dürfte reichen. Ich werde dir auch was Schönes mitbringen. Eine Jagdtasche vielleicht, ja? Die Italiener haben todschicke Ledersachen.«

Detlef fiel ihr erst auf der Treppe ein.

»Oh, mein Klavierunterricht. Ich bin ja Dienstag und Donnerstag weg . . .«

»Mach dir deswegen mal keine Sorgen«, sagte Köttelgruber. »Nach dem Gespräch heute haben Detlef und ich einen ganz anderen Draht zueinander. Ich rufe ihn morgen an und erkläre ihm deinen Mailand-Trip. Der Mann hat doch Verständnis für die Bocksprünge des Lebens. Der freut sich, wenn du Spaß hast. Den ausgefallenen Unterricht kriegt er natürlich bezahlt, ist doch Ehrensache.«

Die klitzekleine Steilfalte der Skepsis auf Darias Stirn glättete sich sofort.

»Ach, Daria . . . Fast hätte ich's vergessen . . . Was ich dich nämlich noch fragen wollte . . . Du weißt, daß ich nicht gern die Gefühle anderer Leute verletze . . . Um es klar zu sagen: Wenn mal wieder das Thema auf den Tod kommen sollte, zufällig, so wie heute mittag, weiß ich nicht, wie ich mich Detlef gegenüber verhalten soll. Er hat da von einem Ereignis gesprochen, das ihm zu schaffen macht. Wäre es nicht besser, wenn du mir das ein bißchen genauer sagen würdest – ich meine, bevor mir irgendein unbedachtes Wort rausrutscht. Das wäre doch jammerschade, jetzt, wo alles so ins Lot kommt.«

»Es ist aber etwas sehr, sehr Persönliches«, sagte Daria.

Köttelgruber hörte am Tonfall, daß sie auf eine lange Unterhaltung nicht erpicht war. Sie war müde und wollte ins Bett. Mailand wartete auf sie. Köttelgruber erkannte die Gunst des Augenblicks, ihr etwas zu entlocken, was sie ihm ausgeruht und bei Tageslicht höchstwahrscheinlich vorenthalten hätte.

»Es kann mir auch wurscht sein«, sagte er, »vielleicht ist Detlef gar nicht so sensibel, wie ich annehme.«

»Da täusch dich mal nicht«, sagte Daria sofort. »Er ist Künstler. Er komponiert. Er ... er ist viel zu schade für diese Gegend. Hier versteht ihn niemand. Und wenn sich eine von diesen Landpomeranzen einbildet, so einen begnadeten Menschen mir nichts dir nichts vor den Traualter schleppen zu können, hat sie sich eben überschätzt. Ganz einfach.«

Köttelgruber war enttäuscht. Er hatte etwas Geheimnisvolleres erwartet als eine läppische Lovestory.

Doch Daria war noch nicht fertig.

»Wenn diese blöde Kuh geahnt hätte, was sie mit ihrem Selbstmord angerichtet hat, hätte sie es vielleicht nicht getan. Oder gerade deswegen! Es war ja ihre Absicht, Detti zu quälen!«

Volltreffer! Köttelgruber riß sich zusammen, um den Triumph zu verbergen.

»Mein Gott, der arme Detlef«, sagte er.

»Sie war eine Schülerin von ihm. Anneliese hieß sie, Anneliese Schrothberger, Tochter eines evangelischen Pfarrers. Nicht nur untalentiert war sie, sondern auch noch gebaut wie eine Kartoffel. Und von dem, was diese gemeinen Leute hier so herumtratschen, ist kein Wort wahr. Detti hat sie nicht einmal mit dem kleinen Finger berührt. Er hat es mir selbst gesagt.«

»Diese verlogene Welt«, sagte Köttelgruber.

»Und dann die Art, wie sie es getan hat, wie sie sich umgebracht hat! Völlig untypisch für eine Frau! Aufgehängt hat sie sich. An einem Balken auf dem Dachboden. Schrecklich! Detti mußte eine Woche im Bett liegen.«

»Ein Albtraum«, sagte Köttelgruber. »So eine Tragödie verfolgt einen bis ans Lebensende.«

»Seine Mutter war die einzige, die in der schlimmen Zeit zu ihm gehalten hat. Den seelischen Halt, den er jetzt braucht, den gebe ich ihm. Unsere Klavierstunden bringen ihn auf andere Gedanken.«

»Ich weiß«, sagte Köttelgruber.

»Sei mir nicht böse, aber ich bin todmüde. Weckst du mich um halb sechs?« sagte sie und schloß die Tür ihres Schlafzimmers.

Köttelgruber schlief kaum in dieser Nacht. Er wälzte sich hin und her und scheuerte die juckenden Hautflächen auf dem vollgeschuppten Laken, während seine Gedanken pausenlos um Planungen kreisten. Von den vielen Möglichkeiten, die er erwog, wählte er schließlich eine aus und feilte daran. Aus der Dunkelheit stiegen Phantasiebilder auf, die ihn erschreckten und zugleich diabolisch froh machten.

In der Frühe hastete Daria durch das vollbeleuchtete Haus, hatte im Bad zu tun, dann in ihrem Zimmer, dann wieder im Bad. Kein Gedanke an Detlef Dahmen-Elmhorst. Die Zeit drängte. Elisabeth war pünktlich. Ihre hochtourige Stimme sirrte über den Hof. Spätestens in Lugano würde Daria nicht mehr wissen, wo ihr der Kopf steht.

»Tschüs, Franzel, tschü-hüs.«

Natürlich vergaß Köttelgruber den versprochenen Anruf beim Musiklehrer. Und Käthchen schärfte er ein, den ganzen Tag nicht ans Telefon zu gehen.

Köttelgruber hatte im Betrieb zu tun, und jedesmal, wenn er ins Wohnhaus kam, etwa um eine Tasse Kaffee zu trinken, jodelte das Telefon ohne Unterlaß. Offenbar wählte Dahmen-Elmhorst sich die Finger wund. Köttelgruber lächelte sein kleines, hinterfotziges Köttelgruber-Lächeln und trank genüßlich seinen Kaffee.

Der Viehtransport kam mit Verspätung. Der Fahrer war ein Nervenbündel. Entsprechend hektisch verlief die Verladung. Nichts klappte. Die gereizte Stimmung übertrug sich auf die Schweine.

»Wo sinn die Elektrostäb?« schrieb der Schweinemeister die Arbeiter an. »Holt die Stäb, ihr Schussel!«

»Schafft mir doch diesen Idioten aus dem Weg!« schrie der Fahrer und stieß mit dem Fuß nach Jürgen Kanallisch, der sich im Trubel noch dämlicher anstellte als üblich.

Mustafa aus dem Morgenland schrie, weil sein Kollege Johannes, ein begriffsstutziger Rußland-Deutscher, die Aufforderung »Arsche mit Strom vollmache« nicht kapierte.

Die Schweine schrien unter den Stromstößen.

Köttelgruber schrie, weil trotz Pharma-Cocktails schon zweien der Grunzer der Stress auf die Pumpe geschlagen war und sie mit ausgestreckten Vieren die Stampede der Todeskandidaten blockierten.

Sacht segelten Schneeflocken in das Chaos aus Gebrüll, Gerenne und spritzender Schweinescheiße. Als der entnervte Fahrer den ersten Gang einlegte und der Ruck des Anfahrens die zusammengepferchten Leiber aneinanderpreßte, war das Schneegestöber so dicht, daß es die Sicht nahm. Eine lange Tour stand bevor, die im Schleichtempo begann. Das war schlecht für den Fahrer und noch schlechter für die Schweine. Aber wen kümmerte das schon.

Köttelgruber beendete sein Tagewerk. Er ging zum Abendessen. Er fühlte sich wohl. Schon als Kind hatte er immer davon geträumt, mit Tieren zu arbeiten. Am liebsten wäre er Robbenschläger auf Neufundland geworden. Aber die Vorsehung hatte einen Schweinemäster und Jagdpächter aus ihm gemacht. Auch nicht übel.

Zum Frühstück ließ er sich Bratwürstchen servieren. Danach besprach er mit dem Schweinemeister eine neue Zusammenstellung von Mastmitteln. Köttelgruber schmierte einen Tierarzt, der dafür massig Medikamente verschrieb. Man konnte die Antibiotika sogar telefonisch ordern, wenn Not am Schwein war. *Hausspezialität* nannte der Doktor die illegalen Mischungen und Hormon-Cocktails, die das Schweinefleisch wachsen ließen wie holländische Fleischtomaten. Mal wurde das Zeug gespritzt, mal wurde es ins Futter gemischt – wer nicht erwischt werden wollte, mußte flexibel sein.

Als Köttelgruber zu seinem Pick-up ging, kreuzte Jürgen Kanallisch seinen Weg. Mit ausdrucksloser Miene zerrte er die Eberfalle, einen hölzernen Besamungsbock, auf dem der Eber unter der Anleitung des Schweinemeisters in ein Glasröhrchen ejakulierte, über den Hof.

»Seh ich Jürgen, muß ich würgen«, rief Köttelgruber und war, da er um Kanallischs Sprachvermögen wußte, erstmals auf die Antwort gespannt.

Ohne das Gezerre an dem stinkigen Gestell zu unterbrechen, zeigte Kanallisch seine Lachgrimasse mit den Ekelzähnen.

»Jürrgen – würrgen«, antwortete er.

Kopfschüttelnd kletterte Köttelgruber in seine Allradkiste. Nicht einmal mehr bei Idioten konnte man seiner Sache sicher sein. Nichts im Leben außer chemisch beschleunigter Schweinezucht schien ihm berechenbar zu sein.

Die Nacht war kalt gewesen, und der Schnee knirschte wie mürbes Knäckebrot unter den groben Reifen des Pick-ups, als Köttelgruber langsam vom Hof rollte. Er hatte Zeit. Viertel nach zehn war die Pause am Gymnasium in der Kreisstadt zu Ende. Früher wollte er auf keinen Fall dort sein, denn er wollte ja nicht gesehen werden.

Der Musiklehrer fuhr ein kleines, kackfarbenes Auto aus französischer Produktion. Ein Gefährt, wie man es nur in Gang zu bringen versuchte, wenn man in Frankreich geboren war, oder wenn man den Anschaffungspreis für einen Gebrauchten partout unter dreitausend Mark halten wollte, oder wenn man so randvoll mit musischen Gedanken und abgehobenen Ideen zugestopft war, daß das Interesse an bürgerlichem Prestige und technischer Funktionalität vollkommen erloschen war.

Köttelgruber faltete den in Darias Papierkorb entdeckten Zettel, um ihn vor Nässe zu schützen, und klemmte ihn hinter den Scheibenwischer von Dahmen-Elmhorsts Benzinkutsche.

Konnte Dich nicht erreichen. Bin um 16.30 Uhr in der Hütte. Sei bitte pünktlich. Love D.

Er fuhr weiter zur Lokalredaktion der Zeitung.

»Grüß Gott, Herr Köttelgruber«, scharwenzelte ein Redakteur, der den Besucher entweder von den Hegeringversammlungen her kannte oder ihn bei einer Tagung des Schweinezüchter-Verbandes interviewt hatte. »Was können wir für Sie tun?«

»Nicht viel. Ich würde nur gern mal im Band blättern, wann diese Sache mit der kleinen Anneliese Schrothberger gewesen ist.«

»Schrothberger? Anneliese? Ach ja! – Das müßte, warten Sie mal, vorigen Herbst gewesen sein. Momentchen, das haben wir gleich, Herr Köttelgruber.«

Die Notiz war so dürftig wie alle Notizen über Freitod-Fälle, die in dieses Blatt kamen, das nach der herkömmlichen Art einer Heimatzeitung mehr an Nachrichten verschwieg, als es verkündete.

Am Freitagmorgen kam es in der Mozartstraße zu einer grausigen Entdeckung: Eltern fanden den leblosen Körper ihrer 18jährigen Tochter. Nach Darstellung der Polizei scheidet Fremdverschulden aus.

»Ist das alles?« fragte Köttelgruber.

»Anordnung vom Verleger«, entschuldigte sich der Redakteur mit hochgezogenen Schultern, »über Selbstmörder dürfen wir nicht berichten. Vielleicht sind die Todesanzeigen ergiebiger.«

Köttelgruber blätterte weiter und las:

Wahrlich, keiner ist weise,
der nicht das Dunkel kennt,
das unentrinnbar leise
von allen ihn trennt.

»Das ist von Hesse«, sagte der Redakteur.

»Weiß ich«, sagte Köttelgruber, und das hätte er auch gesagt, wenn der Redakteur Tschaikowskij oder Tschiang Kai-schek als Verfasser genannt hätte.

Unter dem fettgedruckten Namen des Mädchens stand:

Unsere geliebte Tochter ist von uns gegangen. Gott kennt den Schuldigen und wird richten.
Die verzweifelten Eltern.

»Kannten Sie die Tote, Herr Köttelgruber?«

»Nein . . . das heißt, doch. Sie hätte so gern ein kleines Schwein gehabt«, schwindelte Köttelgruber, »aber dann war sie ja so plötzlich tot.«

»Es soll eine Affäre gewesen sein«, sagte der Redakteur. »Unzucht mit Abhängigen. Aber ich will nichts gesagt haben.«

»Jaja, die Toten soll man ruhen lassen«, griff Köttelgruber zur ortsüblichen Beschwichtigungsformel. Er mußte weiter.

An die vier Stunden verbrachte er in der Stille der kleinen Stadtbibliothek. Er war allein mit einem pensionierten Studienrat, Typ Schneckenforscher, der jedesmal tadelnd über die Brillenränder blickte, wenn Köttelgruber einen Wind ließ.

Als Köttelgruber, der längeres Lesen nicht gewöhnt war, erschöpft die Bibliothek verließ, hatte er seinen Wissensdurst über die Schrecken des Unerklärlichen gestillt und einen Bärenhunger auf Schweinebraten. Er fuhr nach Hause. Seine einzige Sorge galt dem Himmel. Hoffentlich schneite oder eiste nichts herunter, was den Musiklehrer von der Fahrt über Waldwege abhalten könnte.

Käthchen enttäuschte Köttelgrubers Geschmacksnerven nie. Natürlich hatte sie Schweinebraten vorbereitet. Immer hatte sie Schweinebraten in petto, wenn Daria nicht im Haus war. Ob Köttelgruber um zwölf, um zwei oder um drei Uhr ins Eßzimmer stiefelte – zwanzig Minuten später dampfte ein herzhaftes Stück Schwein vor seiner sinnlich schnuppernden Fleischnase. Was scherte es Köttelgruber, daß so ein medizinischer Alleswisser bundesweit mit dem Gerücht hausieren ging, Schweinefleisch sei schädlich für den menschlichen Organismus. Jedenfalls hatte der Schweinezüchterverband geschlossen gegen diese ketzerische Sauerei protestiert. Mußte er auch, sonst hätten die fleischhungrigen Mäuler der Nation womöglich öfter nach gehirnverödendem Rindfleisch geschnappt oder wären gar auf Bratlinge und Gemüseburger ausgewichen. Dieser schlimme Doktor entblödete sich doch nicht zu behaupten, der biochemische Austausch zwischen Menschen- und Schweinefleisch sei durch die Strukturverwandtschaft so intensiv, daß sich das Schweinefett im menschlichen Bindegewebe ablagere, das daraufhin verschleime, Wasser ansammle und aufquelle. Im Lauf der Jahre würde das Erscheinungsbild des Fressers dem Gefressenen immer ähnlicher.

»Sehe ich etwa aus wie ein Schwein?« rief Köttelgruber in Richtung Küche.

»Jemine, wo denken Sie hin, Herr Köttelgruber«, rief Käthchen zurück.

»Oink-oink«, rief Köttelgruber und sah tatsächlich dabei aus wie Rudi Rüssel nach einer Buttermast.

VI. KAPITEL

Eine Nacht im Wald

Nach dem Essen döste Köttelgruber ein Stündchen, dann pfiff er Kanallisch aus dem Muttersaustall. Der hatte während des Mistens eine Dose Ölsardinen gemampft, die Käthchen ihm zugesteckt hatte, weil das Verfallsdatum überschritten war. Kanallisch mümmelte noch auf den Zahnfelgen, und an seinen Mundwinkeln widerstanden angekaute Sardinenteile hartnäckig der Erdanziehung.

»Hol eine Leiter«, sagte Köttelgruber.

Kanallisch verschwand im Geräteschuppen und kam mit einer mistverklebten Alu-Leiter wieder heraus.

»Wo der Kerl hinlangt, greift er in die Scheiße«, brummelte Köttelgruber, denn die vermistete Leiter sollte immerhin an die bedeutendste Innenwand seines Hauses gelehnt werden, um das Bärenfell vom Verputz zu lösen.

»Vorsicht! Paß auf den Kopf auf!« Köttelgruber dirigierte von unten den bedenklich auf der Leiter schwankenden Kanallisch. Natürlich war es nicht Kanallischs ungekämmter Birnenkopf, um den Köttelgruber sich sorgte, sondern der mit aufgerissenem Rachen schaubudenmäßig hergerichtete Bärenschädel.

»Ab ins Auto damit! Und schleif das Fell nicht über den Boden!«

Kanallisch funktionierte wie ein Roboter. Er wirkte geradezu konzentriert, wie er so mucksmäuschenstill, mit beiden Armen das zusammengefaltete Fell umklammernd, mit einem Gesichtsausdruck, der Wichtigkeit widerspiegelte, auf dem Beifahrersitz hin und her schaukelte.

Sie rumpelten über Feldwirtschaftswege, an Äckern vorbei, deren dunkle Schollen stellenweise wie Inselchen aus der verharschten Altschneedecke ragten. Sie schlingerten über rutschige Waldwege, bogen x-mal ab, und unter den Reifen krachten die vereisten Pfützen.

Köttelgruber war ein Schinder – gegenüber Schweinen wie gegenüber Maschinen. Der Pick-up vibrierte bis in die letzte Schraube. Nur einmal bremste Köttelgruber scharf und hielt, weil die Büchsflinte auf dem Notsitz zu sehr hüpfte. Er schob das Gewehr in eine stoßfeste Position, und weiter ging's.

»Heilige Mutter Gottes!«

In einer Kurve trat Köttelgruber so abrupt auf die Bremse, daß der Pick-up ausbrach und gefährlich nah am Rand einer verbuschten Böschung zum Stehen kam. Fast wäre er auf den Kleinwagen des Musiklehrers aufgefahren.

»Sapperlot!«

Köttelgruber sah seinen sorgfältig ausgetüftelten Plan in Luft aufgelöst. Aber dann entdeckte er, daß das Autochen leer war. Weit und breit kein Musiklehrer. Es sah ganz danach aus, daß sein gallisches Vehikel an der vereisten Steigung des Waldwegs den Dienst versagt und der Fahrer sich zu Fuß auf den Weg gemacht hatte. Weit war es ja nicht mehr. Höchstens noch einen Kilometer. Im Wald breitete sich allmählich die Dunkelheit aus.

Köttelgruber kannte in diesem Gebiet jeden Wildwechsel. Die Waldwege hätte er blind abfahren können. Er vermied es, den Motor aufheulen zu lassen, als er in einen schmaleren Seitenweg einbog, eine Art Schleichweg, der in die Nähe der Jagdhütte führte. Auf einer kleinen Anhöhe, von der aus man das schneebedeckte Dach der

Hütte zwischen kahlen Baumstämmen erspähen konnte, hielt er an.

»Paß genau auf, was ich dir sage«, wandte er sich an Jürgen Kanallisch, der das Bärenfell an sich preßte wie ein großes Stofftier und stur geradeaus stierte. »Also genau aufpassen, kapiert?«

»Die Krähen schrein«, sagte Kanallisch, »und ziehen schwirren Flugs zur Stadt.«

»Ooooh nein!« sagte Köttelgruber und furzte. »Wenn man bloß wüßte, was bis in dein Erbsengehirn durchdringt! Das Ganze noch mal. Also paß auf: Du bleibst allein im Auto sitzen. Einfach sitzenbleiben, bis ich wiederkomme. Egal, wie lange das dauert. Kapiert? Du kannst das Fell um dich legen, wenn dir kalt ist.«

Köttelgruber riß das Bärenfell aus Kanallischs Umklammerung. Es tat ihm zwar in der Seele weh, als er das gute Stück um Kanallischs miefigen Zwergenkörper legte, aber es mußte sein, denn ein zum Eiszapfen gefrorener Kanallisch war nicht einsatzfähig.

»Alles klar? Bloß nicht abhauen!« Köttelgruber drohte mit dem Zeigefinger. Bevor er die Pick-up-Tür so leise wie möglich ins Schloß drückte, sagte er aufmunternd zu dem apathisch aus dem Fell glotzenden Ausmister: »Seh ich Jürgen, muß ich würgen.«

»Versteck, du Narr, dein blutend Herz in Eis und Hohn«, sagte Kanallisch, ohne Köttelgruber anzublicken.

»Arschloch«, brummelte Köttelgruber.

Er kratzte etwas Schnee zusammen und drückte ihn an beide Türschlösser des Musiklehrer-Autos. Um den Sabotageakt zu vervollkommnen, hauchte er den Schnee flüssig und blies das Wasser in die Schlüssellöcher. Der Nachtfrost würde den Rest erledigen. Zufrieden schulterte er die Büchsflinte und stieg durch das morastige Gemisch von Schnee und verfaultem Laub zur Hütte hinunter.

Dahmen-Elmhorst hatte den Kragen seines dunklen Stoffmantels hochgeschlagen und lief bibbernd und zähneklappernd vor der Hütte auf und ab. Als er durch das Dämmerlicht eine Gestalt auf sich zukommen sah, blieb er bewegungslos stehen. Er war angespannt, befand sich in einer Vorstufe der Angst, denn er war nicht oft im Wald, und wie bei vielen Menschen, deren Kindheitserfahrungen von Märchen geprägt sind, in denen Kinder sich fortwährend in großen, finsteren Wäldern verirren, war der Forst für Detlef Dahmen-Elmhorst absolut kein anheimelnder Ort. Aus seinem speziellen Blickwinkel löste ein Übel das andere ab: Als er Köttelgruber erkannte, war er einerseits erleichtert, daß er keinen Wegelagerer vor sich hatte, andererseits stapfte da ein gehörnter Ehemann auf ihn zu, an dessen rechter Schulter ein potentieller Konfliktlöser hing, dem ein waffenloser Vertreter der schönen Künste im Streitfall wenig entgegenzusetzen hat.

Dahmen-Elmhorst fühlte sich hilflos wie ein ausgesetztes Baby. Ganz gleich, was er jetzt sagen würde, ob ein einfaches »Hallo« oder eine wortreiche Ausflucht, warum er an einem frühen Winterabend vor Köttelgrubers Jagdhütte auf und ab lief, es würde absurd klingen. Absurd und lächerlich. Er war überführt wie ein Welpe neben seinem Häufchen. Deshalb hielt er lieber den Mund.

Um so erstaunter war er über Köttelgrubers leutseligen Auftritt.

»Ich hab mir schon Sorgen gemacht, Detlef. Hab dein Auto oben im Wald gesehen und mir gedacht: Da ist was passiert, gell. Aber Gott sei Dank hab ich mich geirrt.«

Dahmen-Elmhorst rang nach Luft und nach Worten, doch das einzige, was er hinkriegte, war der Anflug eines Verlegenheitslächelns.

»Daria sagte mir, daß sie sich hier mit dir verabredet

hat. Wegen Theorie oder so. Aber sie hat einen Migräneanfall. Ganz schlimm. Ich mußte den Arzt rufen.«

»Einen Migräneanfall?« Dahmen-Elmhorst fand zur Sprache zurück.

»Jawohl. Zwei Jahre hatte sie Ruhe, und jetzt geht's offenbar wieder los. Die Ärmste! Trotzdem sagte sie: ›Laß den Detti nicht an der Jagdhütte verhungern! Gib ihm Bescheid!‹ Tja, so ist sie, unsere Daria.«

Dahmen-Elmhorst blieb mißtrauisch.

»Sollte ich vielleicht ... zu ihr ...«

»Nicht nötig. Der Doktor ist bei ihr«, sagte Köttelgruber.

»Nun, dann werde ich wohl zum Auto zurückgehen. Sie haben ja bemerkt, daß ich im Gelände alles andere als virtuos bin. Es wird schon dunkel.«

»Papperlapapp! Das hat doch Zeit. Ob du jetzt losgehst oder später. In längstens zehn Minuten ist es so duster wie in einem Bärenarsch. Jetzt gehen wir erst mal rein und nehmen einen Klaren zur Brust. Für den Rückweg werde ich dir eine gute Lampe geben.«

Dahmen-Elmhorst wäre lieber in ein gehörvernichtendes Techno-Konzert gegangen oder hätte sich einen deutschen Schlager in einer Mehrzweckhalle angehört, als Köttelgruber in die Jagdhütte zu folgen. Doch was tut man, wenn man nur die Wahl zwischen Pest und Pocken hat? Hier der kulturlose Schweinebaron, der ihm zutiefst zuwider war und von dem eine latente Gefahr ausging – und dort der schweigende Wald, der zusehends zu einem Hort der Finsternis wurde.

Das Türschloß knirschte.

Köttelgruber zündete eine Petroleumlampe an.

»Guck dich ruhig um in meiner Sasse«, sagte er. »Der vordere Raum ist für Plausch und Schüsseltreiben, und hinter der Tür, da, hinter dieser Tür, ist eine saugemütliche Schlafkoje. Guck sie dir ungeniert an!«

Dahmen-Elmhorst tat so, als sei er zum ersten Mal in der Hütte.

»Wohnlich«, sagte er pflichtschuldig, »wirklich sehr wohnlich.«

Sie saßen auf ächzenden Stühlen an einem schartigen Holztisch. Über ihnen blakte die Petroleumlampe und warf schwaches, flackerndes Licht auf die ausgestopften Wildtiere ringsum an den Balkenwänden. Auf den böse blickenden Habicht, auf die stumm fauchende Wildkatze, auf den dilettantisch hergerichteten Marderhund, auf den schrecklich witzlosen Wolperdinger, einen Feldhasen mit gebleckten Fuchsgebiß und einem Rehbockgehörn auf dem schmalen Köpfchen.

»Der Kamerad hier ist die Knallnummer meiner Trophäen«, sagte Köttelgruber, auf das Hasenfuchsreh-Gebilde deutend. »Da kann man sich kringelig lachen, was?«

Dieser Kotzbrocken, dachte Dahmen-Elmhorst, sieht selber so aus, als wäre er von einem Tierpräparator im Vollrausch zusammengebastelt worden.

»Irrsinnig originell«, sagte er, »in der Tat.«

Köttelgruber hatte zwei mit Jagdmotiven verzierte Stamperl mit klarem Schnaps gefüllt.

»Ich mache Feuer«, sagte er. »Dauert nicht lange.«

Dahmen-Elmhorst hörte ihn eine Weile pusten, dann stöhnen, bis er seinen ungelenken Körper wieder in die Vertikale gebracht hatte. Das Reisig und die Holzscheite begannen zu prasseln.

»Ich hab's gern gemütlich«, sagte Köttelgruber.

Dahmen-Elmhorst ging darauf nicht ein, weil er mit dem Begriff Gemütlichkeit eine andere Gesellschaft verband als die eines dauergeblähten Schweinemästers, dessen Frau er begehrte.

»Prost«, sagte Köttelgruber.

»Auf Ihr Wohl«, sagte Dahmen-Elmhorst.

»Duzen wir uns nicht? Schon vergessen, was?«

»Entschuldigung«, sagte Dahmen-Elmhorst. »Also dann: Auf dein Wohl!«

Köttelgruber kippte den Schnaps hinunter und sagte »Ahhh ...«

Dahmen-Elmhorst nippte an dem Hochprozentigen und verzog das Gesicht.

»Starker Tobak, was?« Köttelgruber war die Männlichkeit selbst.

Diese Waldhütte war nicht die Bühne des Pianisten, sondern das Reich des Jägers. Köttelgruber fühlte sich überlegen, und er kostete es aus, dieses seltene Gefühl.

»Erzähl mir mal was von der Liebe«, sagte er, und in seinem fröhlich-forschen Tonfall schwang Herausforderung.

»Ich verstehe nicht ...«, sagte Dahmen-Elmhorst.

Köttelgruber hustete ein rohes Lachen aus der Kehle, räusperte sich, spuckte ein Klümpchen auf den Dielenboden und schlug dem Musiklehrer die Hand auf die Schulter. Dahmen-Elmhorst zuckte zusammen. Gesten dieser derben Art konnte er nicht ausstehen. Es war offensichtlich, daß Köttelgruber Dominanz demonstrieren wollte. Und Dahmen-Elmhorst saß in der Falle. Draußen lauerte die Nacht.

»Was läuft denn bei dir so«, hakte Köttelgruber nach, »so rein liebesmäßig?«

Dahmen-Elmhorst versuchte, die Mauer höher zu ziehen.

»Können wir vielleicht über etwas anderes reden?« sagte er. Es klang höflich, kühl, distanziert.

»Na komm schon, du Klavierdompteur«, sagte Köttelgruber und verpaßte seinem Stamperl eine neue Füllung. »Tu bloß nicht so weltfremd. Auch so ein feiner Musikus wie du läßt sich gern an den Brunftkugeln spielen, oder?«

Dahmen-Elmhorst baute ein Bollwerk.

»Wenn Sie Aggressionen loswerden möchten, Herr

Köttelgruber, bin ich die falsche Adresse. Betrinken Sie sich bitte allein!«

Köttelgruber schaltete zurück. Er spielte wie ein alter Kater, der eine Maus lahmgeschlagen hat und sich Zeit läßt.

»Wer wird denn gleich beleidigt sein«, lenkte er ein. »Wenn dir mein Vorname ums Verrecken nicht über die Lippen kommt, sag einfach Köttelgruber zu mir. Aber nicht *Herr* Köttelgruber! Das klingt nämlich viel zu fremd für Männer, die denselben Geschmack haben.«

»Denselben Geschmack?« empörte sich Dahmen-Elmhorst. »Das möchte ich bezweifeln, bitte schön.«

»Ich würde das nicht so von der Hand weisen«, sagte Köttelgruber. »Nehmen wir Daria. Sind wir nicht beide in sie vernarrt?«

Dahmen-Elmhorst stellte vorübergehend die Atmung ein, weil ihn eine Gestankschwade umwaberte, als würden faule Eier in vergammelter Kohlsuppe verrührt. Die Hand vorm Gesicht und sich so weit wie möglich von Köttelgruber wegbiegend, sagte er:

»Daria ist eine feinsinnige Frau, die sich der Kunst öffnen möchte. Ich begleite sie dabei. Es wäre ...«

Er geriet ins Japsen, weil seine Lungen mehr Luft verlangten.

»... wäre vermessen – ich mache eine Anleihe beim Zigeunerbaron – ihren einzigen Lebenszweck auf Schweinespeck zu projizieren.«

»Du bist doch ein hartgekochtes Weichei«, sagte Köttelgruber und schabte seinen Rücken an der Stuhllehne. »Ich bin ihr Ehemann. Ich bin der Vollzieher einer vor Gott geschlossenen Ehe. *Mir* hat sie sich zu öffnen – und weder der Kunst noch dem Künstler. *Ich* habe sie aus einer verwanzten Karpatenkate geholt und eine Dame aus ihr gemacht. *Ich* lege ihr Dinge zu Füßen, die andere Frauen nur durch Panzerglas anglotzen dürfen. Und nun rate mal, wovon das alles erwirtschaftet wird. Na, kommst du drauf, du Fingerakrobat? – Von Schweinespeck! Jawohl, von Schweinespeck, den ich, Franz-Josef Köttelgruber, in dem Betrieb produziere, den ich von meinem Vater übernommen habe. So läuft die Sau, und nicht anders!«

»Natürlich, natürlich«, pflichtete Dahmen-Elmhorst bei, »wenn man es so sieht.«

»Aber man ist ja kein Unmensch«, fuhr Köttelgruber in gemäßigter Tonlage fort. »Man hat ja auch eine Liebe im Herzen.«

Seine Stimme wurde weich wie eine feuchte Socke.

»Wenn man eine Frau liebt, geht das tief ins Innerste. Bis ins Gekröse, will ich mal sagen. Das ist ja nicht nur eine Kirrung für die Brunftstange. Nein, das ist viel mehr. Das ist wie ... wie ...« – Köttelgruber kapitulierte vor der Aufgabe, eine passende Metapher zu finden.

Dahmen-Elmhorst putzte seine Brille. Er flüchtete in seine Gedanken. In drei Wochen würde er zusammen mit der Sängerin Eisler-Trill einen öffentlichen Kunstliederabend in der Aula des Gymnasiums gestalten. *Der Tod und das Mädchen* mußte noch geübt werden. Ebenso die *Winterreise*. Auch das *Forellenquintett*.

»Hörst du mir überhaupt zu?« sagte Köttelgruber.

»Gewiß doch«, sagte Dahmen-Elmhorst.

»Wenn man jemanden liebt, richtig liebt, reicht das über den Tod hinaus. Ganz unabhängig davon, ob diese Liebe erwidert wird.«

»Ich verstehe nicht ...« sagte der Musiklehrer.

»Hatten wir am Sonntag nicht die Rede davon, daß in dem Karpatendorf nachts die Ehegatten zusammenkamen, obwohl einer von beiden schon tot war?«

Dahmen-Elmhorst schauderte.

»Bitte nicht dieses Thema«, sagte er mit matter Stimme, »bitte nicht an diesem Ort. Ich muß noch zu meinem Auto gehen.«

»Mir geht's nicht darum, dir eine Böse-Nacht-Geschichte zu erzählen«, sagte Köttelgruber. »Andererseits – wir sind doch erwachsene Männer, gell.«

»Das hat damit gar nichts zu tun. Es ist eine Frage der Psyche.«

»Ha, Psyche, haha. Wir sitzen hier gemütlich in der einsamsten Waldhütte der ganzen Gegend und nicht in der Klapsmühle. Komm mir nicht mit Psyche!«

»So wie Sie das sagen, sind Sie nicht gerade ein Experte.«

»Ich bin gespannt, ob du nachher da draußen auch noch Sie zu mir sagen wirst. Oder ob du dann nicht froh bist, wenn du wenigstens noch meine Schritte hören kannst«, sagte Köttelgruber. »Angst ist ein zweiter Schatten. Du weißt das.«

»Sie sind bösartiger als Kapitän Hook«, sagte Dahmen-Elmhorst.

»Kenne ich nicht.«

»Eine Phantasiefigur aus der Kinderliteratur«, sagte Dahmen-Elmhorst, »ein Pirat, der so schlecht war, daß er sogar schlecht schlief.«

»Hohoho, nicht schlecht«, sagte Köttelgruber. »Der Mann wird seine Gründe gehabt haben.«

Dahmen-Elmhorst schrak zusammen. Es war ein Geräusch auf dem Dach. Auch Köttelgruber hatte es gehört.

»Was war das?«

»Keine Ahnung«, sagte Köttelgruber. »Vielleicht ein Stückchen Eis, das von der großen Tanne runtergefallen ist. Vielleicht auch etwas anderes, wer weiß?«

»Wir sollten aufbrechen«, sagte Dahmen-Elmhorst.

»Was, jetzt?« sagte Köttelgruber. »Wo wir's gerade so schön warm und gemütlich haben? Nein, so eilig haben wir es doch nicht. Komm, trink noch ein Gläschen! Und laß mich die Sache fertig erzählen. Nachher wirst du erkennen, warum ich so weit ausgeholt habe. Also paß auf:

Drüben im Dorf lebte eine Frau namens Agnes Wächtenreuther – meine Großmutter hatte sie noch gekannt –, die brachte ein Kind ohne Kopf und ohne Füße zur Welt. Wenn du's nicht glaubst: Ich kann dir ein Heimatbuch aus dem Jahr 1910 zeigen, da steht das alles drin.«

»Mag sein«, sagte Dahmen-Elmhorst und versuchte, durch das Sprossenfenster nach draußen zu blicken. Aber die Nacht war schwarz, und die kleinen Fensterscheiben warfen sein bleiches Konterfei zurück.

»Ein Kind ohne Kopf und ohne Füße, eine solche Mißgeburt hatte noch niemand gesehen. Es entstand ziemliche Aufregung im Dorf. Die Agnes Wächtenreuther ist schließlich mit der Wahrheit rausgerückt: Sie hatte mit ihrem Mann geschlafen. Das Kind war von ihm!«

»Na und?« sagte Dahmen-Elmhorst.

»Tja, der gute Mann war zu dem Zeitpunkt seit anderthalbem Jahr tot. Beim Heuen vom Blitz erschlagen. Lag seit anderthalbem Jahr sechs Fuß unter der Erde.«

»Aufhören!« sagte Dahmen-Elmhorst. »Das sind kranke Gehirne, die sich solchen Grusel ausdenken.«

»Ich weiß es nicht«, sagte Köttelgruber, »früher, so in deinem Alter, habe ich auch so gedacht. Es hat mich auch nicht interessiert. Das ist jetzt anders. Heute erst habe ich gelesen, daß der Geschlechtsverkehr mit Verstorbenen in den Überlieferungen aller Völker auftaucht. Weltweit. Wußtest du zum Beispiel, daß Herodes noch sieben Jahre mit der Leiche seiner ermordeten Frau Mariamne geschlafen hat?«

»Nein«, sagte Dahmen-Elmhorst schockiert. »Das ist ja Nekrophilie der widerlichsten Abart.«

»Keine Ahnung, wie man das nennt. In den Karpaten ist man heute noch überzeugt, daß Liebende, die gestorben sind, den geliebten Menschen nachholen wollen. Wenn jemand unverheiratet stirbt, ist das besonders bedenklich. Am Grab der Mädchen und Junggesellen vollzieht man Scheinhochzeiten. Irgendeinen Grund dafür wird es ja geben. Von nichts kommt nichts.«

Im Kamin knallte das Holz.

»Ich als Katholik sehe die Dinge von einer anderen Warte«, fuhr Köttelgruber fort. »Für mich gibt es göttliche Gnade – oder göttliche Strafe. Schon im irdischen Leben. Auf einer Wallfahrt nach Altötting habe ich einmal einen Mann getroffen, der trug ein Medaillon mit einem Bild der Gottesmutter um den Hals. Ich selber habe gesehen, wie beim Rosenkranzgebet das Medaillon aus dem Hemd und dem Unterhemd heraussprang und sich öffnete, ohne daß jemand es berührt hatte. Ich habe mit dem Mann gesprochen. Er sagte mir, daß er im Gebet, im ganz intensiven Gebet seine lieben Verstorbenen um Zeichen bittet. Manchmal könne er Klopfzeichen hören. Ganz deutlich. Manchmal werde sein Rosenkranz richtig heiß.«

»Psychokinese«, sagte Dahmen-Elmhorst.

»Im Matthäus-Evangelium steht es geschrieben«, sagte Köttelgruber, »wenn ihr so viel Glauben hättet wie ein Senfkorn, könntet ihr zu diesem Berg da sprechen: Rücke von hier weg! Und er würde sich bewegen.«

»Dummes Zeug«, begehrte der Musiklehrer auf, »wer ein Medaillon bewegt, kann noch lange keine Berge versetzen. Psychokinetische Erscheinungen sind nichts anderes als die Manifestation der geistigen Kraft eines Menschen. Verstehen Sie? Das hat mit der Gottesmutter nichts zu tun. Da wird ein Rosenkranz heiß. Gut. Dieser Rosenkranzbeter hat einen so tiefen Glauben, ist so durchdrungen von seiner Religion, daß es zur Psychokinese führt. Verstehen Sie? Auch die Klopfzeichen kommen garantiert nicht von seinen verstorbenen Verwandten oder Freunden. Das alles bewirkt sein aufgewühltes Unterbewußtsein, das sich damit selbst eine Antwort gibt.«

»Hoppla«, sagte Köttelgruber. »Du bist ja ein richtiger Klugscheißer. Aber Muffe hast du trotzdem, wenn's dunkel wird, stimmt's?«

»Sagen wir: Ich habe mich um Erkenntnisse bemüht. Aus gegebenem Anlaß. Daß man trotz aller Erkenntnis seine Ängste nicht jederzeit kontrollieren kann, ist nur allzu menschlich. Was wundert Sie daran?«

»Wir werden schon noch sehen, wie der Herr Alleswisser zurechtkommt«, sagte Köttelgruber in einem Tonfall, der Unheil ahnen ließ. »Ich warne dich. Du schwimmst in verdammt tiefem Wasser.«

Dahmen-Elmhorst hatte zu kämpfen begonnen, fühlte sich dadurch etwas besser und wollte sich nicht aus der Richtung bringen lassen. Eine weitere Steigerung des Unbehagens würde er nämlich nicht ertragen. Er kannte seine Grenzen.

»Zu jeder Zeit hat es Menschen gegeben, die irgendwie anders waren«, dozierte er mit fester Stimme. »Viele der sogenannten Hexen, die die von Ihnen so verehrte Kirche gefoltert und verbrannt hat, waren Psychomiletikerinnen.«

»Das wird ja immer komplizierter«, sagte Köttelgruber.

»Psychomiletiker sind Menschen mit besonderen Begabungen. Mit Magie, so wie Sie es sich vorstellen, hat das absolut nichts zu tun. Magie gibt es nicht, allenfalls in Form von Taschenspielertricks. Nein, einige dieser sogenannten Hexen konnten – um ein Beispiel herauszugreifen – Gedanken wahrnehmen. Sie hatten telepathische Fähigkeiten. Heutzutage verdient man viel Geld mit solchem Talent. Aber in den Augen der Kirche war das alles gleichbedeutend mit Teufelsbuhlschaft und ähnlichem Humbug. Jede paranormale Erscheinung jagt den Menschen Furcht ein, auch den Klerikern, wenn sie kein Wunder darin erkennen können. Entweder wird ein Phänomen zum Schauermärchen aufgebauscht, wie Sie das arglistig betreiben, oder man zieht alles ins Lächerliche, oder man setzt Gewalt dagegen ein.«

Dahmen-Elmhorst saß mit geradem Rücken. Seine Brillengläser reflektierten das Kaminfeuer.

»Auch von Ihren Vampir-Phantasien habe ich die Nase voll!« sagte er. »Ist das klar?«

»Alle Achtung«, sagte Köttelgruber, »du hast ja allerhand drauf. Fein. Dann will ich dir mal was anderes erzählen. Mal sehen, ob du dann immer noch so schlaumeierisch daherschwätzen tust.«

»Tun Sie, was Sie nicht lassen können.«

»Mein Schweinemeister hat mir die Sache erzählt. In allen Einzelheiten. Und der wußte es verdammt genau, weil der Bursche, um den es geht, sich ihm anvertraut hatte. Hör dir das an: Ich hatte einen Arbeiter im Betrieb. Ein schräger Typ aus dem Waisenhaus. Taugte nicht viel, jedenfalls nicht als Arbeiter in der Schweinemast. Für eine Freundin fehlte ihm der Zaster. Mit Geld halte ich meine Leute sowieso knapp, dann kommen sie nicht so leicht auf dumme Gedanken. Also lief bei dem Burschen das total normale Programm ab, wenn die Weiber zu hoch hängen. Der wichste abends auf seiner Pritsche, daß die Bretter quietschten. Hätte ja weiter niemanden gestört, weil die zweite Pritsche seiner Unterkunft nicht belegt war. Trotz der vielen Arbeitslosen. Aber es war ja noch nie einfach, junge Leute für ehrliche Arbeit zu begeistern.«

»Daß Sie den Manchester-Kapitalismus wiederbelebt haben, ist hinlänglich bekannt«, sagte Dahmen-Elmhorst frostig.

»Okay, okay«, sagte Köttelgruber, »darum geht's aber gar nicht. Also, der Bursche kommt eines Tages zum Schweinemeister und fragt, ob er mal was ganz Persönliches mit ihm besprechen könne. Klar, sagt der Schweinemeister. Da erzählt der Kerl ihm eine sonderbare Geschichte. In der kurzen Zeit zwischen Waisenhaus und Schweinemast ist er so rumgestreunt. Dabei ist er an eine ältere Frau geraten. Na ja, was heißt älter, sagen wir: reifer. So um die sechzig. Aber voll in der Spätbrunft. Die war so in Hitze, daß der Bursche nach jeder Balz fertig war wie ein abgerammelter Hase. Hat ihm aber bombig imponiert, was die Alte mit ihm gemacht hat. Er hatte ja wenig Erfahrung. Und dann gleich so ein routiniertes Luder. Die hat ihm an der Tür den Lecker schon reingesteckt.«

»Den Lecker reingesteckt? Was heißt das denn auf deutsch?«

»Ist mir so rausgerutscht. Jägerdeutsch, sag ich immer, ist die wichtigste Fremdsprache, gell. Der Lecker . . . also, einer wie du würde Zunge zu dem Ding sagen. Kurz und gut, vielleicht aber kurz und schlecht: Der Bursche kriegt Arbeit bei mir – und die Alte kneift den Arsch zu. Stirbt. Uhr abgelaufen.«

»Für den Jungen eine Tragödie«, sagte Dahmen-Elmhorst.

»Tragödie«, sagte Köttelgruber näselnd, »mit dem Wort hätte der Bursche nichts anfangen können. Also, er schafft weiter in meinem Betrieb. Mehr schlecht als recht. Und in seiner Freizeit wichst er. Dabei stellt er sich jedesmal die Alte vor. Er kennt ja nichts anderes. Denk mal: Monatelang geht das so. Jeden Abend. Er wichst und stellt sich die Alte dabei vor. In allen Lagen. Die Sache wird immer dichter. Irgendwann kriegt er's mit der Angst. Zieht beim Wichsen die Decke über den Kopf, weil er glaubt, der Geist der Alten würde durch seinen Mund in ihn reinkommen. Sowas hat er mal gehört, nämlich daß Geister, wenn sie schon so verdammt nah an einem dran sind, durch den Mund in den Körper fahren.«

»Der arme Kerl hat sich in etwas hineingesteigert.«

»Wie dem auch sei«, sagte Köttelgruber. »Der Bursche kommt jedenfalls nicht zur Ruhe. Vom Wichsen kommt er nicht los, und die Bilder von der Alten, die er dabei im Kopf hat, werden allmählich dreidimensional. Er hat Angst, daß er ihren Lecker irgendwann richtig an den Mandeln spürt. Gefühlsecht, sozusagen. Wie früher, als sie noch am Leben war. Als es dann fast soweit ist, als er das kalte Stück Fleisch schon richtig im Mund spürt, geht er am Morgen zum Schweinemeister und erzählt ihm die Sache. Schweinemeister Schröter ist ein verheirateter Mann. Hat fünf Kinder, wohnt unten im Dorf. Der hat nicht so eine kolossale Ahnung, was mit einem wichsenden Burschen los ist, der vor einer Leiche Panik hat, gell. Also hör mal zu, sagt der Schweinemeister zu ihm, hör einfach auf zu wichsen, dann bist du besser bei der Arbeit und hast das Problem vom Hals. Noch Fragen? Nein, sagt der Bursche, ich probier's. Aber das war gelogen. Am nächsten Tag ist er wieder beim Schweinemeister. Jetzt ist sie dagewesen, sagt er. Im Zimmer. Hat's mit ihm getrieben wie früher. Und er sieht aus wie ein Toter auf Urlaub. Also gut, sagt der Schweinemeister, ich quartier dich um. Du kommst morgen auf die Bude von dem Albaner. Der wichst auch, da kann sich keiner über den anderen beschweren. Er würde aber lieber heute schon umziehen, sagt der Bursche. Nein, sagt der Schweinemeister, dafür ist heute keine Zeit. Warte bis morgen. Am nächsten Morgen sind alle bei der Arbeit. Nur der Bursche fehlt. Der Schweinemeister ist sauer, weil er auf Zucht und Ordnung hält. Er rüttelt an der abgeschlossenen Tür. Versetzt ihr einen Tritt, daß sie in die Bude donnert. Und da sieht er auch schon den Burschen. Hängt an einem Deckenbalken. Total blau im Gesicht. Und seine Zunge ist seitlich rausgezwängt. Und auf dem Boden liegen ein paar lange graue Haare, und kein Mensch kann sich vorstellen, wie die dorthin gekommen sind. Lange, graue Haare von einer Frau.«

Dahmen-Elmhorst hatte sein Stamperl geleert und blickte verzagt durch die halbblinden Fensterscheiben. Kaltes Mondlicht beschien den Wald, und er sah die Silhouetten von großen Bäumen. Dahmen-Elmhorst zitterte, und er konnte es nicht unterdrücken, obwohl es warm war in der Hütte. Wenn er nur schon zu Hause wäre! Oder wenn er wenigstens in seinem Auto säße! Die heruntergedrückten Türknöpfe und die Beleuchtung am Armaturenbrett würden ihm ein Gefühl von Geborgenheit geben.

»Es ist spät«, sagte Köttelgruber. »Wir haben uns ganz schön verquatscht. Ich will noch auf den Ansitz. Bei Schnee und Vollmond hat man Büchsenlicht.«

»Sie fahren nicht nach Hause?« sagte Dahmen-Elmhorst. »Es ist doch sehr kalt.«

»Ich habe einen Wärmesack. Den nehme ich mit auf den Hochsitz. Damit halte ich es zwei Tage aus, wenn's sein muß, sogar bei grimmigster Kälte.«

»Aber Sie fahren mich doch zu meinem Wagen, nicht wahr?«

»Womit denn?« sagte Köttelgruber und grinste.

»Ich habe doch ein Auto im Wald gehört, kurz bevor Sie hier ankamen.«

»Da hast du wohl ein Gespensterauto gehört. Oder ein Flugzeug. Ich bin nämlich zu Fuß hierhergekommen, gell«, sagte Köttelgruber. »Apropos Gespenster. Das muß ich doch noch rasch erzählen, bevor ich das Feuer ausmache. Du wirst es wahrscheinlich wieder nicht glauben, aber trotzdem.«

Mit einem Feuerhaken zerteilte er die Glutreste im Kamin.

»Was werde ich nicht glauben? Nein, lassen Sie das!

Ich will nichts mehr hören! Bleiben Sie mir vom Leib mit Ihren Horrorgeschichten!«

Dahmen-Elmhorst war hochnervös. Er fühlte, daß die Angst auf dem Sprung saß, ihm an die Kehle zu fahren.

»Seit Wochen spielt der Hund verrückt, wenn ich nachts draußen bin«, sagte Köttelgruber, »deshalb habe ich ihn heute zu Hause gelassen. Wir hätten sonst keinen ruhigen Abend gehabt.«

»Das ist mir vollkommen gleichgültig«, sagte Dahmen-Elmhorst, »vollkommen, hören Sie?«

»Es ist nicht zu begreifen, eigentlich ganz unglaublich, ich weiß«, sagte Köttelgruber, »aber da ist nachts ein seltsames Wesen draußen im Revier. Kein Mensch, aber auch kein Tier.«

»Sie halluzinieren«, sagte Dahmen-Elmhorst, und seine Stimme verriet den Stress. »Lassen Sie mich in Ruhe!«

»Der Stimme nach müßte es eine ganz junge Frau sein«, sagte Köttelgruber, »oder eher ein Mädchen. Ich habe das Wesen bis jetzt nur schemenhaft gesehen. Zweimal erst, und nicht näher als auf vierzig, fünfzig Meter.«

»Sie Lügenbaron«, sagte Dahmen-Elmhorst, »Sie wollen mich fertigmachen.«

»Du mußt es ja nicht glauben«, sagte Köttelgruber. Er schulterte die Büchsflinte und klemmte den Wärmesack unter den Arm. Das Kaminfeuer glühte nur noch an zwei Stellen wie ein dämonisches Augenpaar.

»Bist du soweit? Ich würde gern das Licht ausmachen«, sagte er.

Dahmen-Elmhorst zog seinen Mantel an. Er sah elend aus.

»Was hast du? Deine Augen sind ja groß wie Spiegeleier«, sagte Köttelgruber und drehte der Petroleumlampe den Energienachschub ab.

Auf einmal war es dunkel in der Hütte. Durch das Sprossenfenster schien der Mond in die Stube. Kälte breitete sich aus.

»Ich muß den Fensterladen noch zumachen«, sagte Köttelgruber und öffnete die Tür.

Schon auf der Veranda biß der Nachtfrost.

»Wir könnten doch zusammen zu meinem Auto gehen«, sagte Dahmen-Elmhorst.

»Könnten wir«, sagte Köttelgruber, »aber ich muß in die entgegengesetzte Richtung. Tut mir leid.«

»Och, das macht weiter nichts.« Dahmen-Elmhorst versuchte Gelassenheit zu heucheln, doch es gelang ihm nicht. »Da fällt mir ein, ich könnte doch in der Hütte schlafen. Ja? Geben Sie mir doch den Schlüssel, bitte, Herr Köttelgruber, mir können Sie vertrauen! Ich mache bestimmt nichts kaputt.«

»Einem, dem ich das Du angeboten habe wie Sauerbier, und der mich trotzdem sturheil siezt, dem brauche ich doch nicht zu vertrauen, oder?«

»Herrje, Franz-Josef. Wenn ich geahnt hätte, daß dir das so wichtig ist! Du, Franz-Josef, das mußt du nicht so eng sehen, du ...«

»Ist schon erledigt. Sieh jetzt zu, daß du zu deinem Auto kommst. Sonst frierst du hier fest. Die Hütte ist abgeschlossen und damit basta.«

Der Musiklehrer war ein fleischgewordenes Tremolo.

»Laß mich nicht allein, Franz-Josef! Bitte! Ich bekomme ernsthafte Probleme.«

Köttelgruber war schon ein paar Schritte gegangen, als er sich noch einmal umdrehte. Im Mondlicht, das vom harschen Schnee reflektiert wurde, war jedes Detail an ihm zu erkennen. Vom zerbeulten Jägerhut über die knubbeligen Ohrenschützer bis zu den gefütterten Schnürstiefeln. Gegen ihn wirkte Dahmen-Elmhorst in seiner naturfernen Aufmachung auf der Waldlichtung so fehl am Platz wie einc Wüstenmaus auf einer Eisscholle.

»Eins muß ich dir noch sagen, mein lieber Detlef. Sollte dir dieses Wesen begegnen, diese Frau, sprich sie nicht an, hörst du?«

»Warum nicht?« Die Stimme des Musiklehrers war nur noch eine Hasenquäke.

»Sie fängt sofort an zu weinen«, sagte Köttelgruber, »so hysterisch, daß es einem durch Mark und Bein geht. Und dann schreit sie dir ihren Namen entgegen.«

»Welchen Namen?« haspelte Dahmen-Elmhorst.

»Anneliese«, rief Köttelgruber höhnisch. »Anneliese, Anneliese, Anneliese ...«, und er rief den Namen, bis er zwischen schwarzen Tannen verschwunden war.

»FRANZ-JOSEF!« kreischte Dahmen-Elmhorst. »KOMM ZURÜCK.«

Aber er bekam keine Antwort mehr. Tief im Wald schrie eine Eule.

Der Magen des Musiklehrers krampfte sich zusammen. Die Panik begann ihr Terrorregime.

»Ich muß jetzt die Ruhe bewahren«, sagte Dahmen-Elmhorst laut, obgleich er wußte, daß er mit dieser autosuggestiven Ermutigung die große Angst nicht aufhalten konnte.

»Ich muß tief durchatmen. Eins, zwei, drei, vier, fünf ...«

Da lag er schon auf der Nase. Seine glatten Halbschuhe griffen nicht auf dem gefrorenen Grund. Er rappelte sich auf und trippelte unbeholfen auf die Schneise zu, die ihm das Mondlicht in der dunklen Wand des Waldes wies. Das mußte er sein, der Weg, der zu seinem Auto führte. Er hastete, obwohl dazu keinerlei Anlaß bestand. Zu einem klaren Gedanken aber war er nicht mehr fähig. Hinter jedem Baumstamm, hinter jedem Gestrüpp lauerte das Unheimliche darauf, sein aufgeweichtes Ego ins Dunkel zu ziehen. Er torkelte durch das Schattenreich seiner Albträume, und seine Nerven pfiffen ein Lied, schriller als eine Trillerpfeife.

Köttelgruber hatte unter dem tiefhängenden Geäst einer Tanne gekauert und darauf gewartet, daß der Musiklehrer sich in Bewegung setzte. Er beobachtete, wie Dahmen-Elmhorst nach dem Sturz fiepsend wie eine getriebene Ricke auf den Wald zuhielt. Aus dem Schatten heraus lächelte er sein kleines, hinterhältiges Köttelgruber-Lächeln. Er zog einen Klageblatter aus der Parka-Tasche, ein fingergroßes Instrument, auch Angstgeschrei-Blatter genannt, mit dem man den Schreckenslaut einer Rehgeiß nachahmen konnte. Er kicherte, als der Musiklehrer augenblicklich zur Statue gefror, seinen Kopf nach allen Richtungen schraubte und dann weiterhastete, als hätte der Leibhaftige ihn schon am Mantelsaum gezupft.

Keuchend stieg Köttelgruber den Abhang hinauf. Er blieb an Ästen hängen und sackte in alte Schneeverwehungen ein. Wenn Wolkenfetzen am Mond vorbeitrieben, war es stockdunkel, und er mußte stehenbleiben. Es war weiß Gott kein Vergnügen. Aber er wußte, daß es seinem derzeit ärgsten Rivalen bedeutend dreckiger ging. In dieser Gewißheit ließen sich alle Qualen der Welt ertragen.

Der Pick-up glänzte im Mondschein. Hinter den beschlagenen Scheiben war ein Schnarchen und Schnaufen, als hätte sich ein Dachs eingenistet. Köttelgruber riß die Tür auf. Kanallisch hatte sich in das Bärenfell eingerollt.

»Seh ich Jürgen, muß ich würgen«, sagte Köttelgruber und stieß mit dem Gewehrkolben gegen den grunzenden Klumpen.

Kanallisch kam herausgekrochen wie eine Made aus einem Apfel. Er sah wilder und zerzauster aus denn je.

»Steig aus«, sagte Köttelgruber. »Dallidalli.«

Für jeden normalen Mitteleuropäer wäre der schnelle Wechsel aus dem warmen Schlafnest in die klirrende Kälte einer Winternacht eine in Etappen vollzogene, von Gestöhn und Zähnegeklapper begleitete Handlung gewesen. Nicht so für Kanallisch. Ohne Lautäußerung sprang er in das glasig gefrorene Moderlaub des Waldbodens.

Köttelgruber hüllte ihn in das Bärenfell. Es war viel zu groß. Es verschlang den stinkenden Zwerg. Wie ein gespaltener Helm klaffte der aufgesperrte Bärenrachen über Kanallischs Kopf.

»Hör genau zu, was ich dir sage: Im Wald ist ein Mann. Du kennst ihn. Der böse Mann, der mit uns zu Mittag gegessen hat. Den mußt du fangen! Hast du kapiert?«

Wenn es jemals eine Kombination aus Komik und Grauen gegeben hat, dann war es der Anblick, der sich Köttelgruber bot. Kanallischs irrer Blick funkelte aus dem zottigen Fell – ein Waldkobold, der in eine Bärenhaut gefahren war, eine schrullige Schreckgestalt aus einem Märchen, das Albträume erzeugte.

»Ob du kapiert hast, was ich gesagt habe?!«

»Bald wird es schnein«, sagte Kanallisch. »Wohl dem, der jetzt noch Heimat hat.«

»Lauf«, sagte Köttelgruber und schob den Bären-Kanallisch in die Richtung, wo das Auto des Musiklehrers stand. »Fang den Mann. Der will, daß Jürgen Kanallisch nicht mehr bei den Schweinen arbeiten darf. Der will, daß Jürgen Kanallisch weggebracht wird. Pack ihn!«

Kanallischs Schimpansengang unter dem Zottelfell hätte einen Zombie-Film aufgewertet.

»Kriegen wird der ihn nie«, brummelte Köttelgruber.

Das kommende Geschehen stellte er sich folgendermaßen vor: Kanallisch, auf seinen kurzen Beinen nicht sonderlich schnell zu Fuß, zusätzlich durch das Fell am Laufen gehindert, würde den Musiklehrer kreuz und quer durch den Wald verfolgen. Dem von Daria und der Muse geküßten Schöngeist würde beim Anblick des daherbukkelnden Wesens das Entsetzen in alle Glieder fahren. Er würde an die tote Anneliese Schrothberger denken und rennen und schreien und rennen und schreien. Danach würde er jahrelang von Psychiater zu Psychiater wandern, von Seelenspucknapf zu Seelenspucknapf, würde angstfreies Atmen üben und Schlafen ohne zu wimmern, und nach Anbruch der Dunkelheit würde er sich nicht mehr aus dem Haus trauen. Mit einem solchen Neurotiker könnte Daria nichts anfangen. Die Affäre wäre beigelegt.

»Dann kommt auch das Klavier aus dem Haus«, sagte Köttelgruber.

Was aber, wenn Kanallisch den Musiklehrer wider Erwarten einholen würde? Zu welch schauderhaftem Tun der Zwerg fähig war, hatte er am Frisör hinlänglich bewiesen. Jürgen Kanallisch, einmal in Marsch gesetzt, war wie ein Pitbull.

»O Herr«, sagte Köttelgruber, »deine Wege sind unergründlich. Wir harren auf Licht, aber siehe, da ist Finsternis. Denen, die an dich glauben und dich lieben, wirst du den Weg weisen. So spricht der Herr: ›Fürchte dich nicht! Ich rufe dich beim Namen. Mein bist du! Und gehst du durch Feuer, du wirst nicht verbrennen, denn ich bin der Herr, dein Gott, der dich rettet. Ich fege deine Freveltaten wie Wolken hinweg, deine Sünden wie leichtes Gewölk.‹«

Nach dem Gebet fühlte Köttelgruber sich für nichts, was sich ereignen würde, verantwortlich. Jede Kreatur war in Gottes Hand, auch der Musiklehrer Dahmen-Elmhorst. Jürgen Kanallisch sowieso.

Dahmen-Elmhorst wagte keine Verschnaufpause. Die kalte Luft, die er einsog, tat weh. Trotz der Minusgrade schwitzte er am ganzen Körper. Seine Zähne schlugen aufeinander, und manchmal stieg ein Jammerton aus seiner Kehle, wie er aus der Verbindung von schriller Angst und atemloser Erschöpfung entsteht. An seinem Mantel klebten verrottete Blätter und Gezweig, denn er war ein paarmal hingefallen. Schnee war in seine Halbschuhe gedrungen und sofort zu Wasser geworden. Seine Brillengläser waren verschmiert von Schweiß und Erde. Er wußte nicht einmal, ob dieser Waldweg der richtige war.

Die Stille, die er als trügerisch und unheimlich empfand, machte ihn fertig. Das lauteste Geräusch in diesem Wald war, so kam es ihm vor, sein rasselnder Atem. Aber wehe, wenn die Stille durchbrochen wurde! Als ein Vogel, der sich durch Dahmen-Elmhorst im Schlaf gestört fühlte, mit einem mißlaunigen Laut den Ast wechselte, genau über ihm, blieb ihm fast das Herz stehen.

Der Weg wurde abschüssig. Die Rinnsale des Abhangs, die sich auf dem Waldweg vereinigten, waren zu Eisschlangen erstarrt. Eiskristalle glitzerten silbrig im Mondschein. Doch Dahmen-Elmhorst nahm nichts wahr von den Reizen der Nacht. Auf einer Eisplatte glitten die Ledersohlen seiner Asphalttreter so vehement unter ihm weg, daß er hart mit dem Rücken aufschlug und wie ein lebendiger Rodelschlitten den Weg hinunterrutschte. Während der Schußfahrt kniff er die Augen zu und schrie wie am Spieß.

Irgend etwas hatte ihn gebremst. Ein Stein oder ein Ast. Dahmen-Elmhorst hatte nicht mehr die Kraft, es zu ergründen. Er blieb auf dem Rücken liegen.

»Ich kann nicht mehr«, wisperte er, »ich möchte sterben.«

Aber Gevatter Tod erlöste ihn nicht. Dahmen-Elmhorst schlug die Augen auf – und mit einem Ruck richtete er seinen Oberkörper auf. Er lag vor einem Auto. Vor *seinem* Auto! Die vom Winterschmutz matten Scheinwerfer waren wie Augen, die ihn tröstend anschauten. Er war gerettet!

Die Prellungen und Blutergüsse an seinem Körper nahm er nicht mehr wahr, als er hektisch in der Manteltasche nach dem Autoschlüssel suchte. Endlich. Er hielt ihn in der Hand. Jetzt nur noch die Scheiben vom Eis freikratzen, starten – und weg von diesem unheimlichen Ort.

Er hatte die Gestalt nicht gesehen, jedenfalls nicht direkt, höchstens aus den Augenwinkeln, die mehr erahnten, als sie feststellten, aber er wußte plötzlich mit unabänderlicher Gewißheit: Sie war da, die Gestalt. Sie war da, und sie hatte sich bewegt. Er wagte den Anblick nicht. Seine Nackenhaare sträubten sich. Er hielt den Autoschlüssel in der Hand und sah das Türschloß vor sich. Wie lange würde er brauchen? Drei, vier, fünf Sekunden? Hoffentlich wird die Kiste gleich anspringen!

Jetzt! Er packte den Türgriff und rammte den Schlüssel ins Schloß – das heißt, er wollte den Schlüssel ins Schloß rammen, aber er kam nicht durch. Das Schloß war vereist. Er stieß und rüttelte wie ein Verrückter.

»Geh doch rein! Geh rein! Geh rein!«

In Todesfurcht riß er den Kopf herum, die Augen hinter den schlierigen Brillengläsern weit aufgerissen. Er erblickte ein Wesen, das nicht von dieser Welt sein konnte.

»Anneliese!« kreischte er.

Im Pick-up wurde es Köttelgruber zu eng. Er stieg aus und lief auf und ab. Kanallisch war seit fast zwei Stunden fort. Warum kam der Idiot nicht zurück? Hatte er sich verlaufen? Vor ungefähr einer Stunde glaubte Köttelgruber einen Schrei gehört zu haben. Aber da hatte er noch im Auto gesessen und konnte nicht mit Bestimmtheit sagen, was da an sein Ohr gedrungen war.

Köttelgrubers Geduld war zu Ende.

»Jetzt langt's! Leckt mich alle am Arsch!« sagte er und schwang sich hinters Steuer.

Der Pick-up war ein robuster Kaltstarter. Der Motor orgelte kraftvoll in die Stille. Köttelgruber legte großen Wert auf zuverlässiges Material. An der nächsten Weggabelung wendete er und fuhr auf dem Waldweg zurück, über den er gekommen war. Wie die Fühler eines Insekts tasteten die Scheinwerfer den Waldrand ab. Kanallisch war nicht zu übersehen. Am Wegsaum war er in die Hocke gegangen und erleichterte sich. Er blinzelte ins grelle Licht.

Köttelgruber ließ den Motor laufen und stieg aus.

»Du Arschknödel«, brüllte er, »hör auf zu scheißen und komm hierher, aber dalli!«

Kanallisch zog die Hose hoch.

»Mach den Hosenstall zu, du Saubeutel!« brüllte Köttelgruber.

Im Lichtkegel schlenkerte Kanallischs großes Glied wie eine gehäutete Natter.

»Verdammt noch mal, zieh den Schlauch ein!« sagte Köttelgruber. »Da kommt's einem ja hoch! Was ist nun? Hast du den Mann gekriegt?«

Kanallisch preßte die Lippen zusammen.

»Wieso machst du das Maul wieder nicht auf?« brüllte Köttelgruber. »Nur Idioten um mich herum! Ich bin's langsam leid!«

Der Pick-up schoß nach vorne. Mit einem für die Wegverhältnisse höllischen Tempo jagte Köttelgruber heimwärts. Kanallisch blickte mit abgewandtem Kopf zum Seitenfenster hinaus, als könne er etwas sehen in der Dunkelheit. Er wurde durchgeschüttelt, hielt sich aber nirgends fest.

»Nun stehst du bleich«, sagte er. »Zur Winter-Wanderschaft verflucht.«

Köttelgruber bremste.

»Was hast du gesagt?«

Kanallisch schwieg.

»Arschloch«, sagte Köttelgruber und gab wieder Gas.

Sie hatten das Anwesen fast erreicht, als Köttelgruber sich klatschend vor die Stirn schlug.

»Was bin ich für ein Rindvieh«, sagte er, »was für ein Hornochse, daß mir das jetzt erst auffällt! Wo in drei Teufels Namen hast du die Bärenhaut gelassen, Kanallisch? Wo?«

Die Frage hätte er an einen Stein richten können, der Effekt wäre der gleiche gewesen.

»Diese schöne Bärendecke«, sagte Köttelgruber. »*Mein* Bär. Mein erster Bär. Von einem Schwachkopf verschleppt! Versaubeutelt und verzottelt von einem Pygmäen, der nicht mal den IQ einer Amöbe hat! O mein Gott! Was ist das für eine Welt?«

Sie fuhren in den Hof. Nirgendwo brannte ein Licht.

»Wo ist der Bär?« versuchte Köttelgruber es ein letztes Mal.

Kanallisch ratterte einen seiner Kinderverse herunter: »Wenn ich in mein Kämmerlein geh, will mein Bettlein machen, steht ein bucklig Männlein da, fängt gleich an zu lachen.«

»Hau ab!« sagte Köttelgruber und knuffte ihn mit der Faust. »Geh in dein Kämmerlein, leg dich aufs Ohr und paß auf, daß deine zwei Gehirnzellen nicht rausfallen!«

Dann ging er ins Haus, holte sich eine Dose Bier aus dem Kühlschrank, schaltete das Radio ein und ließ sich aufs Schweinsleder plumpsen. Es erklangen Weihnachtslieder auf der Panflöte.

VII. KAPITEL

»Der Tod ist nicht das Schlimmste«

Die Haushälterin, die Käthchen im Zubereiten einer Schweinshaxe übertreffen wollte, mußte erst noch geboren werden. Das war Köttelgrubers unzerkaubare Überzeugung. Die Haxe, die sie Punkt zwölf vor seinen schwelgerisch witternden Riechkolben stellte, lenkte ihn von den quälenden Fragen nach den Vorgängen der Nacht ab.

Das Telefon! Er hörte, wie Käthchen sagte: »Nein, er hat im Moment angefangen zu essen. Soll er Sie zurückrufen?«

»Wer ist dran?« rief er mit vollgestopftem Mund und spuckte Fleischstückchen.

»Herr Schwertfeger.«

Köttelgruber nahm Käthchen den Hörer aus der Hand.

»Bin grad beim Essen«, sagte er, »gell.«

»Nicht zu überhören«, sagte Schwertfeger. »Ich will dich auch nicht lange davon abhalten. Ich dachte nur, daß es dich interessieren könnte, was ich eben in der Stadt gehört habe.«

»Raus damit!« sagte Köttelgruber so heftig, daß zerkaute Fleischfasern an der Sprechmuschel klebten.

»Den Klavierlehrer deiner Frau kannst du vergessen. Den hat ein Bauer, der Mühlfrenzel vom Aussiedlerhof, heute morgen in einem Heuschober gefunden. Total plemplem. Komplett durchgeknallt. Nicht mehr ansprechbar. Sie haben ihn in die Geschlossene gebracht. – He! Hallo! Bist du noch dran?«

»Das ist ja 'n Ding«, sagte Köttelgruber. »Ich hatte bei dem Musikus von Anfang an ein komisches Gefühl. Dem hat man irgendwie angesehen, daß er ein Rad ab hat. Typisch Künstler, gell.«

»Für Daria tut's mir ja leid«, sagte Schwertfeger, »weil sie doch so versessen aufs Klavierspielen ist.«

»Bei dem Klimperkasten sind die Sicherungen ja nicht durchgebrannt«, sagte Köttelgruber. »Der steht noch da wie vorher. Wir brauchen bloß einen neuen Klavierlehrer. Ich werde das schon machen.«

»Gut, dann iß mal weiter, Franz-Josef. Ich ruf dich später wieder an.«

Köttelgruber drehte ein wie ein Scheunendrescher.

»Großartige Äsung«, lobte er Käthchen. »Ich habe heute meinen spendablen Tag. Mach noch so eine Haxe, genauso wie die erste, und bring sie dem Jürgen Kanallisch. Das arme Schwein kann was Kräftiges vertragen.«

Der Magen hing ihm wie ein mit Steinen gefüllter Rucksack im gewölbten Bauch, als Köttelgruber über den Hof zum Hundezwinger ging. Ein Rauhhaarteckel und ein aristokratischer Gordon-Setter mit lockigen Hängeohren schlugen freudig an und richteten sich am Draht auf. Der Dackel japste, als Köttelgruber ihn zurückhielt und allein den Setter herausließ.

»Los, Nero, raus!«

Die Aufforderung war überflüssig, denn Nero setzte seine gestaute Einsatzfreude sofort in Bewegung um. Er fegte über den Hof, kam zurück und umsprang Köttelgruber. Er war ein prächtiger Kerl, durchgehend schwarz vom Fang bis zur Rute, nur Lefzen und Pfoten waren rotbraun. Dazu war er viergeäugelt, wie die Jäger sagen: Über jedem Auge prangte ein rotbraunes Abzeichen.

Mit einem Satz war der Hund auf dem Beifahrersitz,

den er sofort eingehend beschnüffelte. Die Geruchsmixtur aus Bärenfell und Kanallisch-Gesäß beschäftigte ihn aufs höchste.

Köttelgruber jagte den Pick-up zur Freilichtbühne des nächtlichen Dramas zurück. Das Thermometer-Quecksilber war leicht gestiegen und der Schnee fast völlig weggetaut. Von den Rädern schleuderten lockere Erdschollen trommelnd ans Blech.

Das Musiklehrer-Auto stand da wie bestellt und nicht abgeholt. Köttelgruber suchte nach Spuren, die ihm hätten Aufschluß geben können über das von ihm inszenierte und von Kanallisch in die Tat umgesetzte Geschehen. Der Boden verriet nichts. Es lag nichts herum. Kein Knopf, kein Stoffetzen, nichts. Dann entdeckte Köttelgruber den Autoschlüssel. Er steckte in einem Schneerest, direkt vor der Fahrertür. Köttelgruber hob ihn auf. Der Schlüssel hatte einen Anhänger, ein flaches, in Herzform geschnittenes Stück Leder, an dem ein vergoldeter Buchstabe befestigt war. Ein großes D. Köttelgruber rätselte, ob das D für Detlef, für Dahmen-Elmhorst oder für Daria stand. Er wollte das Auto öffnen, da fiel ihm ein, daß die Polizei wahrscheinlich Spuren sichern würde, und er unterließ es.

Er hielt dem Hund den Schlüssel vor die Nase.

»Such, Nero, such!«

Der Setter schnüffelte hochnäsig an dem baumelnden Ding, schnaubte ablehnend und wandte den edlen Kopf ab.

»Nero«, sagte Köttelgruber, »du bist zwar bildschön, aber saudoof.«

Er bedauerte, daß er nicht Schwertfegers Hannoverschen Schweißhund angefordert hatte. Garantiert hätte der ihn zu dem Bärenfell geführt, das irgendwo in diesem Wald herumliegen mußte. Andererseits: Der neugierige Schwertfeger hätte ihn zu sehr gelöchert, welches krankgeschossene Wild der Schweißhund denn aus dem Wundbett jagen sollte.

Köttelgruber tappte noch ein wenig herum, suchte nach abgebrochenen Zweigen und kampfzerwühlter Erde und stieg, da er nichts dergleichen fand, wieder in seinen Pick-up und brauste nach Hause.

»Du bist ein doofes Luder«, sagte er zu dem Setter, der ihn sanftmütig anblickte. »Du bringst mir kein Rebhuhn, ohne es zu berupfen. Schußfest bist du auch nicht. Am liebsten würde ich dir ein Loch in deinen dummen Kopf machen. Aber dafür hast du mich zuviel Geld gekostet, du Sauhund.«

Der Setter, dem die Ansprache guttat, reckte sich vor und leckte Köttelgrubers Hand.

Zu Hause griff Köttelgruber zum Telefon.

»Polizei? – Ja, hier ist Franz-Josef Köttelgruber. – Wie bitte? Ja, richtig, der Schweinsgruber, hahaha, ja, so nennt man mich manchmal. – Ach, Sie sind's, Herr Steinmüller. Habe Ihre Stimme nicht gleich erkannt. Wie geht's denn so? – Jaja, mir geht's auch bestens. Wenn die Schweine gesund sind, freut sich der Mensch. – Weswegen ich anrufe: In meinem Jagdrevier steht ein herrenloses Fahrzeug. – Richtig, ein Pkw. Ich habe mir die Nummer aufgeschrieben. – Wie, dem Musiklehrer Dahmen-Elmhorst gehört der Wagen? – Natürlich kenne ich den. Recht gut sogar. Den habe ich als Klavierlehrer engagiert. – Nein, nicht für mich. Für meine Frau. – Wie meinen Sie das, Herr Steinmüller? Was heißt, der spielt nur noch verrückt? – Großer Gott, der arme Kerl. Völlig abgedreht, sagen Sie? Meinen Sie, daß sich das eventuell wieder normalisiert? – Was? Der wird keine Flöte mehr von einem Dudelsack unterscheiden können, nie mehr? Hahahaha. Sie haben Humor, Herr Steinmüller, sagenhaft. Und das Auto lassen Sie abschleppen? – Bestens, Herr Steinmüller, bestens. Nein, keine Ursache. Danke ebenfalls. Schönen Tag noch, Herr Steinmüller, gell.«

Wie wunderbar! Wie reibungslos! Wie wunderbar reibungslos! Köttelgruber war der glücklichste unter den zeitgenössischen Schweinezüchtern. Dieser Tag war zu gelungen, um ihn arbeitend zu vergeuden. Er rief Schwertfeger an.

»Hallo, alter Junge! Wollen wir heute mal die wildernden Hunde unter Feuer nehmen? Hast du Zeit und Lust? – Gut, dann bis gleich.«

Es hätte ihn auch sehr gewundert, wenn Schwertfeger ihn abschlägig beschieden hätte. Denn Schwertfeger hatte immer Zeit, hatte immer Lust, die Arbeit ruhen zu lassen. Besonders dann, wenn Elisabeth auf Reisen war.

Die zwei streunenden Köter paßten Köttelgruber gut ins Konzept. Wildernde Hunde standen generell im Ruf, reißender zu sein als Wölfe. Da sie die natürliche Scheu vor dem Ebenbild Gottes verloren haben, fallen ihnen manchmal Menschen, meistens Kinder, zum Opfer. War es da nicht naheliegend zu glauben, daß ein versonnen auf einem Inspirationsspaziergang daherschreitender Musenfreund von solchen Mörderhunden derart in Panik versetzt wurde, daß ihm sämtliche Schrauben aus den eh schon lockeren Gewinden sprangen?

Köttelgruber griff sich den Drilling und preschte im Pick-up zum Treffen mit Schwertfeger. Sollten die Hunde bleibeschwert auf der Strecke bleiben, war die Sache gut. Falls nicht, war es auch egal. So oder so würde er heute abend mit Schwertfeger ein fröhliches Strohwitwer-Besäufnis abhalten.

Köttelgrubers Prognose stimmte. Die Hunde ließen sich nicht blicken, aber der Nachtrunk der vergeblichen Pirsch war grandios.

Am späten Donnerstagabend – Köttelgruber sah sich gerade im Fernsehen das *Musikalische Alpenglühen* an und trank Bier dazu – hörte er einen Porschemotor im Hof. Er schüttete das Bier in die Zimmerpalme und lief nach einer atemerfrischenden Spraydose, denn er wollte seine Chance zum ehelichen Neubeginn nicht durch kleine Nachlässigkeiten gefährden.

Er hörte den satten Bumms einer soliden Autotür. Einmal. Zweimal. O Gott, drängte die Schreckschraube Elisabeth etwa zur Manöverkritik der Mailand-Plünderung in sein Haus? Heilige Hysterika! Das Klack-klack-klack von Darias Absätzen in der gefliesten Diele. Dann die hochfrequente Störstimme Elisabeths von draußen: »Also wir sehn uns dann morgen, dann bringe ich dir die Kosmetiksachen mit, ich bin sowieso gespannt, was Franz-Josef zu deinem Mantel sagt, nämlich daß Ralf zu meinem nichts sagt, kann ich dir jetzt schon sagen . . .«

»Das machen wir so, Lisbeth, verlaß dich drauf«, sagte Daria. »Tschü-hüs, bis morgen, tschü-hüs.«

Köttelgruber fiel eine Wagenladung Steine vom Herzen.

Die Tür zum Wohnzimmer wurde schwungvoll aufgeschubst.

»Ich bin wieder da«, rief sie fröhlich und drehte sich elegant um die eigene Achse. Köttelgruber war hingerissen. Sein Mondgesicht strahlte.

Daria trug ein sandfarbenes Leinenkostüm. Sie hatte ein prächtiges Tuch aus Seidenmoiré um die Schultern und stand auf hohen Absätzen. Über ihrem Unterarm hing ein schwarzer Mantel, der Köttelgruber nicht weiter interessierte. Hinter ihr, in der Diele, kündeten exklusive Tragetaschen mit Goldbeschriftungen von der Noblesse mailändischer Boutiquen.

»Liebes, ohne dich ist es hier so einsam wie in Sibirien«, sagte er und wollte sie in die Arme schließen.

»Vorsicht, mein neues Kostüm«, sagte sie und entzog

sich. »Ich habe leider keine Jagdtasche für dich gefunden, obwohl ich ganz Mailand deswegen auf den Kopf gestellt habe.«

»Das macht doch nichts, mein Liebling.«

»Gibt es etwas Neues? Habe ich etwas verpaßt?«

»Was soll es hier schon Neues geben«, sagte Köttelgruber.

»Diese Elisabeth ist eine wahre Nervensäge. Du stellst dir nicht vor, was ich mir alles anhören mußte. Ich bin ganz erledigt.«

»Mein armer Liebling«, sagte Köttelgruber.

Sie zog den Mantel an, ein tailliertes Meisterstück aus Cashmere, dessen tiefes Schwarz mit den weizenblonden Haaren kontrastierte, und drehte sich.

»Wie sehe ich aus?«

»Grazie pur. Wunderbar. Ganz wunderbar«, sagte Köttelgruber und ging einen Schritt auf sie zu.

»Holst du Champagner?« sagte sie schnell. »Darauf hätte ich jetzt Lust.«

Nach dem ersten Schlückchen lächelte sie elfenzart.

»Entschuldige mich einen Augenblick, Franzel.«

Auf dem Weg zum Telefon streifte sie die Pumps von den Füßen und kickte sie von sich. Jedesmal war Köttelgruber angesichts dieser burschikosen Geste verzaubert. Er liebte ihr jugendliches Temperament. Wenn sich dieses göttliche Weib doch ein einziges Mal noch anfassen ließe! Er würde sich in sie hineinfressen! Säuisch kannibalisch! Mit seiner dicken Nase würde er die Düfte sämtlicher Körperpartien in sich aufnehmen. Bauch und Hinterschinken würden unter seinen Händen beben, und er würde in dieses aufgewühlte Leben hineinfließen ...

»So ein Mist!« sagte Daria.

»Was stört dich, mein Liebling?«

»Entweder ist das Telefon kaputt, oder Detti ist nicht

zu Hause. Er weiß doch, daß ich heute zurückgekommen bin. Du hast es ihm doch ausgerichtet, ja?«

»Aber ja doch, Liebes.«

Daria tröstete sich mit Champagner.

»Wahrscheinlich probt er für seinen Auftritt«, sagte sie. »Für den Kunstliederabend.«

»Wahrscheinlich«, sagte Köttelgruber.

Sie wartete eine Viertelstunde. Geduld war nicht ihre Stärke.

»Das gibt's doch nicht«, sagte sie und pfefferte das Schnurlose aufs Schweinsleder.

Die Abstände zwischen den Anrufversuchen verringerten sich auf fünf Minuten. Als es schließlich klappte, richtete Köttelgruber sich kerzengerade auf. Sollte Dahmen-Elmhorst zu Hause sein? Dann wäre er gesund – und das wäre eine Katastrophe!

Doch gleich die ersten Worte Darias veranlaßten Köttelgrubers Herz, den Normalbetrieb wieder aufzunehmen.

»Nein«, sagte sie und wurde quarkbleich, »das glaube ich nicht, nein.«

Sie telefonierte mit Dahmen-Elmhorsts Mutter. An Darias stufenweisem Zusammensinken erkannte Köttelgruber, daß in die Umnachtung des Musiklehrers noch kein Lichtstrahl gefallen war.

»Nein, das ist mir völlig egal«, hörte er Daria sagen, »ich *muß* ihn sehen, hören Sie, ich muß!«

Sie legte das Telefon so behutsam ab, als sei es zerbrechlich, und blickte zu Köttelgruber. Ihre Augen waren riesig.

»Sie haben ihn in eine Irrenanstalt gebracht«, sagte sie kraftlos.

Kleine Zuckungen in ihrem ansonsten starren Gesicht waren die Vorboten des Ausbruchs. Stufe zwei: Die Mundwinkel bogen sich abwärts. Stufe drei: konvulsives

Vorbeben im Schulterbereich. Dann das Hauptbeben: Mit hemmungslosem Schluchzen warf Daria sich auf das Schweinsleder. Ihre Salzwasserdrüsen lieferten Hochleistung, und Köttelgruber revidierte im stillen seinen Verdacht, Darias Tränen seien nur dann echt, wenn sie Zwiebeln schälte.

»Vielleicht hat er es dort ganz gut«, versuchte er sie zu trösten, erhöhte damit aber nur die Phonstärke des Schluchzens.

Bis Köttelgruber mit der Champagnerflasche fertig war, hatte Daria sich leergeheult und wankte mit verquollenen Augenlidern ins Bett.

Das Frühstück verlief wie ein Leichenschmaus.

»Wenn du nur *einmal* lächeln würdest, gell, dann wäre das, als täte dort drüben die Sonne aufgehen«, sagte Köttelgruber und wies in Richtung Muttersaustall, der in grauen Winterdunst gehüllt war.

»Mir ist nicht nach lächeln zumute«, sagte Daria. »Daß du das nicht verstehst, Franz-Josef?«

»Das Leben geht weiter«, tröstete Köttelgruber mit der Treffsicherheit eines Blinden beim Dartspiel, »schau her, es geht uns gut. Der Betrieb läuft prima. Unser Fleisch wird schneller weggefressen, als wir es produzieren können. Und unsere Ehe könnte so schön sein, gell. Und die vielen, vielen Jahre, die wir noch vor uns haben . . .«

Daria warf ihre Serviette auf den Teller und stellte sich ans Fenster.

»Ich glaube das alles erst, wenn ich ihn gesehen habe«, sagte sie.

Sie holte das Telefonbuch. Unter P wurde sie fündig. P wie Psychiatrisches Landeskrankenhaus.

Sie schien von Pontius zu Pilatus verbunden zu werden. Von Mal zu Mal wurde sie ungehaltener.

»Nein«, sagte sie wiederholt, »ich bin weder die Mutter noch die Schwester.«

Dann verlor sie die Beherrschung.

»Hören Sie! Es reicht jetzt! Ich habe ein Recht, Herrn Dahmen-Elmhorst zu sehen, weil wir uns nahestehen. Weil er ohne mich ...«

Am anderen Ende war offenbar aufgelegt worden. Daria saß da wie vom Donner gerührt.

»Habe ich richtig gehört?« sagte Köttelgruber. »Du stehst ihm nahe, diesem ... Patienten?«

»Diese Bürokraten«, sagte sie, »diese Unmenschen«, und begann zu weinen. »Ich bin so uuunglücklich ...«

Durch das Fenster sah Köttelgruber einen weißen Lieferwagen, der in einem Bogen über den Hof direkt vors Haus rollte.

»Der spinnt wohl«, sagte Köttelgruber.

Dann erfaßte er den roten Schriftzug auf der Breitseite des Kastens.

Wenn's um die Wurst geht – Schwertfeger.

Kein noch so gewiefter Werbefritze hätte es geschafft, Schwertfeger diesen von ihm selbst erwählten Slogan auszureden. Neben der Schrift prangte ein krummes, fleischfarbenes, phallusartiges Ding, das eine Wurst darstellen sollte. Schwertfeger hatte es selbst entworfen.

»Ich dachte, ich schau mal vorbei«, sagte Schwertfeger. Er setzte die Brille ab, die er beim Autofahren und beim Schießen trug, aber nur beim Autofahren und beim Schießen, weil er außerhalb dieser Tätigkeitsbereiche sein markantes Clark-Gable-Gesicht nicht durch ein Nasenfahrrad in seiner Ausdruckskraft schwächen wollte.

»Komm rein, Ralf. Der Kaffee ist noch warm«, sagte Köttelgruber, der ihn an der Haustür empfing. »Möchtest du mit uns frühstücken?«

»Danke. Hab ich schon hinter mir. Du weißt doch, daß Elisabeth schon vor dem ersten Hahnenschrei mobil macht. Ich habe ihr gesagt, daß ich einen Großkunden besuche, nur um wegzukommen. – Mann, waren das vier herrliche Tage, als die Alte in Mailand war.«

Mit abgewandtem Gesicht wollte Daria an Schwertfeger vorbeihuschen, doch der hielt sie am Arm fest. Als Freund des Hauses erlaubte er sich die vertrauliche Geste.

»O-o-o-o, wer weint denn da?« sagte er in einer Singsprache, mit der man ein Kind tröstet. »Ich bin doch nicht etwa in einen kleinen Ehekrach geraten?«

Köttelgruber zwinkerte, um Schwertfeger ein Zeichen zu geben.

»Darias Klavierlehrer ist in die Klapsmühle gekommen«, sagte er. »Ich habe den Schock auch noch nicht richtig verdaut. Daß so ein intelligenter Mensch ins Meisenheim muß, in den Rappelkasten, tragisch nenn ich das, tragisch.«

Daria stand so nah bei Schwertfeger, daß sie ihre Stirn an seine Schulter lehnen konnte.

»Sie lassen mich nicht zu ihm«, sagte sie mit dünner Kopfstimme. »Die Leute vom Krankenhaus waren so abweisend zu mir.«

»Aber, aber«, sagte Schwertfeger und blickte männlicher drein als Clark Gable es je hingekriegt hätte. »Laß mich das mal erledigen. Ich kenne da jemanden.«

In seinem Landadel-Sakko mit dem Lederbesatz an den Ellbogen und den wuchtigen Schulterpartien sah er stark und vertrauenerweckend aus. Er hatte ein Rasierwasser aufgetragen, das eine Moschuskuh in Paarungsstimmung versetzt hätte. Mit dosiert festem Griff faßte er Daria an den Schultern, schob sie auf Armlänge von sich, und sein Blick war wie ein Lasso, als er sagte: »Eine Frau wie du darf nicht weinen.«

Schwertfegers Telefonat mit dem Psychiatrischen Landeskrankenhaus war kurz. Köttelgruber war baß erstaunt über die Durchschlagskraft seines Freundes. Er wußte ja nicht, daß Schwertfeger mit einem Cousin Elisabeths telefonierte, einem Assistenzarzt, der allen Grund hatte, gefällig zu sein, hatten doch die prallen Wursttüten seiner Cousine ihm über die mageren Studienjahre hinweggeholfen.

»Von mir aus können wir gleich los.« Schwertfeger glich einem römischen Feldherrn, der einspannen ließ, um durch den Triumphbogen zu fahren.

»Also, wie du das gedeichselt hast, alle Achtung. Das sind doch alles studierte Leute«, sagte Köttelgruber.

»Gerade diese Überstudierten muß man im Handstreich nehmen«, sagte Schwertfeger. »Die reden sonst zuviel.«

Daria sah ihn von der Seite an. Sie betrachtete sein Profil.

»Ich bin in fünf Minuten fertig«, sagte sie.

Köttelgruber hatte den Mercedes aus der Garage geholt. Der große Schwarze mit der cremefarbenen Lederausstattung war der Wagen fürs Offizielle. In ihm fuhr Köttelgruber zu den Tagungen des Schweinezüchterverbandes. Jetzt lenkte er ihn Richtung Nervenheilanstalt. Schwertfeger hatte neben ihm Platz genommen. Daria saß im Fond.

Köttelgruber hatte die CD *Deutsches Liedgut aus Feld und Flur* eingeschoben. Das Hoppsassa in blü-hü-hender Au war nicht nach Darias Geschmack.

»Stell bitte diese Musik ab, Franzel«, sagte sie. »Das ist ein Gedudel für Altennachmittage.«

»Mir gefällt diese Musik. Und ich bin erst 53«, sagte Köttelgruber.

»Hast du nichts anderes auf Lager?« sagte sie. »Etwas Klassisches?«

»Klaviermusik gibt's leider nicht mehr«, sagte Köttelgruber. »Der Komponist sitzt in der Klapse.«

»Mußt du sie zu allem hin auch noch quälen?« sagte Schwertfeger. »Nun spiel schon was anderes.«

»Du hast diese Lieder doch immer gerne gehört, Ralf«, maulte Köttelgruber und wechselte die CD.

Es erklang der Jägerchor aus dem *Freischütz*.

Was gleicht wohl auf Erden dem Jägervergnügen?
Wem sprudelt der Becher des Lebens so reich?
Beim Klange der Hörner im Grünen zu liegen,
Den Hirsch zu verfolgen durch Dickicht und Teich,
Ist fürstliche Freude, ist männlich Verlangen,
Erstarket die Glieder und würzet das Mahl.
Wenn Wälder und Felsen uns hallend umfangen,
Tönt freier und freud'ger der volle Pokal.
Jo ho! Tralalalala!

»Bitte, Franz-Josef! Spar dir deine Jäger-Romantik für eine passendere Gelegenheit auf«, sagte Daria.

»Nun tu ihr schon den Gefallen«, sagte Schwertfeger.

»Aus dir soll einer schlau werden, Ralf«, sagte Köttelgruber. »Das ist dein Lieblingsstück. Jetzt wäre gleich die Stelle gekommen, wo es heißt, ähm, wo es heißt . . .«

»Den blutigen Wolf und den Eber zu fällen, der gierig die grünenden Saaten durchwühlt«, sagte Schwertfeger.

»Genau«, sagte Köttelgruber. »Das könnte ich hundertmal hintereinander hören.«

»Ich aber nicht«, sagte Daria.

»Hast du keine Pop-Musik?« fragte Schwertfeger.

»Pop-Musik? Habe ich richtig gehört? Spiel nicht den Jugendlichen, Ralf! Du bist 46, wenn ich mich nicht täusche, gell?«

Die nächsten Kilometer wurden schweigend zurückgelegt.

»Soll ich euch einen Witz erzählen?« sagte Köttelgruber.

»Wenn du ihn nicht bei dir behalten kannst«, sagte Schwertfeger.

»Sitzen zwei Bekloppte auf der Wiese. Der eine hat eine Zwangsjacke und ...«

»Ich glaube, du hast sie nicht mehr alle«, unterbrach ihn Schwertfeger. »Aber ehrlich!«

»Eine Prise Humor wird wohl noch erlaubt sein«, sagte Köttelgruber, »oder sind wir zu einer Beerdigung unterwegs?«

»Schlimmer«, sagte Schwertfeger.

Dieser Schwertfeger! Wenn Köttelgruber mit ihm allein war, auf Pirsch oder beim Herrenabend im Jagdstübchen, war er ein umgänglicher Kumpan. Doch sobald eine Frau in der Nähe war, mußte er sein Pfauenrad schlagen. Das tat er vielseitig wie ein Schauspieler, je nach Einschätzung der zu beeindruckenden Dame. Er konnte als Edelmacho auftreten, stark, selbstbewußt, schweigsam, genausogut aber auch als Tangokönig mit melancholischem Charme. Alle fanden ihn toll. Sah man einmal von Elisabeth ab, dieser Geißel Gottes, hatte Ralf Schwertfeger alles, was ein Mann brauchte. Wie oft schon hatte Köttelgruber mit dem Schöpfer gehadert, weil er bei der Startgenehmigung für die Lebensbahnen der beiden Jagdfreunde mit zweierlei Elle gemessen hatte: alles Gute für Schwertfeger, Furz und Grind für Köttelgruber.

Seit Schwertfeger reich verheiratet war, hatte er sein von Natur aus nicht zu Galoppsprüngen neigendes Arbeitstemperament auf die denkbar gemächlichste Gangart heruntergezügelt, genoß es, ohne Reue genießen zu können, und betrog seine vom Eheleben desillusionierte Elisabeth nach Strich und Faden. Die revanchierte sich, indem sie das Vermögen in der Hand behielt und Schwertfegers heimliche Hoffnung auf eine vergoldete Ehescheidung klein hielt. So war der schöne Ralf ihr Gefangener, dem zwar ein flotter Lebensstil vergönnt war, der aber auch die Dornen seiner trockenen Rose Tag für Tag im Fleisch spürte.

»Da vorne rechts, das muß die Einfahrt sein«, sagte Köttelgruber.

Ein Schlagbaum versperrte das Asphaltsträßchen, das sich durch einen Park mit Baumriesen und verstreuten Backsteinbauten wand. Schwertfeger spielte weiterhin den Leithengst.

»Schwertfeger mein Name. Wir werden von Doktor Schüssenrick erwartet«, rief er dem Pförtner durchs halbgeöffnete Seitenfenster zu.

Mit Leidensmiene liftete der Alte seine Arthroseknochen aus dem Stuhl und stülpte eine Schildmütze über, bevor er aus seinem Glashäuschen herauskam. Normalerweise blieb er sitzen und ließ die Anstaltsbesucher zu sich kommen, aber bei einem so gravitätischen Wagen schien ihm eine Spur Dienstfertigkeit angebracht.

»Zu Doktor Schüssenrick wollen Sie? Moment. Ich werde Sie anmelden.«

In dem von eingerosteten Hüftgelenken diktierten Tempo krakelte er in sein Häuschen zurück und widmete sich mit Amtsmiene dem Vorgang der telefonischen Anmeldung.

»Ob Irrenhaus oder Wurstfabrik, überall haben sie die gleichen alten Schließmuskel an der Pforte«, sagte Schwertfeger.

Der Schildmützen-Methusalem erschien wieder.

»In Ordnung«, sagte er. »Haus C. Das ist das Gebäude da vorne rechts. Der Parkplatz ist links. Auf dem gesamten Gelände gilt Tempo zwanzig.«

»Halten Sie sich dran«, sagte Schwertfeger und schloß die Scheibe.

»Wow, der kriegt den Mund nicht mehr zu«, sagte Daria nach einem Blick durch das Heckfenster.

»Woher kennst du diesen Doktor Schüsselriß?« sagte Köttelgruber.

»Doktor Schüssenrick«, sagte Schwertfeger.

»Egal, wie der heißt«, sagte Köttelgruber. »Meinetwegen Doktor Psychopathos. Woher kennst du ihn?«

»Ein Verwandter von mir arbeitet hier. Als Arzt. Schüssenrick ist ein Kollege von ihm«, sagte Schwertfeger.

»Ich wußte gar nicht, daß ihr Irrenärzte in der Familie habt«, sagte Köttelgruber. »Mach dir nichts draus, sowas kann vorkommen.«

»Wenn so einer dich anguckt, Franz-Josef, kann der deine Körpersprache lesen wie eine Zeitung. Der guckt dir einmal ins Gesicht und sagt dir, wie oft deine Mama dich verhauen hat. Gib acht, daß Doktor Schüssenrick dir nicht durch deine fleischfarbene Badekappe ins Gehirn guckt und deine unheiligen Gedanken sieht, hähähähä.«

Fleischfarbene Badekappe! Köttelgruber haßte es, wenn seine Glatze zum Gegenstand humoriger Betrachtungen gemacht wurde. Kahlhirsch, so nennt der Jäger einen geweihlosen Rothirsch, und als beim letztjährigen Nimrod-Ball in der Kreisstadt ein betrunkener Weidgenosse den lockenfreien Köttelgruber lachend so genannt hatte, war das gesellschaftlich hochrangige Ereignis nur um ein Haar dem Skandal einer Schlägerei entgangen.

Da Schwertfeger um die Befindlichkeiten Köttelgrubers wußte und trotzdem im Beisein Darias Salz auf die Glatze streute, war die Strafe im Wortsinne hinterhältig: Köttelgruber ließ eine Luft aus dem Darm, die einen Säugling getötet hätte. Der Exodus aus dem Mercedes, kaum daß er in der Parkbucht stand, verlief panisch wie die Flucht aus einem brennenden Flugzeug.

Haus C war ein sauberer, ziegelroter Backsteinbau mit weiß abgesetzten Fenstern, die samt und sonders vergittert waren. Daria sah blaß aus. Sie ging zwischen den beiden Männern. Den neuen Cashmere-Mantel hatte sie über die Schultern gelegt, ohne in die Ärmel zu schlüpfen.

Auf dem Kiesweg kam ihnen eiligen Schrittes ein kleiner, graubärtiger Mann entgegen, der seinen Bogart-Hut verkehrt herum auf dem Kopf sitzen hatte.

»Gelobt sei Jesus Christus«, sagte er im Vorbeigehen.

»In Ewigkeit. Amen«, antwortete Köttelgruber.

Der unorthodoxe Hutträger blieb sofort stehen.

»Gott wird die Unkeuschen verstoßen«, rief er mit Greisenstimme, »und Luzifer wird die Leiber der Schamlosen in siedendes Wasser tauchen.«

»So verrückt sind die hier gar nicht«, sagte Köttelgruber.

Ein langer, schmaler Mann, dessen Gesicht hauptsächlich aus Brille bestand, hastete über den Kiesweg. Er trug einen weißen Kittel.

»Wie ich sehe, haben Sie die Bekanntschaft von Pater Vinzenz schon gemacht«, sagte er. »Mein Name ist Schüssenrick. Frau Schwertfeger, meine Herren – darf ich Sie ins Haus bitten?«

»Frau K-ö-t-t-e-l-g-r-u-b-e-r«, korrigierte Köttelgruber.

Der Mann im weißen Kittel war bei ihm untendurch.

»Kleines Mißverständnis, hähähähä«, sagte Schwertfeger, der sich Mühe gab, die Situation zu retten. »Darf ich vorstellen: Frau Köttelgruber, Herr Köttelgruber. Mein Name ist Schwertfeger, Ralf Schwertfeger.«

»Sehr schön«, sagte Doktor Schüssenrick, »sehr schön.«

Durch eine massive Tür mit dreifacher Schließvorrichtung gelangten sie in einen Vorraum, in dem neben einem summenden Getränkeautomaten zwei stämmige Pfleger mit verschränkten Armen auf etwas zu warten schienen.

»Das sind Idiotengreifer«, flüsterte Köttelgruber.

Sie schritten durch einen endlosen, muffigen Gang, der mit grauem Linoleum ausgelegt war, und betraten durch eine weiße Tür, die der Doktor höflich aufhielt, ein karglich möbliertes Zimmer. Daria war froh, nicht noch länger diesen Gang entlanggehen zu müssen, in dem ihre Absätze hallten wie in einer Tiefgarage. Einige der Türen waren mit weiß überpinseltem Bandeisen verstärkt und hatten Beobachtungsfenster.

»Ich werde noch zwei Stühle holen«, sagte Schüssenrick und verschwand wieder.

Skeptisch sah Daria sich in dem weißgetünchten Raum um, der außer einem Schreibtisch, zwei Metall-Aktenschränken und einem Gummibaum nichts bot, wo das Auge hätte verharren können. Das weiß gestrichene Eisengitter vor dem Fenster war auch nicht gerade ein Blickfang.

»Wo bleibt er denn, der Trotteldoktor?« sagte Köttelgruber.

Ein langgezogener Schrei drang durch die Wände. Darias Hand griff nach Schwertfegers Arm, zuckte aber sofort wieder zurück.

Der Schrei ebbte ab. Nach einer Pause schwoll er wieder an, ebbte ab, schwoll wieder an. Ein Schrei aus tiefem Wahn, stereotyp in einem Zeittakt ausgestoßen.

Köttelgruber fand heraus, daß man langsam bis dreizehn zählen konnte, dann war der abnorme Schrei wieder da.

»Hier dürfen wir Detti nicht lassen«, sagte Daria. »Einen Menschen wie ihn hierherzubringen, das ist das Allerschlimmste, was man ihm antun konnte. Wir müssen alles unternehmen, alles, daß er rauskommt. Jetzt! Sofort!«

Umgehend ergriff Schwertfeger die Initiative. Doktor Schüssenrick kam nicht einmal dazu, die beiden Klappstühle aufzustellen.

»Nehmen Sie mir die Offenheit nicht übel, Herr Doktor. Aber meinen Sie ehrlich, daß das hier« – Schwertfegers Arm beschrieb einen anstaltsumfassenden Kreis – »der richtige Rahmen für einen Komponisten und Musiklehrer ist? Ich kenne den Herrn persönlich, müssen Sie wissen.«

»Ich korrigiere Sie ungern«, sagte Schüssenrick nachsichtig. »Sie mögen den Komponisten und Musiklehrer Dahmen-Elmhorst gekannt haben. Ich sage bewußt: gekannt haben. Im Augenblick ist er ein völlig anderer. Ein Patient. Nichts anderes als ein Patient, der uns vor ein großes Rätsel stellt. Wir gehen davon aus, daß ein traumatisches Erlebnis ihn in diesen Zustand versetzt hat. Für ihn jedenfalls gibt es im ganzen Land keinen geeigneteren Ort als diesen hier.«

Daria schaltete sich ein. Eine funkensprühende Amazonenkönigin vor einem klappstuhlbewehrten Anstaltsarzt.

»Sie bringen mich bitte auf der Stelle zu Herrn Dahmen-Elmhorst und anschließend zum Leiter dieser ... dieser Klinik. Ich werde nicht dulden, daß Herr ...«

Der Schrei, der aus den dunkelsten Abgründen der menschlichen Seele emporstieg, um all den Ahnungslosen von einem namenlosen Schrecken zu künden, stand zwischen ihnen und löschte die Worte aus.

»... daß Herr Dahmen-Elmhorst auch nur eine Stunde« – die Stimme Darias vibrierte vor Empörung –, »hören Sie, auch nur eine einzige Stunde länger in diesem Irrenhaus bleibt. Er hat das absolute Gehör. Diese Schreie, diese furchtbaren Schreie werden ihn in den Wahnsinn treiben!«

»Abermals: Ich widerspreche ungern«, sagte Schüssenrick kühl. »Das *ist* Herr Dahmen-Elmhorst, der da schreit.«

Schwertfeger konnte Daria gerade noch auffangen, sonst wäre sie wie eine Schaufensterpuppe aufs Linoleum geknallt.

»Tja«, sagte Köttelgruber, »der Tod ist nicht das Schlimmste.«

VIII. KAPITEL

Freund Schwertfeger

Eine ganze Woche lag Daria im Bett. Der Arzt kam täglich und gab ihr Vitaminspritzen. »Eigentlich gehört Ihre Frau ins Krankenhaus«, sagte er.

»Besser als hier kann sie nirgendwo betreut werden«, sagte Köttelgruber. »Ich bin jede Minute bei ihr. Rund um die Uhr.«

Schwertfeger tauchte jeden Tag auf. Er brachte Blumen und Pralinen.

Sein heiteres »Na, wie geht's unserer kleinen Patientin denn heute?« ging Köttelgruber schon bald auf den Wekker.

»Übertreib's nicht, Ralf! Ich könnte halbtot im Bett liegen, und du würdest nicht annähernd so ein Theater machen wie bei Daria«, sagte er.

»Du könntest sogar halbverwest im Bett liegen, und ich würde dir keine Pralinen hinstellen, du alte Filzrübe«, sagte Schwertfeger unbekümmert, »ehrlich.«

»Du bist zu mager, mein Liebling«, sagte Köttelgruber, als Daria nach ihrer Horizontalwoche im Morgenmantel im Haus umherging. »Soll Käthchen dir ein gutes Stück Fleisch braten?«

»Laß mich endlich in Ruhe«, sagte Daria. »Ich kann dich nicht mehr sehen.«

Sie war in sich gekehrt und hatte Schatten unter den Augen. Zum ersten Mal hatte Köttelgruber den Eindruck, daß seine Göttin nicht die ewige Jugend gepachtet hatte.

»Du bist reifer geworden«, sagte er. »Irgendwie fraulicher.«

»Ich bin nicht geschminkt«, sagte Daria.

Zunächst bemerkte sie nicht, daß dem Tierpanoptikum in der Diele das zentrale Stück fehlte. So gut es ging, hatte Köttelgruber die Lücke mit einem Sechserbock, einem stark geperlten Alpenhirsch und der Decke eines Dickhornschafs aus den Rocky Mountains geschlossen. Dennoch: Wo das Auge jahrelang ein Bärenfell zu sehen gewohnt war, ließ es sich nicht hinters Licht führen.

»Weshalb hast du Jogi abgehängt?« fragte sie.

In einer Mischung aus Phantasie und zärtlichem Empfinden hatte sie dem hingestreckten Bären aus ihrer alten Heimat den Namen Jogi gegeben.

»Jogi hatte die Motten«, sagte Köttelgruber. »Ich habe ihn vorsichtshalber zum Präparator gebracht.«

Wie die meisten Leser von Provinzblättern studierte auch Köttelgruber die Lokalzeitung von hinten. Todes- und Geburtsanzeigen, Tiermarkt und gastronomische Anpreisungen von Schlachtplatten waren ihm wichtiger als die zur Nachricht erhobenen Salbadereien der Wald-und-Wiesen-Reporter. Außer den Beweihräucherungen von immer denselben Honoratioren aus Stadtrat, Vereinen und inserierendem Einzelhandel hatte das Blatt wenig zu bieten.

Doch an diesem Samstag hatte es der Lokalteil in sich.

Köttelgruber setzte seine Tasse so hart ab, daß der Milchkaffee überschwappte und seine Kniebundhose befleckte.

Vier Spalten breit und ganz oben, als Nachricht des Tages am Kopf der ersten Lokalseite aufgemacht, hielten zwei dicke Kinder ein Bärenfell.

Ist bei uns wieder der Bär los?

Diese launige Frage bildete den Anlauftext. Es folgte

der Erguß eines Chronisten, der auf seinen Humor stolz war.

Nein, es ist kein Aprilscherz: Gestern präsentierten die beiden Zwillinge Anita (8) und Kevin Mühlfrenzel (8) unserer Redaktion ein echtes Bärenfell. Sie hatten das Überbleibsel von Meister Petz beim Spielen im Wald gefunden. »Ein bißchen Angst haben wir gehabt«, sagte Anita, eifrig bestätigt von ihrem gleichaltrigen Bruder. Das riesige Bärenfell mitsamt dem dazugehörigen Kopf hing in einem Busch. Doch wollen wir unsere werten Leser nicht über Gebühr beunruhigen: Noch ist in unseren Wäldern nicht der Bär los! Bei dem Fell handelt es sich eindeutig um eine gegerbte Jagd-Trophäe. Bleibt nur die Frage, wie es in unsere einheimischen Gefilde gelangt ist. Oder soll es vielleicht in unserer Gegend doch noch verspätete Germanen geben, die sich winters in Bärenfelle hüllen?

Köttelgruber faltete die Zeitung zu einer Fliegenklatsche zusammen und schob sie diskret in den Hosenbund.

»Der Mühlfrenzel hat einen Wurf Ferkel inseriert«, sagte er. »Ich fahre mal schnell raus und guck mir das Kroppzeug an.«

»Laß doch die Zeitung da«, sagte Daria und biß in ihr Brötchen, denn ihr gesunder Lebenswille rang den appetithemmenden Schock über das Schicksal des Geliebten allmählich nieder.

»Die Zeitung? Ach, die Zeitung! Ja ... die nehme ich nur mal zur Sicherheit mit, gell. Es soll ein Wurf Eins-A-Ferkel sein, schreibt der Mühlfrenzel. Wenn's nicht so ist, kann ich ihm die Zeitung gleich unter die Nase halten.«

Köttelgruber fand seinen Parka nicht, obwohl sein meistgetragenes Kleidungsstück einen festen Platz an der Garderobe neben dem Gewehrschrank hatte.

»Da könnte man doch auf der Sau davonfahren!« rief er. »Wo ist mein Parka?«

»Zieh deinen Lodenmantel an. Den Parka hätte man auf den Boden stellen können, so schmutzig war der«, rief Daria zurück. »Ich habe ihn Ralf mitgegeben. Der fährt doch jeden Tag an der Reinigung vorbei.«

»Wiiie? Seit wann ist Ralf als Hausmeister bei uns angestellt?«

»Reg dich nicht wegen Kleinigkeiten auf, Franzel. Ralf hat das schon richtig gemacht. Er hat sogar die Taschen geleert. Warte mal eben . . .«

Daria ging zu einem Beistelltischchen und schob mit beiden Händen Köttelgrubers ausgekippten Tascheninhalt zusammen: ein Schweizer Offiziersmesser, zwei Schrotpatronen, einen Klageblatter, eine Anti-Juck-Paste, drei steinalte Eukalyptusbonbons, eine Taschenbibel und ein Döschen Schnupftabak. Da war ein weiterer Gegenstand, der unglücklicherweise obenauf lag, als Daria ihm die Utensilien wie eine Morgengabe überreichen wollte: der Autoschlüssel des Musiklehrers. Das braune Lederherz mit dem goldenen D.

Sie schauten beide gleichzeitig auf den Schlüsselanhänger.

Ehe Köttelgruber zu einer Aktion fähig war, stieß Daria einen spitzen Schrei aus und streckte die Hände von sich. Der ganze Krempel prasselte auf den Kachelboden.

Köttelgruber bückte sich. Dabei fiel ihm die Zeitung aus dem Hosenbund. Es war sein Pech, daß die Verlagsleitung sich für eine Trennung in die vier Segmente Politik, Sport, Buntes und Lokales entschieden hatte. Als wäre Leben in ihr, wehrte sich die Zeitung gegen die willkürliche Zusammenfaltung zur Fliegenklatsche. Sie fiel auseinander. Der Lokalteil machte sich selbständig. Daria riß ihn an sich, da sie Jogis Fell auf Anhieb erkannt hatte.

»Mach doch endlich die Tür auf! Ich kann dir alles erklären«, bettelte Köttelgruber vor dem Badezimmer.

»Nein«, schrie sie, »du hast mich belogen! Ich will nichts mehr von dir wissen!«

»Und wie oft hast du mich schon belogen? Und nicht nur belogen, sondern auch noch betrogen! Jeder Bettnässer war dir gut genug, um mich zu demütigen!«

»Du hast mit Detti etwas gemacht! Etwas ganz Furchtbares! Ich werde zur Polizei gehen.«

»Geh doch! Geh doch zur Polizei! Bestell ein Sondereinsatzkommando! Sollen sie doch den Hof umstellen! Dann werde ich mich erschießen. Aber vorher werde ich alles anzünden. Alles!«

»Du Stinktier!«

»Ehebrecherin!«

»Du ekliger Schweinepopel!«

»Sacknudel! Schnalle! Schaukelmädchen!«

Die Badezimmertür wurde aufgerissen. Eine aufgelöste Göttin der Rache holte zum Schlag aus. Es klatschte satt an Köttelgrubers fleischigem Rundkopf.

Sie hastete an ihm vorbei. Er hinterher. Vor der Tür ihres Schlafzimmers wollte sie ihn wegstoßen. Aber er war zu schwer und zu nah. Sein schlechter Atem hüllte sie ein.

»Liebling, so war das doch nicht gemeint . . .«

»Laß mich los! Geh weg, du Scheusal!«

»Verzeih mir! Bittebittebitte! Verzeih mir!«

Köttelgrubers Backenfleisch zitterte. Er versuchte Daria zu küssen.

»Ich werde dich verlassen«, sagte sie eisig.

Köttelgruber winselte wie ein geprügelter Hund.

»Gib mir noch eine Chance. Nur eine. Eine letzte Chance noch«, sagte er unterwürfig.

Er wurde klein und kleiner.

»Du bist für mich Luft«, sagte sie, »verpestete Luft«, und sah über ihn hinweg.

Köttelgruber fiel auf die Knie.

»Mein Liebling, du, mein Liebling, ich kann ohne dich nicht sein. Du tötest mich, du tötest mich . . .«

»So? Dann sage mir, woher du den Schlüssel mit dem Lederanhänger hast!«

»Ich habe ihn im Wald gefunden«, jammerte Köttelgruber, »aber ich hab mich nicht getraut, es zu sagen. Ich will in nichts reingezogen werden. Nachher heißt es, ich hätte . . . gell . . . ähm . . .«

»Du hättest was?«

»Ich hätte irgendwie damit zu tun, daß der Kerl neben die Kappe geraten ist, könnten einige vielleicht denken. Und wie schnell entstehen Gerüchte.«

»Wie kommt Jogis Pelz in den Wald?«

»Ich hab mich nicht getraut, dir das zu sagen. Ich war so verzweifelt, als du in Mailand warst. Dein Verhältnis mit Detlef hat mir keine Ruhe gelassen. Die ganze Zeit mußte ich daran denken. Und dann habe ich den Bären an der Wand gesehen. Und immer wieder hab ich mich an unser Glück in den Karpaten erinnert. Weißt du noch? Die Nacht nach der Jagd? Als du dich neben mich . . .«

»Ich habe keine Sekunde vergessen«, sagte sie fröstelnd.

»Und als Detlef an diesem Montag hierherkam, weil ich ihn telefonisch nicht erreicht hatte, um ihm zu sagen, daß du weggefahren bist, da hab ich ihm, ob du's glaubst oder nicht, das Bärenfell geschenkt.«

Köttelgrubers Kopf war eine rote Kugel. Seine wässerigen Vorstehaugen beschworen die Wahrheit.

»Steh endlich auf!« sagte Daria und zog ihren Fuß zurück, den Köttelgruber berührte.

»Zuerst wollte er die Bärendecke gar nicht haben«, sagte Köttelgruber, als er mit Daria wieder auf Augenhöhe war. »Ich habe sie ihm aufnötigen müssen. Ich habe ihm gesagt, daß das Fell mich zu sehr an dich erinnert, und daß das weh tut. Das verstehe er, hat er gesagt, und hat es mitgenommen. Du siehst, wie niedergeschlagen ich war. Sonst hätte ich das Andenken an meine größte Jagd nicht hergegeben.«

»Das Andenken an die größte Jagd, die es nie gegeben hat«, sagte Daria.

»Wie?«

»Der Bär war halb zahm. Du hast ihn in einem Gatterrevier geschossen. Ebensogut hättest du einen Pudel auf der Straße abknallen können.«

»Davon will ich nichts wissen«, brauste Köttelgruber auf. »Komm mir nicht so! Ich bin Weidmann bis in die Haarspitzen.«

»Das will bei dir nicht viel heißen«, sagte sie mit demonstrativem Blick auf seinen kahlen Schädel und ging rückwärts in ihr Zimmer.

Die Eichenmaserung verschwamm vor Köttelgrubers Augen zu Schlieren, so dicht stand er vor der Tür, deren Schloß knackend einschnappte. Von innen wurde der Schlüssel gedreht.

»Ich kann ja nicht wissen, warum Detlef mit dem Fell in den Wald gefahren ist«, setzte er unverdrossen seine Erklärungen fort. »Vermutlich wollte er das Fell verschwinden lassen, weil er nichts damit anfangen konnte, oder was meinst du?«

»Was ich meine? Ich meine, daß du dir jemand Dümmeren suchen solltest, dem du deine Lügengeschichten auftischen kannst. Und weiter meine ich, daß du auch am Verschwinden Elmars nicht unschuldig bist.«

»Du weißt nicht, was du sagst. Möge Gott dir verzeihen«, rief Köttelgruber und fügte vorsichtshalber hinzu: »Möge Gott uns allen gnädig sein.«

Er fuhr zu Bauer Mühlfrenzel.

Der Landwirt kroch unter einem Trecker hervor und wischte sich die Hände an der erdfarbenen Latzhose ab.

Er streckte Köttelgruber eine schwielige Rechte hin, aus deren zahllosen Rissen keine Kernseife und keine Wurzelbürste das Schwarze jemals restlos herauskriegen konnte. Die Hand des Schweinemästers lag wie eine Made zwischen Schraubstockbacken.

»Ich hab mir schon gedacht, daß das Ihr Fell ist, Herr Köttelgruber«, sagte der Bauer verlegen. »Die Schmiererei in der Zeitung ist mir peinlich. Meine Frau wollte den Kindern eine Freude machen und hat einen von der Zeitung angerufen. Sie wissen, wie das ist.«

»Kann's mir vorstellen«, sagte Köttelgruber und nahm Jogis abgelegten Anzug entgegen. »Ich bin ja schon froh, daß Sie das Fell nicht zur Polizei gebracht haben. Die hätten eine Staatsaffäre draus gemacht und es in die Asservatenkammer gelegt.«

»Trinken Sie einen Schnaps?«

»Warum nicht«, sagte Köttelgruber. »Ich sag immer: Der Alkohol ist unser Todfeind, doch wir Jäger fürchten den Tod nicht, gell.«

Der Bauer lachte, und sie gingen ins Haus.

Es wurde Frühling, es wurde Sommer. Daria hatte sich für die relative Freiheit und materiell abgesicherte Bequemlichkeit an der Seite eines verliebten Trottels entschieden und war geblieben. Der Luxus, den sie hier genoß, war zu erhaltenswert, um ihn einer Gefühlsaufwallung zu opfern, und der verabscheute Ehemann war ihr weiterhin so ergeben, daß sie sich für nichts zu rechtfertigen brauchte. Jedoch war sie vorsichtiger geworden. Ein ungutes Gefühl sagte ihr, daß sie Franz-Josef Köttelgruber unterschätzt hatte. Es war eine leise Ahnung, die ihr einflüsterte, daß Köttelgruber zum Kreuzritter in eigener Sache geworden war, mit Gott auf den Lippen und Blut an den Händen. Doch es gab keine Anhaltspunkte.

Schweinegeschrei, Schweinegestank, Schweinefütterung, Schweinetransport, Schweineimpfung und Schweinekastration waren Köttelgrubers Alltag. Ansonsten kurvte er in seinem Revier herum, engagierte sich im Hegering, erschoß Nero, weil kein anderer Jäger ihn geschenkt haben wollte, kaufte einen Pointer mit nobelsten Papieren, ging jeden Sonntag zur Messe, wetterte beim Schweinezüchterverband über EU-Richtlinien und nervte Daria mit seinen Liebesschwüren. Dank regelmäßiger UV-Bestrahlung und weitgehender Ereignislosigkeit – die Umnachtung des Musiklehrers war, wie es hieß, irreversibel – beruhigte sich sogar Köttelgrubers Schuppenflechte.

Auch Jürgen Kanallisch war zum ursprünglichen Ritual zurückgekehrt. Sobald er scheißeschiebend dem Chef begegnete, wartete er auf den Zuruf »Seh ich Jürgen, muß ich würgen«. Dann grinste er zurückgeblieben und antwortete: »Jürrgen – würrgen.« Seine Verse und sein weiteres Wortrepertoire schien er vergessen zu haben. Köttelgruber sorgte dafür, daß Kanallisch seine faulen Vorderzähne hin und wieder in ein großes Stück gebratenes Fleisch graben konnte. Das kostete Köttelgruber fast nichts, und für Kanallisch war ein randvoller Magen augenscheinlich das größte Glück. Zur Bestätigung eigener Kultiviertheit schaute Köttelgruber dem wölfischen Schlingen Kanallischs zu. Und wenn er dann sah, daß der strapazierte Magensack des Ausmisters rebellierte und Überflüssiges wieder zur Gurgel zurückstieß, was aber von Kanallisch unerbittlich wieder verschluckt wurde, sagte Köttelgruber zu sich und anderen: »Er ist halt ein Tier, der Kanallisch, ein echtes Viech.«

Daria spielte wieder Tennis. Öfter und länger als früher.

»Du bist ein kleines Luder«, sagte Köttelgruber gutmütig. »Spielst Tennis, weil ich mir nichts mache aus dem Gehopse. Auf dem Tennisplatz bist du vor mir sicher, gell?«

»Auf dem Court wärst du der dumme August«, sagte Daria und lächelte zuckersüß. »Deshalb gehst du nicht hin.«

Daß Schwertfeger ebenfalls seine Vorliebe zu diesem schweißtreibenden Sport wiederentdeckt hatte, entging Köttelgruber keineswegs.

»Läufst neuerdings lieber in Weiß rum als in Grün«, füchselte er seinen Weidgenossen.

»Du, Franz-Josef«, sagte Schwertfeger mit großem Ernst, »du ahnst nicht, wieviel lieber ich mit dir zusammen auf Pirsch ginge. Ehrlich! Aber schau: Die Tennisgaststätte bezieht ihren gesamten Fleisch- und Wurstbedarf von uns. Und das ist kein Pappenstiel. Da muß ich als Geschäftsmann Präsenz zeigen. Heute wird das verlangt. Eine Hand wäscht die ...«

»Hör schon auf. So genau wollte ich das gar nicht wissen. Du brauchst mir doch nichts zu erklären, Ralf. Es war ein Späßchen. Hab dich ein bißchen hochnehmen wollen.«

»Ach so«, sagte Schwertfeger und massierte sein Ohrläppchen zwischen Daumen und Zeigefinger.

»Daß ich nun öfter auf dem Tennisplatz bin, hat auch Vorteile für dich, Franz-Josef«, sagte er nach einer Weile.

»Ich dachte, der Kanallisch wär der einzige hier, der in Rätseln spricht. Jetzt fängst du auch noch an«, sagte Köttelgruber.

»Hähähähä.« Schwertfeger lachte, als hätte Köttelgruber eine Büttenrede gehalten.

»Krieg dich wieder ein«, sagte Köttelgruber.

»Also ehrlich, Franz-Josef, du sparst Zeit und Nerven, wenn du weißt, daß ich so ziemlich regelmäßig im Tennis-Center bin. Mir muß keiner erzählen, wie eifersüchtig du bist. Seit ich wieder den Ball übers Netz dresche« – Schwertfeger kniff ein Auge zu – »habe ich einen Blick auf Daria. Wenn da was laufen sollte, wüßtest du eine Stunde später Bescheid.«

»Ich weiß«, seufzte Köttelgruber. »Jeden Tag habe ich Angst, daß sie sich wieder in einen Kerl verknallen könnte. Aber das ist wohl der Preis der Liebe. Man muß den Honig von Dornen lecken. Da ist es gut, wenn man einen Freund hat.«

Draußen sah man Jürgen Kanallisch vorbeiwuseln. Er trug eine Mistforke auf der Schulter und blickte verstohlen zum Haus herüber.

»Der Bursche ist mir unheimlich«, sagte Schwertfeger. »Du könntest mir noch Geld dazugeben, und ich täte den trotzdem nicht beschäftigen.«

»Gottes Wille ist unergründlich«, sagte Köttelgruber. »Vielleicht gefällt es dem Herrn besser, mir einen Idioten an die Seite zu stellen statt einen Engel.«

Schwertfeger massierte wieder sein Ohrläppchen und lenkte das Gespräch auf das unter Jägern beliebteste und unerschöpflichste Thema: die Jagd.

Köttelgruber wollte seinem Drilling einen Kolbenschuh aus Gummi verpassen lassen, um den Rückstoß zu dämpfen. Schwertfeger fand, daß diese Verweichlichung die Waffe entehre.

Dann kam er wieder auf das Inserat zu sprechen, das er aus einer Fachzeitschrift für Weidwerker herausgeschnitten hatte und in seiner Brieftasche mit sich herumtrug.

»Afrika«, sagte er. »Überleg dir die Sache mal, Franz-Josef! Also was mich angeht, mich spricht das gewaltig an.«

Namibia über Kimme und Korn – das war der Slogan. Neben der fetzigen Schrägschrift riß ein gezeichneter Leopard das Maul auf und zeigte Beißer wie ein Säbelzahntiger.

Deutschsprachiger Farmer führt persönlich auf Kudu, Oryx, Warzenkeiler und Hartebeest, bei besonderer

Nachfrage auch auf Leopard. Jagderfolg garantiert. Familiäre Atmosphäre unweit des Etoscha-Nationalparks.

»Aber mein Betrieb . . .«, sagte Köttelgruber.

»Du solltest dir auch mal was gönnen«, sagte Schwertfeger. »Mal dir das mal aus: Wir beide in Afrika, Hüte auf dem Kopf, Raubtiere ringsum, die Gewehre in der Hand . . .«

»Ein Löwe, größer als ein Hund, ist für den Jäger ungesund«, sagte Köttelgruber.

»Du wirst aus Angst vor dem Tod noch Selbstmord begehen«, sagte Schwertfeger. »Wir sind doch Männer, Franz-Josef, und keine Abziehbilder!«

IX. KAPITEL

Wer die Puffotter stört

Die Puffotter kroch aus dem Schatten eines mannshohen Felsbrockens. Aus dem wolkenlosen Himmel stach die Nachmittagssonne. Sandschleier hingen über der Savanne. Träge bewegte sich die Schlange auf einen Dornbusch zu. Ihr Dreieckskopf, breit und flach, war dicht über dem Boden, und der plumpe Körper hinterließ ein Spuren-Ornament im Sand. Die Schlange war zu kurz und zu dick, um sich geschmeidig zu winden. Im Zusammenspiel von Rippen und Muskeln schob sie sich auf ihren groben Bauchschuppen wie auf einer Panzerkette voran.

Die heiße Luft stand still. Die Trockenzeit zwang die Tiere zu Entbehrungen. Nirgendwo gab es Wasser. Die wenigen Löcher, die noch Feuchtigkeit spendeten, waren von Raubtieren umlauert. Die Löwen, weiter im Norden, lebten trotz des allgemeinen Schmachtens wie im Schlaraffenland. Mit vollen Bäuchen ruhten sie nahe bei den wenigen Wasserstellen. Die Hitze und das Fleisch der halbverdursteten Pflanzenfresser, die von der Verzweiflung ans Wasser getrieben wurden, versetzten die gelben Katzen in einen komaartigen Zustand. Bewegungslos lagen sie im Schatten und hechelten, wobei Rinnsale von Speichel über die Lefzen tropften.

Die Puffotter kroch unter das dornige Gestrüpp. Unentwegt kam ihre gespaltene Zunge zum Vorschein, nahm Signale auf, Geruchs- und Geschmacksspuren, gab sie weiter an die Grübchen im Gaumendach, das sogenannte Jacobsonsche Organ, und dieses übermittelte dem kleinen, primitiven Gehirn: Da ist ein Beutetier – oder ein Feind!

Die Schlange brauchte Nahrung. Ihr bräunlich geschuppter Leib war voll mit gallertigen Eiern, aus denen bald die Jungen schlüpfen würden. Noch im Körper der Mutter würde die Brut aus den Eiern drängen und als fertige kleine Giftspritzen durch den Geburtskanal auf die afrikanische Erde glitschen, um das Erbe des Schreckens für Mensch und Tier anzutreten. So wollte es die Evolution.

Ein schmuckloser brauner Vogel hüpfte durch das Geäst. Es war ein Kalahari-Heckensänger, kaum größer als ein Spatz. Die Zunge der Puffotter registrierte das kleine Wesen sofort. Der Heckensänger suchte nach Insekten, die er meistens auf dem Boden fand. Er wippte mit dem Schwanz und wiederholte mehrmals seinen monotonen, zweisilbigen Pfeifton: *wüt-tiu, wüt-tiu, wüt-tiu.*

Langsam zog die Puffotter den Dreieckskopf zurück in eine stoßbereite Windung. Ihre senkrechten Spaltpupillen blickten starr. Der Heckensänger wäre unrettbar verloren gewesen, wenn nicht in diesem Augenblick der Boden eine Erschütterung übertragen hätte, die die Schlange ablenkte. Wie alle Schlangen war die Puffotter taub, aber die Schwingungen des Bodens verrieten ihr, daß sich große Wesen näherten. Und das bedeutete Gefahr. Der kleine Heckensänger hüpfte davon, ohne Ahnung, daß er um Sekundenbruchteile dem Tod entgangen war.

»Ich könnte verdammt noch mal eine Pause vertragen«, maulte Schwertfeger.

Die Prellung, die der Büffelhuf ihm am Oberschenkel zugefügt hatte, machte ihm zu schaffen.

»Paß auf, daß du nicht von einer Wanderdüne überholt wirst«, sagte Köttelgruber, dem es gefiel, daß ausnahmsweise jemand leistungsschwächer war als er selbst.

»Das mußt gerade du sagen«, raunzte Schwertfeger, »wenn ich fit wäre, sähe das anders aus.«

»Was ist los, Männer?« sagte Baldur. »Wir sind noch keine Meile gelaufen, und ihr laßt euch schon hängen, Donnerschlag.«

Baldur wurde von der Sorge um seine Einnahmen getrieben. Der Leopard war ein abgewirtschaftetes Vieh, das auf drei Beinen lief. Mit seiner rechten Vorderpranke hätte er keiner Maus mehr ein Auge ausschlagen können. Wenn die halbtote Katze sich noch nicht von sich aus zum Sterben hingelegt hatte, konnten ihr leicht die Paviane den Garaus machen. Vorhin hatte Baldur welche gesehen. Das hatte ihn zu noch größerer Eile angespornt.

»Nehmen wir ein wenig Rücksicht auf Ralf und machen eine Pause«, sagte Köttelgruber. »Wir sind ja hier nicht beim Militär, gell!«

Er wischte sich mit dem schlappen Safarihütchen übers Gesicht. Sein Kopf glich einer schwitzenden Fleischtomate. Unter seinen Achseln verdunkelten Schweißflekken das Khakihemd.

Auch Schwertfeger schwitzte.

»Wir sind einfach zu früh rausgegangen«, schimpfte er. »Und nun trocknet uns das Gehirn ein. Hat denn keiner was zu trinken dabei?«

Seine Routine mahnte Baldur zur Vorsicht. Mißlaunige Kunden waren keine großzügigen Kunden. Das Jagdfieber mußte auf dem Siedepunkt gehalten werden. Er löste seine Feldflasche vom Gürtel und reichte sie Schwertfeger.

»Leider nur Wasser«, sagte er.

»Laß mir einen Schluck übrig«, sagte Köttelgruber. »Diese Hitze schafft einen total.«

»He, Lazarus, geh zum Auto und hol den Wasserkanister!« sagte Baldur zu dem Farmarbeiter, der neben dem Dornbusch stand.

»Wenn der Leopard gestreckt ist, werden wir im Bier baden. Spätestens bei Sonnenuntergang, das verspreche ich euch«, versuchte Baldur die Stimmung zu heben.

»Mir steckt das Drama mit dem Büffel noch in den Knochen«, sagte Schwertfeger. »Wenn unsere Leopardenpirsch auch so verläuft, dann prost Mahlzeit!«

»Mir jagt nichts mehr Angst ein«, sagte Köttelgruber. »Das ist der Vorteil, wenn einem alles egal geworden ist. Ich würde auch auf einen Löwen schießen, wenn er grad so daherkäme.«

»Dir traue ich mittlerweile alles zu, Franz-Josef«, sagte Baldur. »Wenn ihr beiden nichts dagegen habt, gehe ich nachher mit Lazarus ein Stück vor. Ihr könnt euch da drüben im Felsenschatten ein bißchen erholen, bis Lazarus die Leopardenspur gefunden hat. Dann holt er euch sofort, und ihr macht dem Satan ein schönes Loch ins Fell. Einverstanden?«

Köttelgruber und Schwertfeger ließen sich an der Schattenseite des Felsbrockens nieder, die Gewehre neben sich an den Stein gelehnt. Ein lebhaft gemustertes Agamenweibchen, das sich in starrer Echsenhaltung auf dem Felsen gesonnt hatte, verschwand wie der Blitz.

Baldur, der als Maître de plaisir verwöhnter Jagdtouristen über einen reichen Erfahrungsschatz verfügte, mühte sich, den Verdruß seiner Kunden in Grenzen zu halten. Bis Lazarus mit dem vollen Kanister zurück war, mußte Baldur die heißgelaufenen Großwildjäger bei Laune halten. Natürlich hätte der arme Lazarus den schweren Kanister nicht zu schleppen brauchen. Er hätte ihn ohne weiteres im Landrover an Ort und Stelle kutschieren können. Aber das Abenteuer hatte seine Regeln, und die mußten eingehalten werden, damit die Urlauber später von langen Märschen und waghalsigen Pirschgängen unter glühender Sonne berichten konnten. Deshalb hatte Baldur, der einen Sinn für jagdliche Dramaturgie entwickelt hatte, den versandeten Flußlauf und die Dornsavanne für unbefahrbar erklärt, und weder Schwertfeger noch Köttelgruber hatte die Geländebeurteilung des gebürtigen Südwesters angezweifelt.

Baldur zog seinen Schutztruppenhut tiefer in die Stirn und setzte sich mit gekreuzten Beinen auf den Boden. Das Gewehr lag auf seinen Oberschenkeln. Wie zwei Jünger saßen ihm die deutschen Exekutionstouristen gegenüber. Baldurs Rücken war dem Dornbusch zugewandt.

Seit die Männer ihren Todesbiß vereitelt hatten, war die Pose der Puffotter unverändert. Ihre Farbe und Maserung verschmolzen mit der Erde, so daß die Schlange nahezu unsichtbar war. Das vordere Drittel ihres gedrungenen Körpers war S-förmig gebogen und bereit zum blitzschnellen Stoß. Sie züngelte nervös. Da ihre Schlitzpupillen nur auf die Nähe ein scharfes Bild wahrnahmen, war ihre Zunge unablässig in Aktion. Ihre beiden Giftzähne, über drei Zentimeter lang, lagen flach in den schleimigen Gaumentaschen. Erst beim Biß würden sie nach vorne klappen. Vor wenigen Augenblicken war das aufs äußerste gereizte Tier in Versuchung, vorzuschnellen. Zwei nackte Füße waren ihr sehr nahe gekommen. Doch dann hatten sie sich plötzlich entfernt.

»Ich habe euch doch von der Schwarzen Mamba erzählt«, sagte Baldur.

Er griff zur bewährtesten Methode, Jagdgästen die Wartezeit zu verkürzen. Tiergeschichten verfehlten nie ihre Wirkung.

»Das Biest, das hinter dir her war?« sagte Köttelgruber.

»Genau«, sagte Baldur und wartete auf die Aufforderung weiterzuerzählen.

Schwertfeger spielte nicht mit.

»Scheißschlangen«, sagte er und rückte ein Stück von

dem Felsbrocken ab. »Bei uns hieß es früher: Wenn man den Wolf nennt, kommt er gerennt.«

»Also, ich hätte da noch ... mir fällt da noch ein Ding ein, das einer burischen Farmerfamilie passiert ist, so etwas habt ihr noch nicht erlebt«, fädelte Baldur sich ins Thema. »Aber ich will euch keine Angst machen.«

»Pfff, Angst«, sagte Schwertfeger. »Dazu braucht's mehr als nur eine Schlange. Da müssen Metzger kommen, aber keine Würstchen.«

»Wenn du meinst«, sagte Baldur. »Also, der Bure heißt Frans van der Merwe. Ich kenne ihn recht gut. Seine Farm liegt in der Nähe von Grootfontein, wenn euch das was sagt. Damals war er so um die fünfzig Jahre alt und hatte gerade geheiratet. Eine ziemlich junge Frau. Greta hieß sie. Kam aus Johannesburg. Also, dieser Frans van der Merwe führt eines Tages einen Jagdgast durchs Gelände. Einen Briten oder einen Amerikaner, das weiß ich nicht mehr so genau. Er war jedenfalls ein ziemlicher Witzbold, und damit hat er den guten Frans irgendwie angesteckt, denn der Frans ist im allgemeinen nicht besonders spaßig. Wie die Buren eben so sind, wenn euch das was sagt. Die zwei Typen stoßen bei der Pirsch auf eine Schwarze Mamba. Frans fackelt nicht lange und ballert ihr eine Ladung Schrot in die Giftfresse.«

Baldur klopfte auf seinen im Gürtelholster steckenden Revolver, in dem zwei Kammern mit Schrotpatronen geladen waren.

»Normalerweise ist die Sache nach so einem Schuß erledigt. Aber wie gesagt, der Jagdgast ist ein Witzbold. Er will der jungen Farmersfrau einen Streich spielen. Und der Frans steigt drauf ein. Also knoten sie eine Schnur um die tote Mamba und schleifen sie hinter sich her. Am Farmhaus steigt Frans durchs Fenster ins Schlafzimmer, zieht die Mamba hoch und legt sie so raffiniert vors Bett, daß sie verdammt lebendig aussieht. Im Wohnzimmer trinken sie noch was zusammen, Greta kommt auch dazu, und da sagt Frans: Greta, wo ist eigentlich meine Hose mit den Balgtaschen? Na, im Schlafzimmer, sagt Greta. Kann nicht sein, sagt Frans, da hab ich schon gesucht. Dann hast du nicht richtig gesucht, sagt Greta und geht ins Schlafzimmer. Die zwei Typen halten sich die Hände vors Maul, um nicht laut loszulachen. Sie warten, daß Greta einen mordsmäßigen Schrei tut und aus dem Zimmer gerannt kommt. Sie warten und warten – aber hören tun sie nichts. Rein gar nichts. Da wird's den beiden unheimlich, sie gehen zum Schlafzimmer, aber sie kriegen die Tür nicht auf. Hinter der Tür liegt etwas. Da stemmen sie sich mit Gewalt dagegen, und was sehen sie? Greta liegt auf dem Boden mit dem Gesicht nach unten, eine Hand um den Bettpfosten gekrallt. Und mitten im Zimmer richtet sich eine Mamba auf.«

»Das darf doch nicht wahr sein«, sagte Köttelgruber. »Hatten die Idioten nicht gemerkt, daß die Mamba noch lebte?«

»Das hätten die schon gemerkt, wenn's so gewesen wäre, das kannst du annehmen. Frans ist ein alter Südwester! Nein, die erste Mamba war mausetot und lag noch so vor dem Bett, wie Frans sie hingelegt hatte. Er hatte aber nicht berücksichtigt, daß Paarungszeit war. Als er das Mambaweibchen hinter sich hergeschleift hatte, hatte er eine Spur gelegt. Und dieser Spur aus Sexuallockstoff ist das Männchen gefolgt. Bis ins Schlafzimmer. Als Greta ins Zimmer kam und Auge in Auge einer Mamba gegenüberstand, kippte sie um. Batsch. Ohnmächtig. Glaubte Frans jedenfalls. Er hatte zum Glück noch den Revolver am Gürtel. Als er die Mamba weggepustet hatte, beugte er sich zu seiner Frau – aber da war nichts mehr zu machen. Sie war tot. Zweimal gebissen. Einmal in die Hand, einmal in den Arm.«

Schwertfeger schrie auf.

Ein Käfer war über seine aufgestützte Hand gekrabbelt.

»Du mit deinen Schlangengeschichten! Das bringt einen glatt aus dem gesunden Gleichmut«, versuchte er die nicht als typisch männlich einzustufende Lautäußerung zu überspielen.

»Wo dieser Lazarus wieder bleibt!« sagte Baldur. »Manchmal ist der Kerl langsamer als eine dreibeinige Schildkröte.«

Sie warteten.

»Als Gott die Welt erschuf, gab er den Afrikanern die Zeit und den Europäern die Uhr«, sagte Köttelgruber.

»Wie kommst du darauf?« sagte Baldur.

»Stand in einem Kalender von meinem Futtermittellieferanten«, sagte Köttelgruber.

Schwertfeger schüttelte die letzten Wassertropfen aus der Feldflasche.

Die heiße Luft zitterte über der Trockensavanne. Im Sog aufwärtsströmender Warmluft entstanden Staubhosen und tanzten über das ausgedörrte Land.

Die Puffotter hatte sich nicht von der Stelle gerührt. Jede andere Schlange hätte sich längst davongemacht. Puffottern fliehen nicht. Sie sind zu dick und zu langsam. Sie warten die Ereignisse ab. Ihre senkrechten Pupillen wirken auf den Menschen wie ein böser Blick. Die Schlange hat keine beweglichen Lider und kann niemals die Augen schließen. Ob sie wach ist oder ob sie schläft, ist ihr nicht anzusehen.

Vom schweißglänzenden Lazarus ging ein strenger Geruch aus. Doch selbst der penible Schwertfeger scherte sich nicht darum, als Lazarus dicht neben ihm stehend Wasser vom Kanister in die Feldflasche gluckern ließ. Wasser!

»Ich mache mich dann mit Lazarus mal auf die Sokken«, sagte Baldur.

»Der hat ja keine, hähähähä.« Schwertfegers Laune klarte auf.

»Der Baas gibt mir Socken. Und eine neue Hose. Nächstes Jahr«, sagte Lazarus.

»Sicher doch«, sagte Baldur und zwinkerte seinen Gästen zu, woraus sich schließen ließ, daß Lazarus die Sokken und die Hose auch in drei Jahren noch nicht haben würde.

»Wenn ihr eine Leopardenspur seht oder einen frischen Riß, schickst du Lazarus doch sofort zu uns, gell?« sagte Köttelgruber.

»Sofort. Höchstens, daß wir den Satan noch schnell zum Aufbaumen bringen, damit er auch hübsch dableibt, bis ihr kommt und ihm Blei gebt«, sagte Baldur, der erst ein besseres Gefühl haben würde, wenn er sich über den noch vorhandenen Lebenswillen des zu liquidierenden Leoparden-Urgroßvaters ein Bild gemacht hatte. Seine Jagdfarm hatte immerhin einen Ruf zu verlieren.

Als Baldur und Lazarus im Busch verschwunden waren, trat eine beklemmende Stille ein.

»Wir jagen schon ziemlich lange zusammen, gell?« brach Köttelgruber das Schweigen.

»Kann man wohl sagen«, antwortete Schwertfeger.

»Freundschaft ist etwas sehr Kostbares«, sagte Köttelgruber. »Obwohl ich manchmal denke: Wenn die Menschen mehr voneinander wüßten, dann gäbe es gar keine Freundschaft.«

Schwertfeger schwieg hitzedösig.

»Ich habe noch nie jemandem so blind vertraut wie dir«, sagte Köttelgruber. »Sonst hätte ich dir die Sache mit dem Frisör nicht erzählt, gell?«

»Gell, gell, gell! Wie oft muß ich mir das noch anhören?« sagte Schwertfeger gereizt. »Sag mir lieber, worauf du hinaus willst!«

»Och, eigentlich auf nichts. Mir ist nur eingefallen, daß *du* den Frisör anders erledigt hättest. Weidgerechter, hast du gesagt. Blattschuß, peng, aus! Hast du gesagt. Ich wüßte nur zu gern, ob du so etwas fertigbrächtest.«

»Wer hat denn den Frisör ins Jenseits geschickt, du oder ich?«

»Keiner von uns beiden«, sagte Köttelgruber. »Du wirst doch nicht behaupten wollen, daß ich ein Mörder bin, oder? Durch *meine* Hand ist noch niemand zu Tode gekommen. Gott ist mein Zeuge.«

»Hähähähä.«

»Du brauchst nicht so höhnisch zu lachen. Gib mir lieber mal eine klare Antwort«, sagte Köttelgruber. »Auf jemanden abdrücken, könntest du das?«

»Wenn du's unbedingt wissen willst: Ja! Wer glücklich sein will, muß seine Chance erkennen. Und zupacken! Und das Glück festhalten wie den Kopf einer Schlange! Und alles aus dem Weg räumen, was diesem Glück entgegensteht. Aber radikal. Man lebt ja nur einmal. Du machst es doch auch so. Bist dir doch auch der nächste. Obwohl du immer noch drauf hoffst, daß du es da oben, wo die Engel pfeifen, einmal besser haben wirst. Noch besser.«

»Deine Chance hieß Elisabeth«, sagte Köttelgruber. »Und diese Chance hast du wahrgenommen, um's mal so zu sagen.«

»Hör doch auf mit Elisabeth! Wenn dieser Sargnagel nicht so versilbert wäre, hätte ich mich schon längst scheiden lassen. Aber sie hat die Kohle, und ich bin zu alt, um wieder in den Schlachthäusern zu malochen. Beil und Lederschurz sind nichts mehr für mich. Ich will meinen Lebensstil beibehalten.«

»Ach so«, sagte Köttelgruber, »das Geld läßt du dir

von Elisabeth geben, und die Liebe bekommst du bei einer anderen Adresse.«

Schwertfeger setzte die Feldflasche an. Wasser lief über sein unrasiertes Kinn, sammelte sich in dem markanten Grübchen und tropfte in die Brustbehaarung, die sich aus dem offenen Hemd kräuselte.

»Du«, sagte er mit nassen Lippen, »tu nicht so, als ob du zwischen Elisabeth und Daria nicht unterscheiden könntest. Elisabeth ist eine Brechwanze. Die hat soviel Sex wie eine Rolle Stacheldraht. Beim Fremdgehen denke ich manchmal an sie, um den Orgasmus hinauszuzögern. Funktioniert zuverlässig.«

Er stand auf, ging ein paar Schritte und öffnete den Hosenschlitz.

»Eigentlich müßtest du mir beim Pinkeln helfen«, rief er über die Schulter. »In meinem Zustand darf man nichts Schweres heben.«

Auch Köttelgruber hatte Harndrang. Ächzend kam er auf die Beine. Seine Kniekehlen juckten.

»Daria ist schon ein ganz spezielles Kaliber«, sagte er und knöpfte die Hose auf, während er auf den Dornbusch zuging. »Die hat einen hohen Liebhaberwert, gell. Ein Graf von Habenichts mit einem Schloß an der Kellertür könnte bei der nicht landen.«

Aus dem Busch kam ein Zischen, als würde Luft aus einem Traktorreifen entweichen. Im Schreckreflex quetschte Köttelgruber seinen Penis zwischen den Fingern. Eine knappe Schrittlänge vor sich sah er den breiten Dreieckskopf der Schlange.

»Was war denn das?« rief Schwertfeger. »Was hab ich denn da gehört?«

Köttelgruber konnte erst antworten, als er zwei behutsame Rückwärtsschritte geschafft hatte. »Ich habe einen ziehen lassen«, sagte er, und eine abgründige Idee begann zu keimen.

Es zischte wieder. Die Puffotter war hochgradig erregt.

»So furzt außer dir auf der ganzen Welt niemand«, rief Schwertfeger über die Schulter. »Du bist eine Wildsau, Franz-Josef.«

»Und du bist ein Kameradenschwein«, sagte Köttelgruber. Und dann, mit heller Stimme und höhnischem Ton: »Gib auf dich acht, Ralfi! Du bist der Jäger meines Herzens. Denke daran, wie schön es sein wird, wenn du zurückkommst. Nur du. Unser Glück wird grenzenlos sein. Ich liebe dich so sehr, daß es schmerzt.«

Schwertfeger drehte sich um. In Zeitlupe.

»Du hast mich hintergangen, Ralf«, sagte Köttelgruber. »Was meint Daria damit, daß *nur du* zurückkommen sollst? Kannst du mir das erklären?«

Schwertfeger war derart überrumpelt, daß er kein Wort hervorbrachte.

»Dein Frauenlob hängt aus der Hose«, sagte Köttelgruber und hielt ihm die Hand mit abgeknicktem Zeigefinger entgegen. »Im Moment imponiert das Ding niemandem.«

Umständlich brachte Schwertfeger sein Gemächt unter Dach.

»Bist du von allen guten Geistern verlassen?« sagte er.

»Ja, so kann man das ausdrücken«, sagte Köttelgruber. »Erzähl mir doch mal, was ihr beiden euch ausgedacht habt, um mich loszuwerden! Soll meine Leiche hier in Afrika von den Geiern gefressen werden?«

Die Jagdbüchsen lehnten am Felsbrocken. Köttelgruber sah, wie Schwertfeger danach schielte. Sieben oder acht Meter war Schwertfeger von den Waffen entfernt, Köttelgruber etwa fünf. Köttelgruber hätte der erste sein können, vielleicht, aber er versuchte es gar nicht. Als Schwertfeger lossprang, blieb er gelassen stehen.

Haarsträhnen fielen in Schwertfegers Stirn, als er das Gewehr in der Hüfte anschlug und durchlud. Diese Klärung der Machtverhältnisse schien ihm die Sprache zurückzugeben.

»Was sagst du nun?« fragte er triumphierend.

»Was soll ich sagen?« antwortete Köttelgruber ruhig. »Ich habe nichts anderes erwartet. Du hast nach einer Gelegenheit für einen Jagdunfall gesucht. Da, jetzt hast du sie.«

»Tut mir leid«, sagte Schwertfeger. »Ich habe nichts gegen dich. Weißt du, du bist so uninteressant, daß man nicht einmal etwas gegen dich haben kann. Aber du bist mir im Weg. Ich liebe Daria.«

»Alles, woran man sein Herz hängt, macht einen schwach«, sagte Köttelgruber. »Ich weiß das.«

»Ich muß dich jetzt umlegen«, sagte Schwertfeger.

»Hat sie dich dazu aufgefordert?«

»Ja. Das hat sie.«

»Und warum? Sie konnte alles von mir haben. Alles. Sag mir, warum sie mich umbringen läßt! Und sag mir, warum du es tust. Ausgerechnet du! Hast du vergessen, daß ich dir das Leben gerettet habe?«

»Komm mir bloß nicht auf *die* Tour!« sagte Schwertfeger. »Auf den Büffel hast du aus reinem Selbsterhaltungstrieb geschossen. Ich kenne dich zu gut. Daß du *mir* mit deinem Glückstreffer aus der Patsche geholfen hast, war doch Nebensache. Franz-Josef Köttelgruber denkt immer zuerst an Franz-Josef Köttelgruber. Hähähähä.«

»Nicht nur. An Daria denke ich Tag und Nacht.«

»Das ist es ja«, sagte Schwertfeger. »So eine schöne Frau, und du setzt sie in deinen Mistkäfig! Wenn man ein Reh in einen Schweinestall stellt, wird es trotzdem kein Schwein!«

»Ich war mehr als anständig zu ihr«, sagte Köttelgruber.

»Anständig«, sagte Schwertfeger, »was verstehst du schon unter anständig, du Schlotterdarm! Daria ekelt sich vor dir. Sie kriegt Gänsehaut, wenn du nur in ihre Nähe kommst. Schon ganz am Anfang, als du noch der große Goldfinger für sie warst, der sie aus der Armut geholt hat, hat sie sich nach jedem Kuß den Mund ausgespült. Und wenn sie sich von dir ficken lassen mußte, hat sie danach geheult und gekotzt und sich das Feuchtblatt mit heißem Wasser gewaschen.«

»Das ist nicht wahr«, sagte Köttelgruber. »Du lügst. Ich habe sie ja nicht gegen ihren Willen festgehalten. Sie ist von sich aus bei mir geblieben, ganz von sich aus.«

»Hähä, du bist ja noch bescheuerter, als ich gedacht habe. *Du* hast sie nicht festgehalten. *Du* gewiß nicht. Aber dein Geld! Eine Frau, die Luxus gewöhnt ist, zieht doch keine Kittelschürze mehr an, um Kartoffeläcker umzugraben.«

»Müßte sie das? Als deine Geliebte?« sagte Köttelgruber.

»Leider«, sagte Schwertfeger. »Elisabeth sitzt wie ein Krake auf der Kohle. Wenn ich mich scheiden ließe, wäre ich bettelarm. Und Daria ginge es nicht anders. Kapierst du allmählich, warum ich gezwungen bin, sie zur Witwe zu machen?«

Köttelgruber mußte jetzt sehr, sehr vorsichtig sein, denn Schwertfeger hatte den Finger am Abzug. Um sich die Wirkung der Hochleistungspatrone auszumalen, deren Kegelkopf gegen seinen Bauch zeigte, brauchte Köttelgruber keine Phantasie. Dem hundertfachen Tiertöter war es bestens bekannt, wie sich das weiche Metall beim Einschlag in den Körper verformte und aufgepilzt durch das zuckende Leben wütete.

Einen Moment lang fürchtete er, einen Fehler begangen zu haben. Letzte Nacht hatte er kaum ein Auge zugetan. »Nimm Ralf Schwertfeger von mir, o Herr«, hatte er gefleht. »Ich bin zu schwach, um deinen Willen mit eigener Hand zu erfüllen, so es denn wirklich dein Wille ist.

Wende dich nicht ab von mir! Ich vermag nicht mehr aufzusehen. Meine Hilfe und mein Retter bist du, o Herr. Säume nicht länger! Beende meine Not und gib mir ein Zeichen!«

Als er die Schlange unter dem Dornbusch entdeckt hatte, hatte er Gottes Fingerzeig zu sehen geglaubt. Zunächst jedenfalls. Nun beschlichen ihn Zweifel. Zwar hatte er einen starken Glauben – aber Schwertfeger hatte ein Gewehr im Anschlag.

»Herr, mein Gott, steh mir bei. Erbarme dich deines Dieners und richte in Gerechtigkeit. Amen.«

»Was brabbelst du da?«

»Bist du sicher, daß du mich hier und jetzt erledigen willst?« fragte Köttelgruber.

»Ort und Zeit hast du dir selber ausgesucht«, sagte Schwertfeger. »Ich kann jetzt nicht mehr anders.«

Gewehrlauf und Augen unverwandt auf Köttelgrubers brodelnden Bauch gerichtet, ergriff Schwertfeger die andere Büchse. Dann lehnte er sein eigenes Gewehr an die Wand, lud Köttelgrubers Repetierer durch und entsicherte ihn.

»Jagdunfall beim Hantieren mit der eigenen Waffe«, sagte er lakonisch. »Soll öfter vorkommen.«

»Herr, mein Gott, ich schreie zu dir! Steh mir bei in diesen Minuten!« flehte Köttelgruber halblaut.

»Was quatschst du da?« sagte Schwertfeger.

»Ich habe mit Gott gesprochen«, sagte Köttelgruber.

»Ob man an Gott glaubt oder nicht – dran glauben müssen wir alle, der eine früher, der andere später«, sagte Schwertfeger.

»Du läßt dich ja von deinem Vorhaben nicht abbringen«, sagte Köttelgruber. »Vielleicht wirst du als Mörder überführt, vielleicht auch nicht. Ich werde es wohl nicht mehr erfahren. Genehmigst du mir noch eine letzte Schnupfprise?«

»Beeil dich«, sagte Schwertfeger.

Sein Kopf dröhnte. Die Situation überforderte ihn total. Er hatte es anders geplant, ganz anders. Schnell hätte es gehen sollen, im Handumdrehen und ohne Worte. Statt dessen stand dieser unglaublich kaltblütige Köttelgruber gesprächig vor ihm und bat unverfroren um eine Henkersfrist. Den Schweiß, der über seinen ganzen Körper rann, empfand Schwertfeger als kalt. Er fühlte sich schlecht vorbereitet und hatte Angst. Angst vor dem Schuß und Angst vor dem Augenblick, in dem Baldur atemlos vor ihm stehen würde und wissen wollte, wie das geschehen sei.

Angst hatte auch Köttelgruber. Trotz des Gedankenblitzes, den er von ganz oben empfangen zu haben glaubte. In seinem Gedärm rumorte es. Erstmals in seiner Schnupferpraxis ging eine komplette Dosis daneben. Ein Teil des braunen Pulvers blieb auf dem schweißnassen Handrücken kleben, der Rest wurde als feiner Schleier heruntergezittert. Köttelgruber gab es auf.

Reiß dich zusammen, befahl er sich. Der Herr ist mit dir! Du bist nur sein Werkzeug. Mach jetzt keinen Fehler!

»Beeil dich, verdammt noch mal!« Schwertfegers Stimmbänder waren für Momente wie diesen nicht geeignet. Sie hielten den Ton nicht.

»Wenn du Idiot geahnt hättest, wie dicht du am Ziel deiner Wünsche warst, wärst du nicht zum Mörder geworden«, sagte Köttelgruber.

»Quatsch nicht!« bellte Schwertfeger hell. Er fürchtete, ohnmächtig zu werden.

Köttelgruber zog seine Brieftasche aus der Khakihose. Er entnahm ihr ein zusammengefaltetes Papier, das er wie einen Passierschein in die Höhe hielt.

»Da steht alles drin, was dir auch ohne Mord zugefallen wäre. Notariell beglaubigt. Im Fall der Scheidung bekommt Daria die Hälfte meines Vermögens. Und die Scheidung ist beantragt. Da, siehst du, hier steht's. Alles mit Brief und Siegel.«

Schwertfeger blinzelte irritiert. Sollte dieser Albtraum ein unerwartet traumhaftes Ende finden?

»Aber den Wisch brauchen wir nun nicht mehr«, sagte Köttelgruber mit resignierendem Lächeln, zerriß das Papier, das nichts anderes war als das Zollformular für die Einführung von Jagdwaffen nach Namibia, in vier Teile und warf die Schnipsel hinter sich in den Dornbusch.

»Bist du wahnsinnig?« japste Schwertfeger und sprang auf den Dornbusch zu, als müsse er das erlösende Papier vor züngelnden Flammen retten. Das Gewehr in der rechten Hand, griff er mit der linken vorsichtig zwischen den Dornen hindurch zum nächstliegenden Papierfetzen.

Die Puffotter blieb ruhig liegen, erhöhte aber die Spannung in ihrem zum Stoß gebogenen Körper, als weiße, schmetterlingsleichte Objekte durch das dünne Geäst gaukelten und nahe bei ihr niedergingen. Da sie mit jedem Auge ein Gesichtsfeld von 145 Grad überblickte, entging ihr keines der vier Papierstücke. Alarm! Die gespaltene Zunge meldete dem kleinen Gehirn, daß der Feind von vorn kam. Eine voluminöse weiße Spinne mit dicken Beinen kam tastend auf sie zu. So furchtlos und bedrohlich, daß die Puffotter die zum warnenden Zischen in den Lungen gespeicherte Luft nicht mehr abließ. Ein Instinkt befahl ihr, die gespannte Feder zu lösen, zuzustoßen, schnell wie ein Stromschlag, in einer fünfundzwanzigstel Sekunde, vom menschlichen Auge als Bewegung nicht mehr wahrnehmbar. Die säbelkrummen Giftzähne drangen tief in den Feind. Zugleich zog sich die Giftblase, ein Muskelsack im Kopf des Reptils, heftig zusammen und preßte durch einen dünnen Schlauch Hämatoxin in die Zahnkanäle. Die Puffotterzähne funktionierten wie Injektionsnadeln. Todbringende Flüssigkeit ejakulierte in das erschrockene Fleisch.

Schwertfeger schrie gellend. Er streckte die Hand wie einen Fremdkörper von sich. Zwischen Daumen und Zeigefinger waren zwei Löcher. Sie sahen aus wie eingestanzt. Langsam füllten sie sich mit Blut. Wie winzige Vulkane erhoben sich zwei rote Kügelchen über der Bißstelle.

»Franz-Josef, ich ... ich bin ... gebissen worden«, stammelte Schwertfeger, und sein Gesicht wurde fahl.

Die kalte Hand der Angst berührte ihn.

»Hilf mir doch!«

Schwertfeger drehte durch. Er warf das Gewehr von sich. Ein Schuß löste sich und schleuderte zwei Armlängen neben Köttelgruber eine Sandfontäne hoch.

Mit kleinen, kraftlosen Schritten begann Schwertfeger im Kreis zu laufen. Die gesunde Rechte umklammerte das linke Handgelenk.

»Was mach ich nur, Franz-Josef, was mach ich nur, was mach ich nur ...«, jammerte er.

»Ich will dich rühmen, Herr, denn du hast mich aus der Tiefe gezogen. Ich habe zu dir geschrien, und du hast mich geheilt«, sagte Köttelgruber.

»FRANZ-JOSEF!«

»Stirb wie ein Mann«, sagte Köttelgruber. Eiskalter Zynismus lag in seiner Stimme.

»Es gibt Serum. Serum! Das ist es, Serum!« In Schwertfegers stahlblauen Kinoheldenaugen flackerte die Panik wie eine Fackel im Sturm.

»Ein Mann muß bereit sein zu töten, und er muß bereit sein zu sterben. Das ist Originalton Schwertfeger«, sagte Köttelgruber.

»Hol Siegfried!« kreischte Schwertfeger. »Schnell! Hol

Siegfried! Ich bitte dich, Franz-Josef! Laß mich nicht sterben!«

Kopfscheu vor Todesangst, kam er nicht auf den Gedanken, die Wunde aufzuschneiden. Es wäre auch zwecklos gewesen. Der Biß war tief. Die Drüse der Schlange hatte sich völlig entleert.

Wie in plötzlicher Erkenntnis des Unabänderlichen hielt Schwertfeger in seinem jammervollen Kreisen inne. Oder war es die eintretende Wirkung des Blutgifts? Er setzte sich in den Schatten des Felsbrockens und löste sich in Schweiß auf.

»Du bist der widerwärtigste Mensch auf der ganzen Welt«, sagte er. »Hätte ich doch nur abgedrückt!«

Köttelgruber sah auf ihn herunter.

»Du sollst nicht ehebrechen, spricht der Herr. Du sollst nicht töten, spricht der Herr.«

»Was kann ein räudiger Hund wie du schon von Ehebruch wissen. Dich würde nicht mal eine Leprakranke ranlassen.«

»Ein Sterbender kann mich nicht beleidigen«, sagte Köttelgruber.

Schwertfeger war nun schneeweiß im Gesicht. Schweiß drang ihm aus allen Poren. Er übergab sich.

»Gib mir Wasser!«

Köttelgruber schraubte den Kanister auf und ließ im Stehen, als hätte er Angst, dem Todgeweihten zu nahe zu kommen, den Wasserstrahl auf Schwertfegers Gesicht plätschern. Reste von Erbrochenem wurden aus Schwertfegers aufgesperrtem Mund gespült und verfingen sich in den Brusthaaren wie in einer Reuse.

Köttelgruber betrachtete die Hand. Sie war wie aufgeblasen. Um die Bißstelle herum war das Gewebe bereits schwarz. Der ganze Handrücken war dunkelblau.

»Du hast gewußt, daß da eine Schlange war. Gib's zu!« Schwertfeger sammelte seine Kräfte zum letzten Racheakt. »Das muß ich dir noch sagen: Wenn du wüßtest, wie gut Daria bläst, wie sie einem das Mark aus dem Rückgrat saugt, würdest du dich schwarz ärgern.«

»Es liegt ja wohl auf der Hand, wer hier langsam schwarz wird«, sagte Köttelgruber.

»Wenn du eine Ahnung hättest, was Daria für eine Rakete ist, würdest du dir deine Stummelrute nochmals um drei Millimeter verlängern lassen«, krächzte Schwertfeger.

»Halt dein Maul!« sagte Köttelgruber. »Du hast sowieso bald einen kalten Schwanz, du Wandervögler.«

»Schweinswürstchen, elendes«, sagte Schwertfeger, und seine Stimme wurde schwach wie eine alte Batterie, »auf deiner Lederrundecke hab ich sie lahmgefickt. Jeden Sonntag, wenn du in der Kirche warst.«

»Halt dein dreckiges Maul und stirb!« fauchte Köttelgruber.

»Sie hat sich die Brunstbutte rasiert. Ganz. Nur für mich. Weil ich es wollte. Weil es mich angepfeffert hat. Weil . . . ehrlich . . .«

»STIRB ENDLICH!« brüllte Köttelgruber.

Schwertfeger konnte nicht mehr sprechen. Sein linker Arm war prall geschwollen. Er wurde von Schmerzen gepeinigt, bekam Schüttelfrost und Erstickungsanfälle. Kurz bevor er das Bewußtsein verlor, entleerte sich seine Blase, und es war mehr Blut als Urin, was durch die Khakihose sickerte. Das Gift der Puffotter hatte seine volle Wirkung entfaltet und die Wandschichten der Blutgefäße überall im Körper Schwertfegers durchlässig gemacht.

Lazarus kam als erster an. Er hob Schwertfegers zur Pratze geschwollene Hand an und studierte sie eingehend. Dann tastete er nach der Halsschlagader des Bewußtlosen.

»Da ist doch wohl nichts mehr zu machen«, sagte Köttelgruber. »Der ist doch so gut wie tot, gell?«

»Böse Schlange«, sagte Lazarus, »sehr, sehr böse Schlange.«

Baldur schnaufte wie ein Nashorn nach dem Galopp.

»Ich habe den Schuß gehört ...«, sagte er atemlos.

Dann sah er Schwertfeger.

»Donnerschlag!«

Von Kindesbeinen daran gewöhnt, in der Einöde Namibias keine Notsituation zum Gegenstand längerer Betrachtungen zu machen, ging Baldur ans Werk.

»Lazarus, du trägst ihn an den Schultern. Ich nehme die Beine. Du nimmst die Gewehre, Franz-Josef.«

Der Eilmarsch zum Auto war eine Schinderei. Lazarus hatte die schwerste Last. Einmal wachte Schwertfeger auf, schrie »Daria!« und wurde wieder ohnmächtig.

Als der Landrover vors Farmhaus holperte, war Schwertfeger tot.

Mona war untröstlich. Warum Schwertfeger? Sie hatte ihn doch so ins Herz geschlossen. Einen toten Köttelgruber hätte sie leichter verschmerzt.

Baldur telefonierte nach Okahandja.

»Herr Doktor, ich habe hier einen toten Jagdgast. Puffotterbiß. -- Nein, absolut tot. Kein Lebenszeichen mehr. -- Weite Pupillen, lichtstarr, jawohl. -- Gut, ich mache auch noch die Spiegelprobe, wenn Sie das wollen. -- Wieso erst morgen? Geht's nicht vielleicht schon ... -- Ich dachte ja nur. Wegen der Hitze. -- Also gut, dann bis morgen.«

Köttelgruber saß brütend am Tisch. Er wollte sich ablenken und blätterte im *Südwester Kochbuch*, das vor ihm lag. Dabei stieß er auf ein ausgefallenes Rezept: Geschmorte Puffotter.

Die Puffotter ist nicht nur eine der gefährlichsten Schlangen des Landes, sondern auch ein Leckerbissen er-

sten Ranges – wenn richtig zubereitet. Hierzu benötigt man eine frisch getötete Puffotter. Sicherheitshalber schlägt man ihr mit einem Küchenbeil zuerst den Kopf ab und beseitigt diesen so, daß kein Kind oder Haustier mit den immer noch wirksamen Giftzähnen in Berührung kommen kann. Außer der Schlange wird benötigt: ein Viertel Pfund Butter oder Margarine, etwas mit Wasser verdünnter Essig, Knoblauchsalz, Pfeffer und ein Glas nicht zu süßer Sherry.

»Dieser Doktor ist ein fauler Sack«, sagte Baldur. »Komm, Franz-Josef, wir legen deinen kalten Kameraden erst mal ins Gästehaus.«

»Moment«, sagte Köttelgruber.

Die Zubereitung fängt mit der Enthäutung an, die man am Kopfende beginnt, indem man die Haut nach dem Schwanz zu aufrollt. Automatisch wird hiermit der Leib geöffnet, der nun ausgenommen wird. Unter fließendem kalten Wasser gründlich waschen und über Nacht in den verdünnten Essig (ein Viertel Essig, drei Viertel Wasser) einlegen und ziehen lassen. Es folgt das Abtrocknen, Salzen mit Knoblauchsalz und nicht zuviel Pfeffer. Man legt sie dann ganz oder in Portionsstücke geschnitten in heißes Fett, bis sie leicht braun wird. Dann muß etwas Wasser und kurz danach ein kleines Glas Sherry zugegeben werden. Bei geringer Wärme läßt man sie dann noch etwa zwanzig Minuten köcheln.

»Morgen stinkt's hier wie in einem Hyänendarm«, sagte Baldur.

Warm gegessen erinnert sie an ein Hühnergericht, kalt mit Mayonnaise gereicht, läßt sie an Langustenfleisch denken.

»Die Hitze! Und dazu das Schlangengift! Dein Kumpel fault uns weg wie ein Stück Aas«, sagte Baldur. »Diesem Doktor wächst bestimmt mal eine Couch aus dem Arsch.«

»Mir kommt eine Idee«, sagte Köttelgruber, »und die ist gar nicht so übel.«

»Das wird eine teure Überführung nach Deutschland, das kann ich dir flüstern«, sagte Baldur. »Und der Papierkrieg – ich will gar nicht dran denken. Für mich ist das ein Verlustgeschäft. Aber voll. Wo soll ich jetzt mein Geld herkriegen? Und der Leopard lebt immer noch.«

»Mach dir um dein Geld mal keine Gedanken«, sagte Köttelgruber. »Mir geht da was durch den Kopf. Können wir uns in einen ruhigen Winkel setzen, ich meine, wo uns keiner hört?«

»Wegen Mona? Vor der brauchst du dich nicht zu genieren.«

»Ich würde gerne hierbleiben«, sagte Köttelgruber. »Hier, auf deiner Farm. Laß mich in einem der Gästehäuser wohnen und stell mir mein Essen auf den Tisch. Mehr will ich nicht.«

Baldur neigte den Kopf ein wenig zur Seite. In seinen Gehirnwindungen gerieten Mißtrauen und Raffgier in ein Scharmützel. Die Raffgier siegte.

»Das wird aber teuer auf die Dauer«, sagte Baldur.

»Du kriegst dein Geld, Siegfried. Ich bin kein Scherenschleifer. Ich habe einen gutgehenden Betrieb. Und Land. Und Aktien. Und Gold. Und Schwarzgeld in der Schweiz. Und und und.«

»Und ein gebrochenes Herz«, sagte Baldur. »Daher weht der Wind, hab ich recht?«

»Wenn du drauf bestehst«, sagte Köttelgruber.

»Hast du dir die Sache auch gut überlegt? Vielleicht bist du ein bißchen durcheinander, weil dein Kumpel so ruckzuck abgekratzt ist.«

»Ich weiß, was ich tue«, sagte Köttelgruber.

»Es geht mich ja eigentlich nichts an«, sagte Baldur, »aber du bist nicht der erste Gast auf meiner Farm, den eine Tusnelda um den Verstand gebracht hat. Hier hat sich schon mancher beim Sundowner ausgekotzt. Aber hierbleiben, nein, hierbleiben wollte noch keiner. Liebe deine nächste, kann ich da nur sagen.«

»Ich will nicht mehr zurück. Das ist alles. Ich bin fertig mit der Welt.«

»Mach *mir* bloß keine Vorwürfe, wenn du in ein paar Tagen wieder munter bist! Ich hab dich gewarnt. Dann ärgerst du dich kaputt, wenn du dran denkst, daß sich die Schickse von einem Diener zum Frühstück am Nachmittag Schampus servieren läßt. Alles von deinem Geld.«

»Keine Sorge, Siegfried. Ich bin in Gottes Hand.«

»Na fein«, sagte Baldur. »Wenn der's zahlt.«

»Aber da wäre noch eine Kleinigkeit, und da müßtest du mitspielen«, sagte Köttelgruber, »nicht zu deinem Schaden, wie du dir denken kannst.«

»Kommt drauf an, was dabei herausspringt. Wenn man einen Hai fangen will, muß man Blut ins Wasser schütten. Das sagt man so drüben an der Küste.«

»Vergiß meinen Namen, Siegfried! Vergiß, daß ich Franz-Josef Köttelgruber bin. Ab heute heiße ich Ralf Schwertfeger. Du gehst kein Risiko dabei ein. Sollte unvorhergesehen eine Sau durchs Dorf rennen, ich meine, irgend etwas schiefgehen, stellst du dich blöd. Ich habe mich dir von Anfang an als Ralf Schwertfeger vorgestellt, du hast meinen Ausweis gesehen – und basta. Und nun können wir über den Preis reden.«

»Und was machen wir mit dem da?«

Baldur deutete mit dem Daumen auf die Leiche Schwertfegers, die fliegenumschwirrt im Hof lag.

»Der da«, sagte Köttelgruber, »der fliegt in einem Zinksarg zurück nach Deutschland und kriegt einen exquisiten Grabstein, wo draufsteht: Hier ruht Franz-Josef Köttelgruber. Friede seiner Seele!«

Baldur lachte dröhnend, so daß Mona auf die Veranda

hinausstürzte und die pietätlosen Spaßvögel böse anfunkelte.

Köttelgruber fuhr nach Windhuk, um in der Anonymität der Hauptstadt abzuwickeln, was er für notwendig hielt. Während er ein feines Zimmer im Kalahari Sands Hotel bezog, lag Schwertfeger entstellt und eiswürfelbedeckt auf dem Boden eines Baldurschen Gästebungalows, bis der Leichenbeschauer ihn abholte.

Köttelgrubers Start in ein neues Leben, in eine neue Identität setzte viele Schritte voraus. Zunächst brauchte er Geld. Er telefonierte lange mit seinem Anwalt, der ihn seit Jahren in strittigen Schweinegeschäften vertrat, und stattete den Advokaten mit entsprechenden Vollmachten aus. Gelder, von deren Existenz Daria nichts wußte, wurden auf ein bei der Swabank eröffnetes Konto transferiert. Köttelgruber hob die Beträge bar ab.

Im Moringa-Room des Hotels gab ihm ein bedingt seriöser Geschäftsmann, den Köttelgruber geschickt ausfragte, beim fünften Drink die Adresse einer schäbigen Druckerei, die auf das diskrete Um- und Überdrucken von Papieren jeglicher Art spezialisiert war. Ein listiger Ovambo zauberte Köttelgrubers Konterfei in den Paß von Ralf Schwertfeger und reduzierte die angegebene Körpergröße von 186 auf 170 Zentimeter. Pfeifend, weil es ein guter Tag war, pedalte der Ovambo-Drucker auf seinem zusammengeflickten Drahtesel dem Feierabend in der armseligen Schwarzen-Vorstadt Katutura entgegen. Köttelgruber alias Schwertfeger setzte sich zum Abendessen in ein gediegenes Gartenlokal und entwarf zwischen leuchtend blauen Jakaranda-Büschen den Text für ein Telefax, das er anderntags beim Hauptpostamt in Windhuk absenden wollte. Er formulierte es vorsichtig, um bei niemandem, der das Papier in die Hand bekommen sollte, Verdacht zu erregen.

Liebe Daria,

ich habe die traurige Pflicht, Dir den Tod Deines geliebten Mannes und meines besten Freundes mitzuteilen. Er starb auf der Jagd – so wie er es sich immer gewünscht hat. Mit Franz-Josef ist ein Mensch von uns gegangen, an den Du und ich noch lange und unter Schmerzen denken werden.

Die Überführung des teuren Toten wird von mir veranlaßt.

Dein Ralf Schwertfeger

Danach fühlte Köttelgruber sich frei und leicht wie ein Vogel. Die Nacht verbrachte er bei einem rachitischen schwarzen Freudenmädchen in einer Absteige, die nie zuvor ein weißer Jäger betreten hatte.

X. KAPITEL

Ein Plan

Daria schlug die Augen auf. Neben ihr lag Dr. Immo Lüdenscheid, ein potentieller Bundeskanzler. Er schlief noch.

Lüdenscheid war Spezialist für menschliches Glücksempfinden. Wenn er sprach, verfielen selbst politisch Andersdenkende der wohltemperierten Sympathieträgerstimme. Er konnte sagen, was er wollte – es klang überzeugend. So war er auch im Bett. Er hatte einen Sinn für Stimmungen und Schwingungen. Weinend vor Lust hatte Daria einen Orgasmus nach dem anderen hinausgeschrien.

Wie sie die Ekstase im eigenen Revier genoß! Köttelgruber war in Afrika. Käthchen hatte sich beim Treppenreinigen den Arm gebrochen und war zu ihrer Schwester gefahren. Daria hatte das große Haus für sich allein. Ihr Sex war schrankenlos. Wenn ihr nach Schreien zumute war, schrie sie, daß die Schweine aufhorchten und Antwort gaben.

Auf die Ellbogen gestützt, betrachtete sie den smarten Senkrechtstarter. Lüdenscheid war Mitte dreißig und benutzte ein himmliches After-shave. Auf dem Rattan-Nachtschränkchen lag seine Brille.

Ein Reh hatte Daria das neue Liebesglück beschert. Immo Lüdenscheid hatte dem Tier mit seinem schweren BMW das Köpfchen zermalmt und die Läufe geknickt. Auch Lüdenscheid war leicht geknickt, denn das Auto hatte eine Delle und strahlte mit nur noch einem Scheinwerfer wertgemindert in die Nacht. Ratlos stand er vor dem Debakel, als Daria ihren Boxter stoppte. Sie hatte Lüdenscheid auf Anhieb erkannt. Die Lokalpresse und immer öfter auch das Regionalprogramm des Fernsehens machten sich verdient um die Verbreitung der persönlichen Merkmale dieses neuen Homo politicus, der sich als geistiger Energieträger empfahl. Arbeitslose schöpften neue Hoffnung, wenn Stakkato-Wortschütze Lüdenscheid loslegte, Steuerzahler fühlten sich in ihrer Staatsverdrossenheit bestätigt und Frauen in ihrer Benachteiligung durch die Unterdrückungsmechanismen der Phallokratie. Wenn Immo Lüdenscheid behauptet hätte, ein Gockel könne eine Lok ziehen, hätte man zumindest darüber diskutiert.

Mitten in der Nacht, auf einsamer Straße, neben einem toten Reh und einem verletzten BMW, war der Polit-Star ein wenig hilflos. Für Daria war es Liebe auf den ersten Blick. Das rhythmische Orange der Warnblinkanlage verlieh Lüdenscheids Gesicht einen dramatischen Reiz. Daria vergaß Ralf Schwertfeger auf der Stelle.

»Alles halb so schlimm«, sagte sie. »Das Reh wäre sowieso irgendwann von meinem Mann totgeschossen worden.«

Im selben Augenblick, als Daria ihre Gefühle für Schwertfeger annullierte, vergaß Lüdenscheid allem Anschein nach nicht nur das Reh und die Delle im Wagen, sondern auch sein immer wieder vorgetragenes Wahlkampfprinzip: »Die Familie ist das schützenswerteste Gut unserer Gesellschaft!«

»Ist das nun ein Unfall oder ein Glücksfall?« sagte Lüdenscheid und unterschied sich dabei sehr vom Lüdenscheid der Wahlplakate, auf denen er sich als Biedermann im Kreis seiner Lieben präsentierte, ein bekennender Familienmensch, das lichtblonde Töchterlein auf dem Arm, eine sexfreie Frau an der Seite und – etwas abgesetzt im Hintergrund – eine gütig ins Familienidyll lächelnde

Schwiegermutter mit Dauerwellen im Blauschimmel-Look.

Unter der Decke fuhr Daria mit den Zehen an Lüdenscheids Unterschenkel entlang, ganz zart, denn sie war noch unschlüssig, ob sie ihn wecken sollte. Einerseits drängte es sie, den neuen Tag wild und stöhnend zu beginnen, andererseits war es erregend, abzuwarten und die Vorfreude auszukosten.

Lüdenscheid war ein Lustspender. Der beste, den sie bislang gehabt hatte. Entschieden besser als Schwertfeger, und der war schon um einiges besser gewesen als der lyrisch-verheulte Musiklehrer.

Träumerisch ließ Daria die Garde ihrer Liebhaber aufmarschieren. Es war ihr bewußt, daß sie ein Herz hatte wie ein Bahnhof, und sie schrieb diese unmoralische Entwicklung nicht nur der Ehe mit einem ranzigen Schweinemäster zu, sondern auch der öden Gleichförmigkeit der Provinz, wo man nachts die Schnecken im Salat hören konnte. Daria wollte nicht verwelken, ohne aus dem schmalen Angebot an Männern jenen herauszufinden, der nicht nur ihren natürlichen Unterleibshunger stillte, sondern auch ihre Zukunftsgedanken verschönte. Es war ein Auswahlverfahren voller Enttäuschungen.

Sie sah den scheuen Forst-Assessor vor sich, diesen sprachlosen Jüngling mit den roten Ohren, dem sie im Transparent-Body mit geknöpftem Schritt auf der Ikea-Matratze seines Einzimmerappartements die Unschuld genommen hatte. Es hatte ihr gefallen, die Überlegene, die Lenkende zu sein. Der in bäuerlich-katholischer Prüderie aufgewachsene Assessor schwoll wie Popcorn, war nicht mehr ruhigzustellen, die ganze Nacht nicht, so gierig war er, als Daria ihn vom Triebstau erlöste. Eine kurze Saison hatte sie sich von den nervösen Fingern des grünen Jungen betatschen lassen, dann hatte sie ihm den Laufpaß gegeben. Die ungelenken Gedichte, die er für sie schrieb, waren ihr genauso lästig wie seine verzweifelten Telefonate. Außer vagen Vermutungen, die über die Forstamtskorridore nicht hinauskamen, blieb die unbedeutende Affäre diskret.

Der Fußballtrainer war, im nachhinein betrachtet, ihre Spucke nicht wert. Von seinem strammen Hintern und seinen flotten Sprüchen hatte sie sich blenden lassen. Bis sie feststellte, daß die Sprüche ein fußballerisches Allgemeingut waren und der Trainer sein Immer-jung-und-sportlich-Getue auch im Bett nicht ablegen konnte – ein torgeiler Stürmer, der ohne viel zu dribbeln möglichst schnell zum Schuß kommen wollte. Danach wartete er auf den Applaus. Nach knapp vier Wochen wechselte Daria ihn aus.

Guntram war das krasse Gegenteil. Er verfaßte Flugblätter gegen den Walfang, organisierte Mahnwachen gegen genmanipulierten Apfelsaft und war beim Sex so temperamentvoll wie ein toter Spanier. Für eine starke Nummer war Guntram nicht der Mann. Er laberte und laberte, schleimte sich aus wie eine Schnecke im Salzfaß, bis auf den kurzen Moment, in dem eine zentrale Drüsenfunktion ihm die Zunge lähmte. Daria verließ ihn mitten im Satz.

Dabei mußte sie irgendwo falsch abgebogen sein. Sie lief nämlich einem Kaplan vors Brustkreuz. Mit seinen kurzen, schwarzgelockten Haaren sah Matthias aus wie ein als Priester verkleideter Papagallo. Sie wollte ihn haben. Trotzig strebte sie einen Tabu-Bruch an, der Köttelgruber und seinen Mitbetern noch schneidender in die moralinsauren Seelen fahren sollte als die gewöhnliche Todsünde des Ehebruchs. Eine ungetrübte Freude war das heimliche Spiel indes nicht. Wenn Matthias, die Stirn noch naß vom Weihwasser, sie zwischen Katechismusunterricht für Erstkläßler und Vorabendmesse für Altersheimbewohner in Köttelgrubers schwarzem Mercedes vögelte, war er hinterher immer ganz zerknirscht. Nach jeder Zitternummer pochte dem Dornenvogel das Gewissen, und er eilte in den Schoß von Mutter Kirche zurück. Da er das elfte Gebot – »Man darf alles, aber sich dabei nicht erwischen lassen« – nicht schlau genug befolgte, kamen ihm ausgerechnet am Feiertag der unbefleckten Empfängnis seine Chefs und Pfarrgemeinderat Franz-Josef Köttelgruber auf die Schliche. Der Kaplan mußte vor dem Klerus zu Kreuze kriechen und wurde an einen fernen, klösterlichen Ort versetzt.

Daria fühlte sich ausgetrickst. Diesen Triumph wollte sie Köttelgruber vermiesen. Der Frisör kam ihr gerade recht. Und der Figaro nutzte die Gunst der Stunde, die ihm ohne Darias Rachedurst wahrscheinlich nie beschieden gewesen wäre. Denn der eitle Pfau war alles andere als der Mann ihrer Träume. Er war ein Dandy, ein Trend-Beflissener, ein Geck. Es gab nichts, was über Elmars gutes Aussehen und seine ungezählten Erfolge bei den Damen nicht bereits gesagt worden war, und zwar von ihm selbst. Im Bett allerdings war er passiv und ließ Daria rackern. Keine Sekunde hatte sie ihn vermißt, seit er so überraschend verschwunden war. Am ersten Tag hatte sie zwar geheult, aber nur aus Gekränktheit, weil sie geglaubt hatte, der Provinz-Casanova hätte sie abserviert.

Gegenüber Detlef Dahmen-Elmhorst waren ihre Empfindungen schon intensiver gewesen. Zwar war sein Sinn für erfüllende Erotik ungefähr so scharf wie Beethovens Gehör in seinen letzten Jahren, doch er faszinierte sie irgendwie. Es muß das Künstlerische an ihm gewesen sein. Freilich hätte kein Fitness-Studio zwischen Freiburg und Neubrandenburg geeignete Geräte gehabt, um aus dem Körper des Klavierlehrers eine einigermaßen feste Masse zu formen, und sein Einsatz bei der körperlichen Vereinigung war mehr Saft als Kraft. Doch unberührt von derlei Einschränkungen gab es jene höhere Ebene der Geschlechterbeziehung, auch »amour fou der Seele« genannt. Und diese blaue Blume glaubte Daria gefunden zu haben. Ganz verzichten wollte sie auf den von klassischer Musik untermalten Hochniveau-Beischlaf nicht, aber süchtig danach war sie keineswegs. Als Detlef schlagartig den Verstand verlor, hatte sie einen Dreiklang der Gefühle erfahren. Erstens: Sie war bestürzt über den geistigen Abgang eines fast geliebten Genies. Zweitens: Sie nährte einen nicht beweisbaren Verdacht gegen den verabscheuten Ehemann. Drittens: Sie entdeckte, daß Ralf Schwertfeger aussah wie einstmals Clark Gable.

Wie leicht es doch war, diesen kapitalen Jäger anzukirren. Wie leicht es doch war, ihn von einem Balzplatz zum anderen zu locken, von der knarzenden Lagerstatt eines romantischen Waldgasthofs bis zum dekadenten Spiegel-Lotterbett eines sündhaft teuren Love-Hotels. Wie leicht es doch war, ihn von einer Rauschzeit in die nächste zu jagen – und wie leicht es doch war, die hochgelobte Männerfreundschaft zwischen Schwertfeger und Köttelgruber unter dem Pfennigabsatz zu zertreten.

Den schlafenden Immo Lüdenscheid im Blick, gab es für Daria keinen Zweifel mehr, daß sie Schwertfeger nicht geliebt, sondern nur zielstrebig zum Schwert ihrer Rache gemacht hatte, ihrer Rache an Franz-Josef Köttelgruber.

Schwertfeger selbst war der Vater des heimtückischen Gedankens gewesen. Nach hitziger Umarmung hatten sie nebeneinander im Bett gelegen. Den Blick zur Decke gerichtet, hatte Schwertfeger gesagt, daß es einen Weg geben müsse aus dieser unwürdigen Heimlichtuerei. Jeder Mensch hätte ein Recht auf freie Entfaltung, hatte er gesagt und wahrscheinlich außerehelichen Sex damit gemeint. Wenn Elisabeth tot wäre, gäbe es keine Probleme mehr, hatte er gesagt. Dann wäre er reich und frei, Daria könnte sich scheiden lassen, und somit hätte das Paradies seine erste irdische Zweigstelle errichtet.

Wenn jemand tot wäre – das war das Stichwort gewesen. Tot. Drei Buchstaben, die zum magischen Symbol eines sorgenfreien Lebens wurden.

Er hätte schon oft mit dem Gedanken gespielt, Elisabeth über den Jordan gehen zu lassen, hatte er gesagt. Elisabeth, diesen geschlechtslosen Teufel. Elisabeth, die diesen bitteren Zug um den rastlosen Mund hatte. Elisabeth, die einen mit ihren stechenden kleinen Augen immer ansah wie ein Huhn, das einen ins Gesicht picken wollte. Elisabeth, das verkörperte Vorhängeschloß vor einem beträchtlichen Vermögen.

Aber warum Elisabeth? Es könnte doch auch Franz-Josef Köttelgruber sein, hatte Daria gesagt. Ganz ruhig hatte sie es gesagt. Bei Schwertfeger hatte es große Unruhe bewirkt. Köttelgruber? Nein, das ginge nun wirklich nicht. Freundschaft sei Freundschaft.

Männerwort. Männerehre. Kameradschaft. Jagdkameradschaft. Jagdkameradschaftsmännerehrenwort. Schwertfeger hatte nichts unversucht gelassen, den Gedanken wegzublasen. Da hatte sie ihre geschickte, langfingerige, zärtliche, gefühlvolle Hand an sein Zentralorgan gelegt. Wirkungsvoll. Immer wirkungsvoller. Besser Köttelgruber als Elisabeth, hatte sie gesagt und sich auf ihn gesetzt. Ohhh, hatte er gesagt, nein, er ist doch mein Freund, eigentlich ... im Grunde genommen ...

Dann willigte er ein.

Er tue alles für sie, sagte er. Alles.

Die Idee, einen Jagdunfall zu inszenieren, wurde konkret. Möglichst weit entfernt, in Polen oder Rumänien oder in Rußland. Da würden die ermittelnden Polizisten sich kein Bein ausreißen. Dann hatte sie in einer von Köttelgrubers mehreren Abonnementszeitschriften über das edle Weidwerk diese Annonce entdeckt:

Namibia über Kimme und Korn. – Deutschsprachiger Farmer führt persönlich auf Kudu, Oryx, Warzenkeiler und Hartebeest, bei besonderer Nachfrage auch auf Leopard. Jagderfolg garantiert. Familiäre Atmosphäre unweit des Etoscha-Nationalparks.

Als Logo ein Säbelzahntiger.

Das könnte hinkommen, hatte Schwertfeger gesagt und das Inserat ausgeschnitten. In Afrika habe das Gesetz kurze Beine, hatte er gesagt und ein Lachen hinterhergesandt, als würde ein Marder sich totkeckern. Daria konnte sich an dieses Lachen nicht gewöhnen. Clark Gable hatte bestimmt niemals so gelacht.

Immo Lüdenscheid machte eine Vierteldrehung im Schlaf. Er lag nun auf dem Rücken. Daria betrachtete ihn und lächelte bräutlich. Es war traumhaft, neben Immo Lüdenscheid aufzuwachen. Er war so appetitlich, er war das krasseste Gegenstück zu ihrem Ehemann, das man sich ausmalen konnte.

Ein Schauer überlief ihren nackten Rücken, als sie an Köttelgruber denken mußte. Die wenigen Aufwachmomente neben ihm im eigens zum Vollzug der Ehe angeschafften Kingsize-Wasserbett waren unvergeßlich. Unvergeßlich abstoßend. Neben einem Eber wach zu werden konnte nicht schlimmer sein. Rotblonde Haare wie bei einem Schwein wuchsen auf Köttelgrubers energielosen Armen, die stellenweise aufgekratzt waren. Wenngleich die blutigsten Schrunden der Schuppenflechte von einem Nachthemd bedeckt wurden, waren sie für Daria dennoch gegenwärtig. Sie ekelte sich. Köttelgruber schnarchte, als würde er mit Sabber gurgeln, und der Atem, den er ausstieß, war ein Vorgeschmack auf Vergänglichkeit und Verwesung. Manchmal stockte das Schnarchen sekundenlang. Danach schnappte Köttelgruber nach Luft wie ein Erstickender und drehte sich auf die Seite, um in einer anderen Tonart weiterzugrunzen. Sie hätte laut losheulen können, wenn sie auf seinen Specknacken blickte, auf die zählbaren, zerzausten Haare an seinem Hinterkopf und auf die fette Backe, die sich im Atemrhythmus blähte wie ein Blasebalg. Zu ihrem Leidwesen wußte sie auch, wie seine Körperteile aussahen, die sich unter der Bettdecke befanden: die hängenden Hinterbacken, der weiße Schwabbelbauch, der operativ gepuschte Schrumpel-Quasimodo und die Saftquanten mit den Knoblauchzehen, deren Nägel schwammig waren, weil sich ein Pilz eingenistet hatte. Fußschweiß und der Geruch, der aus immerfeuchten Achselhöhlen dunstete, vermengten sich zu einer Miefwolke, in die von Zeit zu Zeit die Faulgase aus dem Köttelgruberdarm aufstiegen. An diesen menschlichen Komposthaufen gekettet zu sein, wäre auf Dauer mit keinem Geld der Welt auszugleichen gewesen. Obwohl sie dem Gatten nur so viele Begattungen gestattet hatte, wie nötig waren, um ihn ein für allemal hörig zu machen, hatte der Ekel in ihrem Gedächtnis ein Denkmal errichtet, das durch keine Therapie mehr zu beseitigen war.

Kratzbürstig hielt sie Köttelgruber seit den wenigen, kalkulierten und inszenierten Einaktern in der Frühzeit ihrer Ehe auf Abstand, und dennoch war er ihr zu nah. Alles an ihm störte sie. Wie er aß, wie er schnupfte, wie er nieste, wie er mit den Fingernägeln nach Ohrenschmalz bohrte, wie er sich an den Türpfosten scheuerte. Wenn sie wußte, daß Köttelgruber zuletzt die Toilette im Erdgeschoß benutzt hatte, kam für sie nur das WC im ersten Stock in Frage. In letzter Zeit mußte sie gegen einen Waschzwang ankämpfen. Gegenstände, die Köttelgruber in der Hand gehabt hatte, kamen ihr belastet vor. Eine

Zeitlang hatte sie das Bedürfnis, die Türen mit den Ellbogen zu öffnen, um die Klinken nicht anzufassen. Zum Glück konnte diese Neurose bereits im Anfangsstadium wegtherapiert werden, ohne daß jemand etwas bemerkte, nicht einmal Käthchen.

Um den Schauder der Erinnerung so rasch wie möglich zu verscheuchen, beugte Daria sich zu Immo Lüdenscheid und biß ihn sanft ins Ohrläppchen.

»Touch me, tiger«, hauchte sie.

Lüdenscheid erwachte im warmen Duft alabasterweißer Brüste und ließ sich nicht zweimal bitten. Im Handumdrehen entwickelte sich ein nur aus Vokalen bestehendes Morgengeflüster, jäh unterbrochen vom unromantischen Ton der Haustürklingel.

»Hör nicht hin«, keuchte Daria, die sich in Wollust wand. »Mach weiter, bitte, mach weiter!«

Das Klingeln wurde fordernder.

Lüdenscheid wurde es unbehaglich. Für einen Politiker in den Startlöchern Richtung Bundestag wäre ein Sex-Skandal der größte anzunehmende Unfall. Lüdenscheid war Spitzenkandidat. Erstmals. Sein Stern hatte gerade zu leuchten begonnen. Bald würde er strahlen. In zwei, drei Jahren würde er im Zenit stehen. Parteifreundliche Medien orakelten schwärmerisch, daß Immo Lüdenscheid als Integrationsfigur der Partei schon bald auf den vordersten Rängen zu sehen sein werde. Lüdenscheid nährte solche Prognosen, indem er keinen Millimeter von seinem strategischen Grundsatz abwich: Wer sich vorher nicht festlegt, hat hinterher immer recht.

»Willst du nicht nachsehen, wer das ist?« sagte er, innehaltend. »Mein Wagen steht vorm Haus.«

»Diesen Störenfried bringe ich um«, sagte sie.

Sie hüllte den erhitzten Göttinnenleib in die kühle Seide eines kurzen roséfarbenen Kimonos. Barfuß lief sie zur Galerie und öffnete ein Fenster, von wo aus man den

Eingangsbereich des Hauses überblicken konnte. Unten stand der Schweinemeister in seinem grauen Arbeitskittel und trat von einem Fuß auf den anderen. Er hatte ein Stück Papier in der Hand.

»Was haben Sie denn, Herr Schröter? Wieso klingeln Sie wie ein Verrückter?«

Steifnackig blickte der Schweinemeister nach oben.

»Es is was passiert ...«, knödelte er und wedelte mit dem Papier. »Kann isch mal reinkomme, Frau Köttelgruber?«

Rotlauf, Schweinepest, Veterinärkontrolle – irgendeinen Mist wird der Wichtigtuer präsentieren, dachte Daria. Sie mochte den Schweinemeister nicht, allein schon wegen seiner Stülpnase, in die man – Faszination des Abstoßenden – hineinschauen mußte, weil man hineinschauen konnte. An der geröteten Nasenscheidewand hing immer etwas.

»Jetzt nicht«, rief sie, »ich fühle mich nicht wohl.«

»Lasse Sie misch rein«, flehte der Schweinemeister. »Es is wischtisch.«

»Das hoffe ich für Sie, daß es wichtig ist«, rief Daria. »Warten Sie, ich zieh mir was über.«

Sie tauschte den kurzen Kimono gegen einen langen Frotteebademantel.

Der Schweinemeister schien kurz vor einem Herzinfarkt zu stehen.

»Da«, sagte er und hielt ihr das Papier entgegen. »Das is grad über Fax gekomme.«

Daria zupfte ihm das dünne Papier aus der Hand und las:

Liebe Daria,

ich habe die traurige Pflicht, Dir den Tod Deines geliebten Mannes und meines besten Freundes mitzuteilen. Er starb auf der Jagd – so wie er es sich immer gewünscht hat. Mit Franz-Josef ist ein Mensch von uns gegangen, an den Du und ich noch lange und unter Schmerzen denken werden.

Die Überführung des teuren Toten wird von mir veranlaßt.

Dein Ralf Schwertfeger.

»Katastrophe«, stammelte der Schweinemeister, »Katastrophe.«

Sein Blick saugte sich an Darias Gesicht fest. Der Schweinemeister wartete sichtlich auf einen Gefühlsausbruch, einen Schrei, ein Zittern, eine Ohnmacht. Daß nichts dergleichen eintrat, brachte ihn ganz durcheinander.

»Der Chef is tot«, sagte er, als müsse er Daria den Inhalt des Schreibens übersetzen.

»Gehen Sie!« sagte Daria. »Ich möchte jetzt allein sein.«

Sie schob den Schweinemeister zur Tür hinaus. Dann kreuzte sie die Unterarme vor ihrer Brust, legte den Kopf in den Nacken und atmete befreit.

»Endlich!« sagte sie. »Endlich, endlich endlich!«

Auf der Treppe wurde sie nachdenklich. Ein Problem war gelöst, ein anderes entstanden: Schwertfeger! Sie beschloß, Immo Lüdenscheid reinen Wein einzuschenken. Ging es doch um die gemeinsame Zukunft! Köttelgrubers Himmelfahrt berührte sie nicht im geringsten. Nicht einmal ein Anflug leichten Bedauerns stellte sich ein. Gut so, befand sie. Offenbar hatte sie alles richtig gemacht.

Daria war keine Hausfrau. Daran gewöhnt, bedient zu werden, hatte sie ein schlampiges Frühstück gerichtet. Die Butter war zu hart, die Eier waren zu weich, den Kaffee gab es nur in Schwarz, weil die Sahne verdorben war.

Lüdenscheid saß korrekt gekleidet am Tisch und trank Kaffee. Das blütenweiße Hemd war sein Markenzeichen. Passend für einen Politiker, dem man, wie er selbstironisch anmerkte, noch nichts nachweisen konnte. Die Krawatte mit den dezenten blau-weißen Diagonalstreifen verband sich mit dem dunkelblauen Jackett zu einem Ausdruck großer Seriosität und unaufdringlicher Eleganz.

Lüdenscheid machte ein ernstes Gesicht.

»Was bedrückt dich?« fragte Daria.

Ihr Rosé-Kimono war salopp geschlossen. Unter der Seide war sie nackt.

»So einfach ist das alles nicht«, sagte Lüdenscheid. »Wir sind im Wahlkampf. Ein Desaster, wenn man mich mit einer solchen Sache in Verbindung brächte. Verheirateter Bundestagskandidat flirtet mit einer Frau, deren Mann soeben unter mysteriösen Umständen ums Leben gekommen ist. Ein Desaster, sage ich. Für die Partei – und für mich persönlich natürlich.«

»Und ich habe geglaubt, du würdest dich freuen«, sagte Daria und machte einen Schmollmund. Wenn sie bei Männern etwas erreichen wollte, konnte sie die perfekte Kindfrau sein. Diese uralte Masche verfing immer.

»Nicht traurig sein, mein Kußmäulchen«, beeilte sich Lüdenscheid mit der Tröstung. »Laß uns analytisch darüber nachdenken.«

»Dann tu's bitte«, flötete sie auf jene weibchenhafte Weise, die bei Männern die große Geste herausfordert.

Lüdenscheid rückte ein Stück vom Tisch ab und legte ein scharf gebügeltes Hosenbein über das andere, eine Pose, die er gerne vor Fernsehkameras einnahm, wenn über die Notwendigkeit eines Autobahnzubringers oder den Bau einer Müllverbrennungsanlage diskutiert wurde.

»Wir müssen die Fakten sehen. Ich bin verheiratet. Vor der Wahl wäre jedes Gerücht, jede noch so kleine Indiskretion über die Qualität meiner Ehe verheerend. Mein Wahlkreis liegt im ländlichen Raum, das dürfen wir nicht vergessen. Einer der Schwerpunkte meines Programms ist die politische Moral. Der gewöhnliche Zuhörer setzt politische Moral mit gesellschaftlicher Moral gleich – in diesem Punkt wollen wir uns nichts vormachen. Und überhaupt: Meine speziellen Freunde von der staatszersetzenden Presse legen doch jedes Wörtchen auf die Goldwaage. Und dann heißt es: Sicher, das Parlament ist verkommen, aber Herrn Lüdenscheid hineinzuwählen, das würde bedeuten, einen dreckigen Tisch mit einem dreckigen Tuch zu säubern.«

»Bravo«, sagte Daria.

»Ich habe damit nur die eine Seite angesprochen: Nämlich die Affäre mit der Ehefrau eines weithin bekannten Tierfabrikanten.«

»Eine Affäre nennst du das? Eine Affäre? Wie kannst du nur! Es ist doch Liebe! Sag, daß es Liebe ist!«

»Ich spiele doch nur den Advocatus diaboli und stelle die Dinge so dar, wie die Öffentlichkeit sie wahrnehmen und beurteilen würde. Also: Da wäre erstens die Affäre mit der Ehefrau eines angesehenen Bürgers, der – zweitens – auf eine sehr ungeklärte Weise ums Leben gekommen ist. Weißt du, was das für mich bedeutet? Das politische Aus!«

»Sei nicht so pessimistisch, Immo. Franz-Josef Köttelgruber ist tot. Der Weg ist frei für dich. Sobald die Wahl gelaufen ist, läßt du dich scheiden. Dann heiraten wir und du bist Besitzer von dreitausend oder was weiß ich wie vielen Schweinen und allem Drum und Dran. In einem einzigen Jahr wirst du deine politische Karriere machen und dazu noch steinreich werden. Köttelgrubers ganzes Geld wird uns gehören, uns beiden.«

Die gedankliche Verschmelzung von Karriere und Besitz schien angenehme Phantasiebilder vor Lüdenscheids geistigem Auge aufsteigen zu lassen. Er lächelte zurückhaltend.

»Unsere schöne Konstruktion hat eine Schwachstelle«,

sagte er. »Und diese Schwachstelle hat einen Namen: Ralf Schwertfeger. Sobald der Halunke aus Afrika zurück ist, wird er seinen Lohn von dir fordern. Dich selbst.«

»Daran habe ich auch schon gedacht«, sagte Daria bekümmert.

»Schwertfeger wird dich nicht in Ruhe lassen. Er wird dich erpressen. Er wird immer eine Bedrohung für uns sein. Mit Schwertfeger im Nacken wird es nichts mit unserem Glück. Niemals. Er muß kaltgestellt werden.«

»Du machst mir Angst, Immo.«

Sie blickte ihn an mit den großen, blauen Augen der Unschuld, und kein noch so geübter Psychologe hätte durchschaut, daß sie Immo Lüdenscheid soeben dorthin dirigiert hatte, wo sie ihn haben wollte.

»Keine Panik, Kleines. Ich wüßte einen Weg, wie man Schwertfeger elegant loswird.«

»Es wäre so wunderschön, ungestört mit dir zu leben. Ich liebe dich.«

»Du wendest dich an die Botschaft. Gleich jetzt. Du äußerst den dringenden Verdacht, daß dein Mann in Namibia ermordet werden könnte. Daß ein Jagdunfall vorgetäuscht werden könnte. Schwertfeger habe hohe Schulden bei deinem Mann und wolle ihn beseitigen. Die Polizei solle Franz-Josef Köttelgruber unverzüglich unter Schutz stellen.«

»Aber er ist doch schon tot«, sagte Daria.

»Davon hast du keine Ahnung«, sagte Lüdenscheid.

»Ich weiß nicht mal, wo sich diese Jagdfarm befindet. Und das Land ist riesig.«

»Ist nicht so wichtig, Kleines. Spätestens bei der Ausreise wird Schwertfeger im Netz zappeln. Man wird ihn fragen, wo denn sein Freund Köttelgruber sei. Er wird etwas von Jagdunfall faseln – und die Falle ist zu. Aus einem afrikanischen Kittchen kommt man so schnell nicht wieder heraus.«

»Mein Genie«, sagte Daria und war mit ein paar lautlosen Schritten ihrer nackten Füße bei ihm. Ihr Kimono öffnete sich wie von selbst. Lüdenscheid wollte die Brille ablegen, um sein Gesicht in die wundervolle Schlucht zwischen den weißen Hügeln versenken zu können, stockte aber in der Bewegung.

»Ist was?« gurrte Daria.

»Ich weiß nicht ...«, sagte Lüdenscheid. »Ich glaube, ich habe diesen Idioten am Fenster gesehen.«

»Den Schweinemeister?«

»Nein, dieses Faktotum, das für euch arbeitet. Dieser Präsapiensmensch. Da! Da war er wieder! Jetzt habe ich ihn deutlich gesehen!«

Mit der Geschmeidigkeit einer Katze fuhr Daria herum und eilte zum Fenster, riß es auf und schaute nach links und rechts.

»Da ist niemand«, sagte sie.

»Ich könnte schwören, daß ich ihn gesehen habe, diesen Kretin ... na ... wie heißt er? Du hast den Namen kürzlich mal erwähnt.«

»Jürgen Kanallisch.«

»Mir ist dieser Bursche nicht geheuer. Direkt unheimlich. Das kann ich dir sagen, Daria. Sollten wir je in diesem Haus zusammenleben, wäre es meine erste Handlung, diese Geisterbahngestalt wegschaffen zu lassen. In der Zwangsjacke, in Handschellen oder im Käfig, egal, Hauptsache weg.«

»Keine Sorge«, sagte Daria, »der ist harmlos. Er hat soviel Verstand wie ein Steak.«

»Eben«, sagte Lüdenscheid. »Wer zu nichts fähig ist, ist zu allem fähig.«

»Wir könnten ihn in die Küche stellen, zum Eierabschrecken«, sagte Daria, »aber dann müßte jeden Tag der Kammerjäger ins Haus kommen.«

»Du nimmst alles auf die leichte Schulter«, sagte Lüdenscheid, »das macht dich noch reizvoller, als du von Natur aus bist. Aber im Umgang mit diesem Missing link solltest du nicht so leichtfertig sein.«

»Missing link?«

»Eine Übergangsform zwischen Affe und Frühmensch. Die Wissenschaft sucht noch danach.«

»Ich bin den Anblick gewöhnt«, sagte Daria. »Mir fällt schon gar nicht mehr auf, daß wir eine Übergangsform auf dem Hof halten.«

»Eine trügerische Gewohnheit«, sagte Lüdenscheid, »trügerisch und riskant. Schau mal, wenn das Sehvermögen schlechter wird, fällt einem das zunächst auch nicht auf. Man kennt die Welt ja nicht anders, und man ist daran gewöhnt, sie so zu sehen. Bis man dann die erste Brille auf der Nase hat. Plötzlich sieht alles anders aus. Genauso bist du an diese Fratze da draußen gewöhnt. Ich habe ein ganz, ganz ungutes Gefühl, wenn ich den Kerl sehe. Er hat etwas im Blick, ich kann dir nicht genau sagen, was. Aber es ist etwas, wovor man Angst haben muß.«

»Immo-Tiger«, sagte sie, stellte sich hinter ihn, strich mit gespreizten Fingern durch seine gescheitelten Haare und ließ dann beide Hände sanft über das weiße Hemd nach unten wandern, »du wirst dich doch nicht vor einem Behinderten fürchten?«

»Nicht, Kleines, nicht jetzt!«

Er drehte sein Ohr aus dem Wirkungsbereich ihres Mundes und schob ihre Hand von der Stelle, wo unter dem Stoff ein erschöpfter Körperteil schlummerte, der im wachen Zustand Politikern, sogar Präsidenten leicht zum Verhängnis werden kann.

»Erst rufst du beim Auswärtigen Amt an und erfragst die Nummer der Botschaft von Namibia. Und dann möchte ich hören, wie du die besorgte Ehefrau spielst.«

»Mußt du weg – oder können wir später noch mal nach

oben gehen?« gurrte sie im verheißungsvollen Tonfall der Verführung.

»Eigentlich habe ich keine Zeit. Aber ich kann das Angebot nicht ausschlagen, obwohl ich ... ach, vergessen wir's. Du kennst doch den Bibelspruch von dem willigen Geist und dem schwachen Fleisch.«

»Dein Fleisch ist nicht schwach. Ich habe es gefühlt.«

»Ich muß aber noch das Referat überarbeiten, das ich heute abend vor dem Katholischen Bildungswerk halten werde.«

»Welches Thema?« fragte sie, während sie auf schlanken Beinen mit dem aufreizend übertriebenen Hüftschwung eines Straßenmädchens zum Telefon kasperte.

»Die Integration behinderter Menschen in die Gesellschaft der Jahrtausendwende«, sagte Lüdenscheid.

XI. KAPITEL

Start in ein neues Leben

»Wann ist meine Büffeltrophäe fertig?« fragte Köttelgruber.

Baldur hieb sich mit der flachen Hand vor die braunweiß gestreifte Stirn.

»Sack und Eier!« sagte er. »Ich habe total vergessen, dem Präparator Bescheid zu geben, daß er das Ding nicht nach Deutschland schicken soll. Ich fürchte, nun ist es zu spät.«

»Schade«, gab Köttelgruber zurück, »sehr schade. Ich hätte den Büffel gerne hier gehabt. Es ist aber auch zu komisch. Alles in dieser Gegend braucht seine Zeit, nur der Trophäenbastler ist schneller, als es von ihm erwartet wird.«

»Der hat manchmal fertige Dermoplastiken auf Lager«, sagte Baldur.

»Die Hörner werden doch wohl original bleiben«, sagte Köttelgruber.

»Kann sein, muß aber nicht«, sagte Baldur zwinkernd. »Wer erkennt denn noch seine eigene Trophäe, wenn er wieder zu Hause in Deutschland ist? Hauptsache, sie macht was her.«

»Hm, jeden Tag steht ein Dummer auf«, sagte Köttelgruber. Er beließ es bei dieser Bemerkung, weil er selbst zuviel am Stecken hatte, um sich über afrikanische Spitzbübereien aufregen zu dürfen.

»Hast du einen Plan, wie lange du auf meiner Farm bleiben willst?« sagte Baldur.

»Das weiß ich noch nicht«, sagte Köttelgruber.

»Die Geldsache, diese Transaktion, hat das geklappt?« fragte Baldur mit vorwitzig-listigem Gesichtsausdruck.

»Man muß eben wissen, wie man's macht«, sagte Köttelgruber.

»Es sind noch Rechnungen offen«, sagte Baldur. »Ich habe dir ja gesagt, was das für ein Theater war mit der Leichenrückführung. Kein Paß da! Den hattest du ja mitgenommen nach Windhuk, um ihn umficken zu lassen. Ich habe alle Beziehungen« – er rieb Daumen und Zeigefinger gegeneinander – »einsetzen müssen, damit dein toter Kumpel auf die Reise gehen konnte. Hat schon mächtig gestunken, der gute Schwertfeger.«

»Köttelgruber.«

»Wie?«

»Der gute Köttelgruber, wolltest du sagen. Franz-Josef Köttelgruber ist im Zinksarg auf die Reise gegangen. Mein Name ist Ralf Schwertfeger. Gewöhn dich dran, damit du dich nicht verplapperst.«

»Keine Sorge«, sagte Baldur. »Um noch mal auf deine Transaktionen zurückzukommen ... du kannst mir doch sicher was auslegen. Einen Vorschuß geben, meine ich. Zwei Gästebungalows, das ist zu wenig. Ich bräuchte fünf oder sechs, dann könnte man hier ein Jagdgeschäft aufziehen, daß es nur so kracht.«

»Gibt es denn so viel Wild auf deinem Gelände?«

»Zehntausend Hektar, das ist schon was«, sagte Baldur. »Und Tiere kann man beschaffen.«

»Ach, so ist das«, sagte Köttelgruber. »Aber der Büffel war nicht in deinem Wildbeschaffungsprogramm, gell?«

»Erinnere mich bloß nicht mehr an dieses Mistvieh! Das war ein alter Einzelgänger. Muß aus dem Norden gekommen sein und hat Wasser gesucht. Kaffernbüffel sind hier so selten wie Krüger-Rand in meiner Sparbüchse.«

»Jammerschade um die Trophäe. Was will Daria schon

damit anfangen? Verschenken wird sie das Prachtstück. Oder auf mein Grab legen.«

Baldur lachte schallend.

»Sack und Eier! Du bist mir einer, Franz-Josef, äh, Verzeihung, Ralf! Da wäre ich gerne dabei, wenn sie dich in Deutschland unter die Erde bringen. Ich sehe die Sargträger schon vor mir, hohoho, die schwarzen Männer, wie sie die Ohren an den Deckel pressen . . . hohoho . . .«

»Die Ohren an den Deckel pressen? So ein Quatsch! Was soll das denn?« Köttelgruber mochte keine Witze, bei denen er die Hauptrolle spielte.

»Die sagen, da liegt der Köttelgruber nicht drin, hohoho, kann gar nicht sein, hohoho, man hört ja nichts!«

»Wenn du das meinst, das kannst du haben«, sagte Köttelgruber und furzte, daß dem prustenden Farmer Hören und Sehen verging.

Mona kam. Sie zog eine kugelrunde Geschlechtsgenossin hinter sich her.

»Los, rein. Hab keine Angst«, ermutigte sie die scheue Dicke und schubste sie vor Köttelgruber hin.

»Eine Verwandte von mir«, sagte sie. »Sie heißt Philomena.«

Die Dicke drehte verlegen den Kopf weg und hielt eine Patschhand vor ihr kaffeebraunes Pfannkuchengesicht.

»Ich heiße Ralf«, sagte Köttelgruber.

Er brauchte eine Weile, bis ihm dämmerte, daß Mona ihm eine Gefährtin besorgt hatte.

XII. KAPITEL

Eine würdige Bestattung

Köttelgrubers Beerdigung war das, was man in Walmkircher Übertreibung einen »Staatsakt« nannte. Schon im Vorfeld hatte es Rangeleien gegeben zwischen dem örtlichen Musikverein, dessen förderndes Mitglied der teure Verblichene gewesen war, und den Jagdhornbläsern des Hegerings. Beide Ohrenquälergruppen erhoben den Anspruch, den Leichenzug anzuführen. Der Ortsgeistliche mußte vermittelnd eingreifen. Gottlob hatte nicht auch noch der Schweinezüchterverband eine kulturtragende Abteilung.

Mit Stolz und miserabel sitzenden Uniformen schritten die vom Blechblasen und Biertrinken schwellköpfig gewordenen Dorfmusikanten dem Kondukt voran. Sie spielten einen Trauermarsch, der jeden Musikkenner zum Heulen gebracht hätte. Hinter ihnen marschierten mit abgesetzten Hörnern und verdrossenen Gesichtern die Grünröcke. Zum Trost durften sie an der offenen Gruft einmal öfter ins Horn stoßen als die Bläser vom Dorf. Den Eichensarg trugen sechs Gemeindehonoratioren. Hinter dem Geistlichen und seinen zwei Weihrauchschwenker-Buben sah man die junge Witwe, schwarz verschleiert. Karl-Anton, der Bruder Köttelgrubers, stützte die Trauernde. Ein ergreifendes Bild, wie man allgemein befand.

Von Karl-Anton wußte man nur, daß er der Abenteurer der Familie war. Er war nach Österreich ausgewandert. Hinter ihm watschelte seine fette Frau mit den beiden von Kaiserschmarren und anderen Mehlspeisen eingedickten Kindern. Es folgte die nachrangige Verwandtschaft. Ein paar schwarz verhängte Mumien aus dem Kreis beerdigungsversessener Tanten, Großtanten und Tanten von Großtanten, alle mit dem starren, vergrämten Ausdruck von Muränen. Vereinzelt führten sie noch Ehemänner mit sich. Locker dazwischen ein paar Grüppchen von Basen und Vettern, die Modisches in Schwarz vorführten und an die bevorstehenden Freuden der Tafel dachten. Man hatte einander ja so lange nicht mehr gesehen.

Ein Murmeln und Begrüßen ging durch die Reihe der Notabeln.

»Schön, daß Sie gekommen sind, welche Ehre«, sagte der Walmkircher Schultheiß zum Landrat.

»Wir müssen nachher unbedingt wegen des Naherholungsprojekts miteinander reden«, sagte der Kreisstadtoberbürgermeister zum Oberforstrat.

»Hast du schon gehört, in Kassel ist einer von diesen militanten Tierschützern unter ein Polizeifahrzeug gekommen. War sofort tot, der Lümmel«, sagte der Kälbermäster zum Hühnerbaron.

»Herr, gib ihm die ewige Ruhe«, leierte eine Schar älterer Katholikinnen aus dem Dorf.

»Und das ewige Licht leuchte ihm«, antworteten die Männer vom Kolpingverein.

Die Prozession passierte ein weit geöffnetes Tor aus Schmiedeeisen.

Aus der Himmelsperspektive betrachtet, war der kleine Friedhof schwarz. Schwarz von Kostümen und Übergangsmänteln, von Hüten, Schleiern und hier und dort aufgespannten schwarzen Regenschirmen, denn eine große graue Wolke warnte die Trauergemeinde mit vereinzelten Tropfen vor größerem Ungemach.

Die Jagdhornbläser bildeten einen Halbkreis um das rechteckige Loch in der Erde, hoben die Pleßschen Hörner an die Lippen und schmetterten helle Signale gegen den tiefen Himmel.

Zwei Altbauern, die aus Tradition mit jeder Beerdigung gingen, standen abseits an der Natursteinmauer, die den Friedhof umgab.

»Das ist das Halali, was die da blasen«, sagte der eine.

»Ist es nicht«, sagte der andere. »Das Signal heißt Sau tot.«

Es sprach der Kreisjägermeister.

Er sprach vom Edelmut des deutschen Jägers im allgemeinen und von den unvergeßlichen Treibjagden des Revierpächters Köttelgruber im besonderen. Er sprach mit Pathos. Er hörte nicht mehr auf, mit Pathos zu sprechen.

»Lieber Weidgenosse Franz-Josef! So lege ich dir nun den letzten Bruch auf den Sarg und gebe der Hoffnung Ausdruck, daß dir dort oben« – der Zeigefinger des Kreisjägermeisters stach gegen den grauen Himmel – »das Revier zugeteilt wird, das dir zusteht. Weidmannsheil!«

Die Hubertusbläser tuteten wieder eine Runde.

Es sprachen der Bezirkspräsident der Mittelstandsvereinigung, der Vizedirektor einer Futtermittelfirma, ein Vertreter der Landwirtschaftskammer und der Dorfschultheiß.

»Wenn es mit unsereinem mal zu Ende ist, werden nicht so viele Worte gemacht«, sagte der eine Altbauer.

»Mir ist das schnurzegal«, sagte der andere. »Wenn diese Schwätzer für jeden überflüssigen Satz einen Baum pflanzen müßten, würden wir im Wald leben.«

Es sprach der Vorsitzende des Schweinezüchterverbandes.

»Du bist auf dem Sektor der Besamungstechnik ein Vorreiter gewesen, lieber Franz-Josef. Du hast Akzente gesetzt. Du bist ein Markstein der Schweinezucht gewesen. Ein Eckstein. Ein ... also eine Persönlichkeit, die

Akzente gesetzt hat. Mit allertiefstem Respekt schauen wir auf dein Lebenswerk, auf die Tonnen von Fleisch, die du produziert hast, und rufen dir zu: Genieße jetzt dein redlich verdientes Manna!«

Es sprach der Spitzenkandidat Immo Lüdenscheid. Gestern, bei der Podiumsdiskussion mit dem politischen Gegner, war er als Meister der freien Rede ohne Inhalt aufgetreten, hatte rhetorische Nebelkerzen wie »Konsolidierungsbedarf« und »Interpretationsunschärfen bei der Finanzdebatte« unters Volk geworfen und die Notwendigkeit betont, »auf dem verkehrsmäßigen Sektor ein beträchtliches Einsparvolumen zu erzielen«, statt einfach zu sagen: »Für neue Straßen ist kein Geld da.« Heute, bei der Bestattung eines Mitbürgers, mit dessen Witwe er sich stiekum zur Begattung traf, trat er als Schönredner auf.

Er legte die gepflegten Hände ineinander und richtete den Blick zum Himmel. Ein Windstoß fegte in das feine, aschblonde Haar und verwirbelte es.

»Franz-Josef Köttelgruber war einer von uns«, sagte er.

Seine Stimme war wie eine Mohairdecke, die seine Worte vorwärmte.

»Niemals werde ich vergessen, wie ich als Bub auf dem Köttelgruber-Hof mein Taschengeld verdient habe. Wie wir uns erinnern, liebe Trauergemeinde, wurden vor dreißig Jahren dort nicht nur Schweine gezüchtet, sondern auch Kartoffeln angebaut. Franz-Josef Köttelgruber, damals ein junger, fescher Mann, setzte sich zu mir an ein Kartoffelfeuer und zeigte mir, wie man die heißen Knollen aus der Schale pellt, ohne sich die Finger zu verbrennen. So habe ich ihn kennengelernt.«

Lüdenscheid machte eine Wirkungspause und schaute in die Runde. Jeder sollte glauben, mit ihm Blickkontakt zu haben.

Immo Lüdenscheid, Sproß einer großbürgerlichen Familie aus der Kreisstadt, hatte es beileibe nicht nötig gehabt, für ein paar Mark Taschengeld auf fremden Äckern zu rackern. Kartoffeln kannte er nur als Kroketten, Pommes frites, Berner Rösti, Püree oder sonstwie zubereitet, keinesfalls aber als schwarzverkrustete Knollen, die man nach mühsamer Ernte mit den Fingern aus der Glut rollte. Aber das wußte hier niemand. Wichtig war nur, daß die Leute in ihm einen Mann aus dem Volk sahen. Einen Mann, der die Scholle liebte und das Zupakken von klein auf gewöhnt war. Es war Wahlkampf. Für Lüdenscheid spielte Köttelgruber nicht einmal auf seiner eigenen Beerdigung die tragende Rolle. Seine vermeintliche Leiche mußte als Medium für Stimmenfang auf dem Gottesacker herhalten.

Lüdenscheid lenkte über auf die Partei, deren Mitgliedsbüchlein Köttelgruber besaß, weil es dem Schweinegeschäft nutzte, und wählte dabei Worte wie Anstand, Grundwerte, Ehrlichkeit und Heimatliebe. Dann kam er zum Schluß.

»Es fiel mir schwer, meine lieben Trauergäste, aus diesem zutiefst tragischen Anlaß eine Rede zu halten«, röchelte er mit dem Vibrato eines Erschütterten und legte zur optischen Unterstreichung seiner Gefühlswallung die rechte Hand aufs Herz. »Lassen Sie mich mit einem Wort von Matthias Claudius schließen, das er einst am Grabe seines Vaters gesprochen hat: Ach, sie haben einen guten Mann begraben, und mir war er mehr.«

Es fehlte nicht viel, und die schwarze Gesellschaft hätte applaudiert.

»Der gehört ans Ruder«, sagte der eine Altbauer.

»Jawohl«, sagte der andere, »dann werden auch die Renten sicherer.«

Der Priester verfiel in eine Gebetslitanei. Der Sarg wurde hinabgesenkt.

»Asche zu Asche, Erde zu Erde, Staub zu Staub«, rief

der Gottesmann und warf ein Schäufelchen lehmigen Aushub hinterher. Reihum traten Trauernde und Nichttrauernde ans Grab, legten Blumengebinde und Kränze mit Grußschleifen nieder und warfen Erde auf den Sarg. Schließlich war Elisabeth Schwertfeger an der Reihe. Ihr Gesicht hatte die Farbe von Magerquark, und ihr Mund erinnerte an eine Narbe. Sie schämte sich vor den Leuten, denn es war eine Schande, daß ihr Mann seinen Jagdurlaub in Afrika nach dem Tod des Freundes nicht sofort abgebrochen hatte. Daß sich Ralfs taktloses Verhalten aufs Geschäft auswirken würde, war klar wie Ochsenschwanzsuppe. Auch wenn sie eine Ahnung gehabt hätte, daß es Ralf Schwertfeger war, der da unten in der Eichenkiste verfaulte, hätte es ihr kaum schlechter gehen können.

Auf eine Obduktion hatten die Behörden verzichtet, weil die Angaben aus Windhuk eindeutig waren. Und wie eine Leiche aussah, die aus dem heißen Afrika kam, halb aufgelöst vom gewebezersetzenden Gift einer Puffotter, das konnte sich jeder Skalpellmeister der Gerichtsmedizin an den Fingern abzählen. Auf solchen Anblick war keiner scharf. So entkam Daria dem Schockerlebnis einer außerplanmäßigen Identifikation und Elisabeth dem Kummer, den der Verlust eines zwar untreuen, aber sehr repräsentablen Partners verursachen kann.

Die beiden Frauen standen sich kurz gegenüber. Elisabeths kleine, kalte Augen linsten nach Darias Gesicht hinter dem schwarzen Schleier, und ihre knochigen Finger krallten sich in Darias Arm.

»Mein allerherzlichstes Beileid«, sagte sie und wurde sofort hochtourig. »Er hat wenigstens nicht lange leiden müssen, Ralf hat mir das per Fax mitgeteilt, ich weiß auch nicht, warum er nicht zur Beerdigung gekommen ist, wo die beiden doch so dicke Freunde waren und . . .«

»Danke, meine Liebe, danke«, unterbrach Daria. »Ralf wird schon wissen, was er tut.«

Für den Leichenschmaus hatte Daria den Hubertus-Hof gemietet. Die Wirtsleute frohlockten über diesen Brauch, vor allem, wenn ein sprichwörtlich großes Tier zu Tode gekommen war – ob es nun ein besonders kapitaler Keiler war, dessen gewaltsames Ableben die Weidmänner begossen, oder ein reicher Bürger, dem, wie es etwas pietätlos in dieser Gegend hieß, die Haut versoffen wurde. So oder so klirrten die Gläser und klapperten die Bestecke auf den Tellern.

Als auch das letzte Klageweib vom örtlichen Rosenkranzverein den Friedhof verlassen hatte, kickte der Totengräber das rituelle Schäufelchen zu Seite, griff zu einer richtigen Schaufel und plackte den Aushub in großen Portionen auf den Sarg. Er schippte beherzt, denn er hatte keine Lust, sich von dem kalten Herbstregen, den der Himmel androhte, einweichen zu lassen.

»Kruzifix, das wird eine Granatensauerei«, fluchte er und stieß die Schaufel in den Erdhaufen, von dem er vorher einen Hügel aus Kränzen und Blumen abgetragen hatte. »Jedes Nest hat heutzutage einen Friedhofsbagger, aber nein, in diesem Scheißkaff muß geschippt werden!«

Der Totengräber konnte seine Arbeit nicht beenden. Der Regen kam rascher als erwartet. Schwere Tropfen platschten auf die Grabplatten, hieben ins Gesträuch, auf Blumen und Gebinde und lösten rotbraune Rinnsale aus dem Rest des Erdhaufens neben dem Grab. Der Totengräber schmiß die Schaufel von sich und machte sich davon. Die Schippe blieb im Zentrum eines protzigen Kranzes stecken, auf dessen Brokatschleife in Goldbuchstaben die Inschrift prangte: »In tiefer Trauer um einen lieben Freund! Elisabeth und Ralf Schwertfeger.«

Der Regen prasselte, und die Grabsteine wurden zu Schemen hinter dem Wasservorhang. Weit hinten, in der Kompostierungsecke, wo Blumen und letzte Grüße verwelkten, löste sich eine Gestalt von der Friedhofsmauer.

Anfangs bewegte sie sich im Schutz der Mauer, dann zickzackte sie zwischen den Grabreihen auf die frische Grube zu. Ein Augenzeuge, hätte es denn einen gegeben, wäre dem Herzschlag nahe gewesen. Denn trotz des Wolkenbruchs hätte er erkennen können, daß die Art, wie dieses Wesen lief, grotesk war. Es war sehr klein. Sein Kopf ragte kaum über die Grabsteine. Es war Jürgen Kanallisch, der seinen Herrn und Meister suchte.

Er hockte sich auf die steinerne Umfassung des Nachbargrabes. Der Regen trommelte auf seinen buckligen Rücken, und er stank wie ein nasser Hofhund. Unbeweglich, als wäre er eine Skulptur, stierte er auf das provisorische Holzkreuz, auf dem mit schwarzen Klebebuchstaben der Name Franz-Josef Köttelgruber geschrieben stand. Kanallisch konnte etwas, was ihm keiner zutraute: Er konnte lesen.

Lange saß Kanallisch auf der Grabumrandung gegenüber dem halb zugeschaufelten Loch. Es nieselte nur noch schwach, als er aufstand. Er schollerte wie ein Dachs, der sich beim Ausfahren die Erde von der Schwarte schüttelt. Naß und schwer hing die alte Joppe an ihm, und selbst die widerspenstigen Haare hatten sich unter den Wasserstürzen gelegt.

Kanallisch kletterte über die Reste des Erdaushubs. Er packte das Kreuz und zog es mit einem Ruck aus dem Boden. Mit einem wilden Schrei hob er es über den Kopf und schmetterte es in das offene Grab.

»DA, PAPA!«

XIII. KAPITEL

Die Trophäe

Fünf Tage mit der Sippschaft aus Österreich unter einem Dach, das waren mindestens vier Tage zuviel. Darias Nerven lagen blank. Sie hatte es für ein Gebot dörflicher Tradition gehalten, der Familie ihres Schwagers nach der Beerdigung Quartier zu bieten, und hatte sich dabei eine Besatzungsmacht aufgehalst.

Die Nockerln, wie die beiden ungezügelten und freßsüchtigen Köttelgruber-Kinder von den nicht minder freßsüchtigen Eltern genannt wurden, wienerten durchs Haus, kreischten ohne Anlaß und ohne Unterlaß und verwandelten das Badezimmer in eine Wasserlandschaft. Trendgemäß hießen sie Kevin-Steven und Antoinette-Angélique, hörten aber nicht auf diese Namen. Unter ihrem Ungestüm zerbrachen Porzellantassen, Bodenvasen und Schnitzereien am Treppengeländer.

Spatzerl, wie Karl-Anton seine Venus von Kilo unzulässig verniedlichend titulierte, hatte nichts anderes im Sinn, als wie ein Fleischlaberl durch die Küche zu rollen und zum Erstellen immer neuer Nahrungsnachschübe die Vorräte zu plündern. Käthchen war noch nicht zurück, und so hatte Spatzerl freie Hand. Daß sie es gewohnt war, schon beim Zubereiten der Knödel und Klöße und sahneverfeinerten Soßen und beim Zusammenstellen der riesigen kalten Platten und Kuchentafeln zwischen die eigenen Hamsterbacken zu stopfen, was das Zeug hielt, war unverkennbar. Ihr Bauch war so voluminös, als trüge sie ein Dreißigmonatskind, und die Fleischwülste ihrer Waden quollen über die Schuhe. Aber sie war eine Optimistin, die ihre Speckrollen für Kurven hielt.

»Er tuat ma jo scho lad, dea Franz-Josef«, sagte sie. »Dea Mensch woar ka Trottl net. Dea woar net so deppat. Vastehst wos i man? Na, waßt eh wos i man.«

Dabei machte sie eine von wenig Respekt bestimmte Kopfbewegung in Richtung Karl-Anton, der sich mit gelockertem Hosenbund auf der Schweinslederrundecke lümmelte und von einer Talk-Show zur nächsten zappte.

Äußerlich war er das, was die Leute dieses Landstrichs als einen »echten Köttelgruber« bezeichneten: ein gedrungener, glatzköpfiger Stinksack, der sich von seinem älteren Bruder eigentlich nur dadurch unterschied, daß er keine Schuppenflechte hatte. Da er weder über die Gerissenheit noch über die Geschäftstüchtigkeit seines soeben mit Pomp zu Grabe getragenen Bruders verfügte, war er auf der ganzen Linie erfolglos geblieben. Das Mißgeschick klebte ihm regelrecht an den Fersen. Als seine Pikkel verschwanden, fielen ihm die Haare aus. Wenn er sich gebildet ausdrücken wollte, fand er das Ei des Damokles, während über ihm das Schwert des Kolumbus baumelte. Auch Österreich war nicht die Lösung seiner Probleme. Der Alpenstaat hatte den Eindringling mit einem seiner weiblichen Ladenhüter bestraft, nach dem sich nicht einmal ein spermagefüllter steirischer Einödbauer umgedreht hätte.

»Bist zwoa a Oaschloch, Köttlgruba, ober die fette Kuh host wiaklich net verdiant«, äußerte ein zartfühlender Arbeitskollege in der Kläranlage, wo Karl-Anton seine Schillinge erwarb.

Daria zählte die Stunden, bis die Österreicher in einer Auspuffwolke ihrer vergammelten Familienkutsche verschwinden würden. Karl-Anton hatte schon zweimal so ganz nebenbei nach einem eventuellen Testament Franz-Josefs gefragt.

»Als junger Bursch war der Franz-Josef ein schlimmer Finger«, erzählte Karl-Anton, nicht ahnend, daß Daria an diesen Erinnerungen ungefähr so interessiert war wie am Volumen der letztjährigen chinesischen Reisernte. »Der ist auf dem Hof hinter jedem Rock her gewesen. Meine Güte, was hat unser Papa manchmal krakeelt. Mindestens drei Abtreibungen hat er zahlen müssen. Dann war er schlau geworden und hat keine Mägde mehr beschäftigt.«

Karl-Anton fing an zu lachen. In seiner Erinnerung schien etwas ungemein Lustiges Gestalt anzunehmen.

»Höhöhö, das muß ich noch erzählen, höhöhö.« Er holte tief Luft. »Wir hatten so eine schiefmäulige Mamsell im Haus, die gekocht und geputzt hat. Mama war ja schon tot. Also die ... ich weiß den Namen nicht mehr ... diese Dingsda war ein richtiges Schrapnell. Eine Schattenmorelle, wie's schlimmer nimmer geht. Eine Visage wie Gelee-Schimmel. Totale Inzucht aus so einem Dorf von weiter weg. Der Papa hat sich immer Zäpfchen von ihr verpassen lassen. Weil er oft so Schmerzen im Ranzen gehabt hat. Das hat sie recht gut machen können, hat der Papa gesagt.«

»Iiiih«, sagte Daria und wandte sich ab. Nur ein toter Köttelgruber ist ein erträglicher Köttelgruber, dachte sie.

Doch Karl-Anton ließ nicht locker. Um seine Zuhörerin nicht zu verlieren, gab er sogar seine breitbeinige Feierabendposition auf dem Schweinsleder auf und stellte sich vor Daria, ihr den Fluchtweg abschneidend.

»Der Franz-Josef ist rattenscharf gewesen auf die Inzüchtlerin. Im Stall haben sie sich ein paarmal getroffen. In einem leeren Eberkoben. Bis sie ...« – Karl-Anton beschrieb mit seinen kurzfingerigen Köttelgruber-Händen eine Rundung über dem Bauch – »... na, du weißt schon. Die Schublade hat er ihr vollgepackt. Und als der Papa dahintergekommen ist, da war was los! Dem Franz-Josef hat er den Ochsenziemer übers Gesicht gehauen. Aber wie! Das hat man noch Wochen danach gesehen.«

»Was wurde aus der ... schwangeren Frau?«

»Keine Ahnung. Mit der Abtreibung hat das wohl nicht so geklappt. Der Papa hat ja alle Hebel in Bewegung gesetzt, daß das Ganze im Kindersarg endet, aber die ... na, die Dingsda, du weißt schon, die Inzüchtlerin hat sich bei Nacht und Nebel davongeschlichen. Weg war sie, die Hur. Den Bankert, den die geworfen hat, möchte ich sehen. Oder lieber nicht, höhöhö.«

»Welcher Horror«, sagte Daria. »Franz-Josef hat nie ein Sterbenswörtchen darüber verloren.«

»Wenn der Bankert keine Totgeburt war«, sagte Karl-Anton, »mußt du grad noch um dein Erbe Angst haben.«

Bevor Karl-Anton wieder so ganz nebenbei ein mögliches Testament erwähnen konnte, wurde er abgelenkt. Ein schwarzer BMW fuhr auf den Hof, und in Darias Gesicht ging die Sonne auf. Sie lief zur Haustür. Vor dem großen Spiegel in der Diele blieb sie kurz stehen und überprüfte ihr Gesicht.

»Okay«, sagte sie und öffnete die Tür bis zum Anschlag.

Ein gewaltiger Strauß langstieliger Rosen verdeckte Lüdenscheids Kopf.

»Ich konnte nicht länger warten«, sagte er. »Wollen deine Gäste eigentlich hier überwintern?«

»Ich bin so froh, daß du da bist. Vielleicht macht ihnen das Beine«, sagte Daria, suchte Lüdenscheids Gesicht hinter dem Rosenrot und machte einen Komm-her-Mund.

»Das ... hat ... mir ... gefehlt«, stammelte Lüdenscheid im oralen Begrüßungsrausch.

Die feisten Köttelgruber-Kinder, die im Hintergrund auf der breiten Holztreppe lungerten, beglotzten die

Szene mit hängenden Unterkiefern und trampelten sogleich zur Mama in die Küche, um ihr den Schweinkram zu verpetzen.

»Gehen wir nach oben?« drängelte Lüdenscheid und wedelte erregt mit den langstieligen Rosen.

»Das geht doch nicht«, seufzte Daria und machte eine leichte Kopfbewegung nach hinten. »Wenn die das merken . . .«

»Diese Schmarotzer«, flüsterte Lüdenscheid zornig. »Es ist doch immer das gleiche: Wo ein Honigtopf ist, sammeln sich die Fliegen.«

Daria nahm ihm die Rosen aus der Hand.

»Du bist süß«, sagte sie.

»Wie lange stehen diese Alpenasylanten noch zwischen uns?« zischte Lüdenscheid.

»Morgen fahren sie ab«, sagte Daria. »Sie haben's jedenfalls versprochen.«

»Ich bin so wild auf dich, daß ich an nichts anderes denken kann«, sagte Lüdenscheid.

»Mir geht's doch ebenso, Liebling. Aber wir können nicht riskieren, daß dieses Pack dahinten mißtrauisch wird. Die warten doch auf so etwas.«

»Denen wünsche ich die Schweinegrippe«, sagte Lüdenscheid. »Übrigens, ich habe eben einen Paketwagen überholt. Der müßte jeden Moment hier sein.«

Daria schaffte es gerade noch, die Rosen diskret auf ihr Zimmer zu bringen, als der Kastenwagen auch schon in den Hof rollte. Zwei Overall-Typen sprangen heraus und zogen eine sarggroße Kiste von der Ladefläche.

»Köttelgruber?« rief einer der Typen. »Da sind wir doch hier richtig, oder?«

Daria nickte stumm. Der Anblick der Kiste jagte ihren Puls hoch.

»Halt mich fest, Immo«, sagte sie.

»Das Ding kommt aus Afrika«, sagte der Overall-Typ.

Sein Begleiter raschelte mit Durchschlagpapier.

»Macht achthundertsechzig Mark und achtzehn Pfennig«, sagte er.

»Was ist da drin?« fragte Daria ängstlich.

»Weiß nicht. Man soll's mal vorsichtshalber nicht stürzen. Sieht aus wie 'ne Einwegpackung«, sagte der Papierraschler unbekümmert.

»Was meint er mit Einwegpackung?«

»Einen Sarg«, sagte Lüdenscheid und legte einen Arm um Daria.

»Was ist nun? Sie nehmen doch die Kiste, oder?« sagte der erste Overall-Typ.

Daria holte Geld aus dem Haustresor, Lüdenscheid einen Hammer und einen stabilen Schraubendreher aus dem Kofferraum.

»Stimmt so«, sagte Daria und drückte dem Fahrer neun Hunderter in die Hand.

Lüdenscheid stemmte linkisch an den knirschenden Brettern herum. Neugierig kam Karl-Anton aus dem Haus.

»Lassen Sie mich mal«, sagte er wichtigtuerisch, weil er auf Anhieb erkannte, daß Lüdenscheid im Umgang mit Werkzeug ein Säugling war.

Das Holz splitterte unter Karl-Antons barschen Handgriffen.

»Oi-oi-oi, ein Büffel. Und was für ein Büffel!« sagte Karl-Anton. »Das ist der letzte Gruß von Franz-Josef. Seine letzte Trophäe. Die müssen wir in Ehren halten.«

Daria, die angesichts der länglichen Kiste das Schlimmste befürchtet hatte, einen Leichnam, welchen auch immer, atmete erlöst auf.

»Wir hängen das Rindvieh an die Wand«, ordnete Karl-Anton an. »Das kommt zu den anderen Trophäen von unserem Franz-Josef, als letztes Andenken an ihn.«

Daria ärgerte sich über den bestimmenden Ton Karl-

Antons. Er benahm sich, als würde das Haus, in dem er zu Gast war, ihm bereits gehören.

»Die Trophäenwand ist voll«, sagte sie. »Übervoll.«

»Franz-Josef hätte es so gewollt«, beharrte Karl-Anton. »Ich als sein leibhaftiger Bruder kann das besser beurteilen.«

Daria lief die Galle über, aber sie mußte vorsichtig sein.

»Vielleicht hast du recht«, sagte sie. »Wir bräuchten eine Leiter.«

»Da drüben läuft unser Hirntoter«, sagte Karl-Anton und pfiff auf zwei Fingern.

Jürgen Kanallisch stummelte unbeirrt weiter.

»He, du Depp, stehenbleiben!« brüllte Karl-Anton.

»Der hört nicht auf jeden«, sagte Daria, »nur auf die Herrschaft.«

»Jürgen!« rief sie. »Hol eine Leiter!«

Kanallisch rannte los wie von einer Hornisse gestochen. Er manövrierte eine Leiter aus dem Geräteschuppen, jene mistverklebte Alu-Leiter, auf deren Sprossen balancierend er schon Jogi von der Wand gelöst hatte.

Der Schweinemeister näherte sich steifgängig. Er hielt seine Stülpnase hoch, als wittere er etwas Unheilvolles.

»Kann isch helfe, Chefin?«

Die Anrede »Chefin« hatte er seit Köttelgrubers Beerdigung im Repertoire. Daria hatte trotzdem nichts für ihn übrig.

»Dieses Hornvieh muß an die Dielenwand«, sagte sie kühl.

Der Schweinemeister zerrte an der Kiste.

Auf die Idee, Dr. Immo Lüdenscheid zum Anpacken aufzufordern, wäre nicht einmal ein Alt-Kommunist gekommen. Ein Blick in das unnahbare Patriziergesicht genügte, um zu erkennen: Dieser Herr trug nicht, er ließ tragen. Der Schweinemeister schaute zu Karl-Anton.

»Das ist nix für mich«, sagte Karl-Anton und zeigte abwehrend die Handflächen. »Ich trage ein Bruchband.«

»Ha, a Bruchband! Dös i net loch. Dös is a fauler Hund, a fauler. Dea bringt net amoi an Finger hoch«, keifte Spatzerl.

»Kanallisch«, schrie der Schweinemeister, »hierher, anpacke!«

Die folgenden Minuten wurden später akribisch protokolliert. Wieder und wieder fragte Hauptkommissar Bosch nach den Standorten der Beteiligten an der Büffel-Aufhängeaktion in der hohen Diele.

Schweinemeister Schröter und Jürgen Kanallisch standen auf der Leiter. Oben thronte Kanallisch und drückte den ausladenden Büffelkopf mit Armen und Oberkörper gegen die Leiter. Ein paar Sprossen tiefer schnaufte der Schweinemeister, Kanallischs Stummelbeine umklammernd, um ihm Halt zu geben.

Von unten gafften Spatzerl und Karl-Anton. Die mopsigen Kinder gurkten auf dem Treppengeländer herum. Daria stand zwischen dem lästigsten Ehepaar Österreichs und dem aufstrebenden Politiker Immo Lüdenscheid, der sich dicht an die Wand gestellt hatte, um Jürgen Kanallisch mit dem afrikanischen Todessouvenir zu den Haken zu dirigieren, die der Schweinemeister kurz zuvor eingedübelt hatte.

Zentimeter um Zentimeter brachte Kanallisch die schwere Trophäe in die Nähe der Haken. Kanallischs Gesicht konnte niemand sehen. Den Betrachtern bot sich nur sein struppig-verfilzter Hinterkopf.

»Etwas nach rechts und etwas höh ...«, sagte Lüdenscheid. Es waren seine letzten Worte. In diesem Augenblick entschieden das Schicksal und Jürgen Kanallisch, daß es nie einen Abgeordneten, auch nie einen Bundeskanzler namens Immo Lüdenscheid geben würde. Aus fünf Metern Höhe sauste der Kaffernbüffel herab. Ein Hornende zerknackte das Schädeldach des Politikers. Lüdenscheid war auf der Stelle tot.

XIV. KAPITEL

Afrika ist auch nicht alles

Franz-Josef Köttelgruber war stolz wie Oskar. Er hatte die dicke Philomena beschält.

»Gut, gut, gut, gut«, hatte sie ihn dabei gelobt. Herrje, hatte das gutgetan. Köttelgruber hatte sogar sein Hemd ausgezogen. Er hatte es abgelegt, weil er sich der kugelrunden Baster-Frau überlegen fühlte und weil es keine Schande gewesen wäre, wenn sie ihn nicht sonderlich sexy gefunden hätte. Diese Lässigkeit hatte ihm Auftrieb gegeben. Zudem hatten das stressfreie Leben und einige Morgen- und Nachmittagssonnenbäder die Schuppenflechte beträchtlich schrumpfen lassen.

Philomena lag auf dem Rücken und zeigte ihre Zahnlücken. Ihre Brüste waren ein zartbraunes Milchgebirge, ihre Haut war weich und glatt und der Nabel groß wie ein Mauseloch, eingebettet in üppiges Bauchfleisch. Köttelgrubers Blick verweilte an der Stelle, wo sich seine kurze Made gierig in den Speck gezwängt hatte. Das schwarze Haarnest drum herum war kraus und hart wie Drahtwolle. Philomenas Schenkel waren phänomenal. Heiliger Hubertus, welche Oberschenkel! Im Liegen machten sie sich gegenseitig den Platz streitig. Im Vergleich zu diesen Keulen waren die Waden unterproportioniert. An die Füße seiner neuen Frau würde Köttelgruber sich noch gewöhnen müssen, denn das Barfußlaufen im afrikanischen Busch formt aus Füßen robuste Gehwerkzeuge, vor denen die Erotik Fersengeld gibt.

Auch Philomena gab sich der postkoitalen Betrachtung hin. Sie war zufrieden, wenn auch aus anderen

Gründen als Köttelgruber. Philomena hatte mit Männern ihrer Hautfarbe ungleich fröhlicher kopuliert als mit diesem schwachschwänzigen Butterfaß, das schlecht roch. Aber, und das war das Wesentliche: Dieser Mann war ein Weißer. Und Weiß war die Farbe des Geldes.

Die clevere Mona hatte das erkannt, kaum daß ihre weiblichen Reize aus den Knospen gesprungen waren. Nach bewährtem Rehobother Familiensinn war sie nun bestrebt, ihre Verwandtschaft mit der gleichen Farbe zu versorgen. Aus purem Spaß am Sex hätte auch Mona nichts Weißes über sich kommen lassen. Aber vor den Sex hatte Mutter Natur einen anderen, dominanteren Trieb gestellt: den Drang nach Nahrung. War eine Frau auf diesem Gebiet abgesichert, konnte sie auch der Lust ein Pförtchen öffnen.

Aus Gründen der Versorgung lag Philomena neben diesem kahlköpfigen weißen Mann im Bett. Deshalb, nur deshalb ertrug sie den Geruch seiner Achselhöhlen, nur deshalb hatte sie ihn angefeuert, gepriesen und stolz gemacht.

»Weißt du was, meine Hottentottenvenus, morgen fahren wir zur Etoschapfanne. Tiere anschauen, verstehst du? Löwen, Giraffen, Elefanten, Büffel«, sagte Köttelgruber und hielt seine gestreckten Zeigefinger wie Hörner vor den Kopf.

»Gut«, sagte Philomena.

Wegen des Landrovers brummelte Baldur so lange herum, bis der Mietpreis auf der nach oben offenen Skala der Geldgier die Unverschämtheitsmarke erreicht hatte.

»Nächste Woche kaufe ich mir selbst ein Auto«, grollte Köttelgruber.

Über ein heißes, schnurgerades Asphaltband fuhren Köttelgruber und seine neue Gefährtin nach Norden. Sie überholten klimatisierte Reisebusse und wurden von klimatisierten Reisebussen überholt. Hinter sonnenabweisender Verglasung ließen sich die vereinigten Tiergucker aller Länder zum Wildreservat chauffieren, um mit Teleobjektiven und Videokameras eine Fauna zu verewigen, die in europäischen, amerikanischen und japanischen Wohnzimmern schon vielhunderttausendmal herumgezeigt und vorgeführt worden war.

Nur wenige der Kamerajäger waren darüber im Bilde, daß es vor Millionen Jahren in Afrika einen See gegeben hatte, der so groß war, daß man das heutige Holland von Gröningen bis Eindhoven hätte eintunken können. Als der gewaltige Strom, der ihn speiste, seinen Lauf änderte, verdurstete der See. Zurück blieb eine riesige, weiß flimmernde Salzfläche: die Etoschapfanne. Die Eingeborenen gaben der Pfanne diesen Namen, der »Ort des trockenen Wassers« bedeutet. In regenreichen Jahren füllt die Pfanne sich mit Wasser, das dann, milchig weiß durch Kalk und Sand, bis zu einem halben Meter hoch steht. Dann waten Tausende Flamingos und andere Stelzvögel durch den seichten, lauwarmen See. Nach ein paar Monaten verschwindet das Wasser wieder wie ein Spuk, verdunstet unter einer gnadenlosen Sonne. Zurück bleibt, blendend weiß wie Schnee, die Salzpfanne.

Als Köttelgruber an diesem Novembertag über die staubige *Pad* zum Fort Namutoni am östlichen Rand der Pfanne ratterte, war Wasser die weit und breit seltenste Materie. Auf der Südhalbkugel hatte der Sommer begonnen. Köttelgruber schwitzte, soff sämtliche Getränkedosen aus der Kühltasche leer, schwitzte noch stärker und kapierte, als sich im gleißenden Mittagslicht die trügerische Wasser-Illusion einer Fata Morgana am Horizont spiegelte, warum dies der »Ort des trockenen Wassers« war.

Erfreulicherweise drängte ihm Philomena kein Gespräch auf. Es war Köttelgruber wurscht, ob das Schweigen auf Sprachproblemen beruhte oder auf der bescheidenen Wesensart einer Baster-Frau – Hauptsache, sie hielt den Mund.

Giraffen stakten durch die Ebene. Gnus und Zebras zogen kopfnickend und in langer Reihe über die kargen Weidegründe. Sie waren unterwegs zu den Wasserlöchern. Es war aber keineswegs eine mild gestimmte Natur, die die Wasserlöcher sozusagen als eiserne Ration zurückgelassen hatte. Nein, es waren Menschen, die Löcher gebohrt und Reservoirs betoniert hatten, an denen sich gezwungenermaßen Gras- und Fleischfresser begegneten und den Touristen von sicherer Warte aus das »wilde, unverfälschte Afrika« der Hochglanzprospekte präsentierten.

Fort Namutoni, dessen Geschichte Köttelgruber von Baldurs kolonialem Heldenepos her kannte, war eine touristische Drehscheibe. Historisches Gemäuer als Basislager für Knipser und Filmer. Gastronomie und Handel trieben Blüten.

»Puuh, was für eine Hitze!« sagte Köttelgruber. »Jetzt brauche ich erst mal ein Bier.«

Philomena folgte ihm ergeben.

Im Restaurant gerieten die beiden in ein Rudel von Saarländern, die ebenfalls nach ihrem gewohnten Betäubungsmittel aus Hopfen und Malz lechzten. Sie waren mit ihrem Bus von der Tierbeobachtung zurück und schrien sich gegenseitig unentwegt zu, was sie gesehen hatten.

»Haschde denne Löw gesiehn, wie der dem annere ään getunkt hat?«

»Ei joo, unn wie der gewurgst hat. Wie de Heinz, wenner zwei Ringel Lyoner gess hat.«

Köttelgruber wollte sich seitlich vorbeistehlen. Er hatte keine Chance.

»Ei komme Sie aach aus Deitschland?« fragte ein gut genährter Sandalenträger mit Socken und kurzen Hosen.

»Nicht direkt«, sagte Köttelgruber und zwängte sich vorbei.

Philomena blieb dicht hinter ihm.

»Ei guck emol do. Der hat awwer e ahnstännisch schwazzes Mädsche«, sagte eine Frauenstimme.

»Geh mer fott«, sagte eine andere, »geh mer fott.«

»Die Schwazze mause awwer, bis de bibb bischt«, sagte eine Männerstimme.

»Das muß ääner wie du jo wisse«, sagte eine Frauenstimme.

»Scheiß auf das Bier«, sagte Köttelgruber und zog Philomena aus dem Restaurant.

»Wenn ma frieher in e Nachbardorf freije gang is, dann is ma verschwaad wor«, rief ihm ein Büttenredner hinterher.

Gelächter.

»Lacht doch, bis der Arzt kommt, ihr Stimmungskanonen!« sagte Köttelgruber und stieß die Tür hinter sich zu.

Hielten ihn diese Pauschaltouristen für einen blöden Sex-Jetter, der nach Namibia geflogen war, um herumzukarnickeln? Zu Hause, in Deutschland, wäre ihm die Bagage mit dem Minderheiten-Dialekt nicht so respektlos gekommen.

»Daheim bin ich ein angesehener Mann«, sagte er zu Philomena, die die Aufregung nicht verstand, »ich habe im Hegering und im Züchterverband etwas zu sagen, ich bin Vorsitzender des Pfarrgemeinderats und trage die goldene Nadel des Dachverbandes der Mittelständler. Und hier, in diesem ... diesem Neandertal, behandelt man mich wie einen dummen August.«

Eine leise Sehnsucht nach Deutschland umschlich ihn, eine leise Sehnsucht nach seiner Heimat, seinen Gewohnheiten und seinen Schweinen.

»Herr und Frau Schwertfeger. Wir haben reserviert«, sagte er barsch zu dem jungen Ovambo an der Rezeption.

Über der endlosen Ebene flirrte die Hitze. 42 Grad im Schatten. Aber es gab kaum Schatten. Das spärliche Grün an den Mopanebäumen war staubig. Fahlgelb war das Gras. Seit Stunden saßen Köttelgruber und Philomena unter dem heißen Blechdach des Landrovers vor einem Wasserloch und warteten auf wilde Tiere.

Eine Herde Zebras war schon dagewesen und mit ihnen ein Bus voller Touristen. Die Zebras hatten keine Notiz genommen von dem colorverglasten Bus. Kopf an Kopf hatten sie weitergetrunken. Der Busfahrer hatte nicht einmal den Motor abgestellt. Wie bei einem Kriegsschiff aus den Zeiten Lord Nelsons gingen an der Flanke des Busses gleichzeitig über ein Dutzend Luken auf. Teleobjektive wurden wie kleine Kanonen aus den Schießscharten geschoben. Es klickte und sirrte etwa eine Minute lang, ohne daß einer der Artilleristen zu sehen war. Wie auf Kommando wurden die Objektive wieder eingezogen, die Luken schlossen sich, der Bus fuhr weiter zum nächsten Wasserloch. Vielleicht waren da Löwen.

»Puuh, was für eine Hitze!« sagte Köttelgruber.

Ein Schabrackenschakal trippelte vorbei.

Dann kam lange nichts mehr.

»Das ist eine Scheiße hier«, sagte Köttelgruber.

»Scheiße. Gut, gut«, sagte Philomena. Ihr Pfannkuchengesicht glänzte vor Schweiß.

»O Herr, warum bin ich Idiot nicht daheim bei meinen Schweinen?« stöhnte Köttelgruber.

Er riß eine Dose Bier auf und trank gierig. Philomena kriegte den Rest.

»Diese Hitze bringt einen um«, sagte Köttelgruber.

Drei Löwinnen schlenderten heran. Ruckzuck waren am Köttelgruber-Rover sämtliche Scheiben geschlossen. Man konnte ja nicht wissen, ob den Biestern eventuell der Magen knurrte.

Die Löwinnen leckten an der schlammigen Brühe und

legten sich schwer atmend nieder. Mürrisch beäugten sie das Auto.

»Wenn ich ein Gewehr hätte, würden die nicht lange so dumm daherglotzen«, sagte Köttelgruber.

Philomena sagte nichts. Sie hatte Angst, den Mund aufzumachen. Die Löwen könnten es ja falsch verstehen.

Innerhalb weniger Minuten braute sich im Wageninneren eine Saunahitze zusammen, die den Schweiß literweise aus den beiden fülligen Körpern trieb. Nicht nur Philomena, auch Köttelgruber wäre über die Ankunft eines weiteren Touristenbusses nicht eben erbost gewesen. Die Gesellschaft dreier ausgewachsener Löwinnen, von denen er nur durch das Glas der Autofenster getrennt war, raubte ihm das Selbstvertrauen. Philomena gab sich keine Mühe, ihr Bibbern zu kaschieren.

»Schnell fahren fort«, sagte sie, »fort, fort, fort.«

Eine Löwin sprang auf, als hätte sie auf einer Sprungfeder gelegen. Sie witterte mit vorgestreckter Nase und zeigte ihre mörderischen Zähne. Unter dem ockergelben Fell spielten die Muskeln. Auch die beiden anderen Löwinnen erhoben sich. Da draußen im Busch mußte etwas sein, was die großen Katzen beunruhigte. Mit nervösem Grummeln trollten sie sich ins Dickicht.

»Jetzt wird's mir doch langsam unheimlich«, sagte Köttelgruber. Ein Riesenfurz ersuchte blähend, den Mastdarm verlassen zu dürfen. Während Köttelgruber über die rektale Ausreisegenehmigung nachdachte, die den Landrover zur Gaskammer gemacht hätte, war plötzlich die Sonne weg. Links und rechts des Wagens ragten graue Wände. Ganz dicht. So dicht, daß sie die Karosserie berührten. Sie bewegten sich.

Es waren Elefanten.

Sie waren von hinten gekommen. Lautlos. Das Auto beeindruckte sie kein bißchen. Es stand nur im Weg. Mitten auf ihrem alten Pfad. Sie gingen so nah an dem Störenfried vorbei, daß ihre Haut am Blech scheuerte. Der Landrover verschwand zwischen wandelnden Hügeln.

Köttelgruber und Philomena saßen in kataleptischer Starre in ihrem Brutkasten. Elefanten vor ihnen, hinter ihnen, zu beiden Seiten. Die Stille, in der die Kolosse auf ihren Polsterfüßen millimeterdicht vorbeizogen, war unwirklich. Es war ein endloses Defilee. Gewaltige Sechstonner waren darunter, alte Bullen, die Schwergewichtler Afrikas, aber auch kleine Kälber mit schlenkernden Rüsselchen, die neben den Säulenbeinen ihrer Mütter liefen.

Köttelgrubers Hand zitterte am Zündschlüssel.

Ein durchdringender Trompetenstoß jagte ihm den längst überfälligen Angstfurz aus dem Darm. Der Panikpups blieb ungehört, weil im selben Moment ein donnernder Schlag den Landrover und seine schweißgebadeten Insassen hochjagte. Einer der Giganten hatte seinen Rüssel aufs Autodach gedroschen.

»O Herr, laß diesen Kelch an uns vorübergehen«, betete Köttelgruber. »Wir harren auf Licht, aber siehe, da ist Finsternis. Der Herr segne und behüte uns!«

Philomena hatte die Kontrolle über ihre Blase verloren. Köttelgruber hörte das Tröpfeln aufs Bodenblech.

Die Zeit stand still. Fünfzig, sechzig Elefanten walzten auf ihren Tellersohlen vorbei, riesig und unheimlich leise. Die beiden Menschen fühlten sich wie Ameisen in einer heißen Blechbüchse.

Köttelgruber betete mit besonderer Inbrunst, als es vorbei war: »O Herr, ich danke dir, daß du uns aus dieser Gefahr errettet hast. Du bist bei denen, die dich lobpreisen. Dein Willle geschehe, im Himmel wie auf . . .«

Philomena schrie mit dem Stimmvolumen einer Opernsängerin.

Eine Elefantenkuh hatte gewendet. Sie führte ein Kalb, und das machte sie gefährlicher als den grantigsten Bullen. Vielleicht lag es an der Witterung, die sie durch das zu früh von Philomena geöffnete Seitenfenster aufgenommen hatte. Köttelgruber bildete sich ein, daß sie ihre kleinen, kurzsichtigen Augen direkt auf ihn gerichtet hielt. Die großen Ohrlappen, die die Umrisse des afrikanischen Kontinents zeigten, hatte sie drohend in die Breite gestellt. Den Rüssel schräg nach vorne gestreckt, trabte sie an. Auch ein großschädeliger Bulle wandte sich unheilverkündend um.

Köttelgruber hatte keine Nerven mehr. Er startete und würgte den Rückwärtsgang in den Rover. Zum Glück versperrte kein Steinbrocken den Fluchtweg. Mit heulendem Motor entzog Köttelgruber sich, Philomena und den Rover dem Schicksal, zu einem Schrotthaufen mit Fleischfüllung zusammengestampft zu werden.

Die streitbare Kuh feierte ihren Sieg. Mit hellem Trompeten mischte sie sich wieder unter die Herde, die zum Trinkgelage mit anschließendem Badespaß angetreten war.

»Ich habe von Afrika die Schnauze voll«, sagte Köttelgruber, »aber gestrichen.«

Baldur hatte schlechte Nachrichten.

»Die Polizei war hier.«

Köttelgruber, noch fix und fertig von der Rückreise, die ihn mit zusätzlichen Handikaps wie zwei Reifenpannen und schwerem Durchfall strapaziert hatte, stand am Rande des Lebenswillens.

»Die Polizei? Meinetwegen?«

»Wie man's nimmt«, sagte Baldur. »Es waren zwei Zivilpolizisten. Sie haben nach Ralf Schwertfeger gefragt.«

»Scheiße«, sagte Köttelgruber, »mir bleibt aber auch nichts erspart.«

»Wenn einem das Wasser bis zum Hals steht, sollte man den Kopf nicht hängen lassen«, sagte Baldur. »Im

Umgang mit Staatsdienern gibt es immer gewisse Möglichkeiten, wenn dir das was sagt.«

»Nein, das sagt mir gar nichts. Drück dich mal klarer aus!«

»Tu doch nicht so weltfremd«, sagte Baldur. »Oder hast du noch nie was von Schmiergeld gehört? Wer gut schmiert, der gut fährt. Das sagt man so in Deutschland, oder nicht?«

»Ach so«, sagte Köttelgruber, für den Zuwendungen an bestimmte Beamte, Veterinäre und Kontrolleure so selbstverständlich waren wie die Wurst auf dem Brot, »sag's doch gleich.«

Zwei Tage später waren die Herren wieder zur Stelle. In einem blauen Lada kamen sie über die Farmwege geschaukelt: ein schwarzer Geheimpolizist mit angegrautem Kraushaar und aschfahler Faltenhaut und ein junger Bure mit Vierkantschädel, Bürstenschnitt und Segelohren.

Der Schwarze schien der Chef zu sein. Er sprach deutsch. Ob der Bure ein Wort davon verstand, blieb offen, denn er machte den Mund nur auf, um zu gähnen.

»Sind Sie Mister Schwertfeger?« fragte der schwarze Polizist und wedelte mit einem Ausweis. Mit seiner Goldrandbrille stimmte etwas nicht.

»Bin ich«, sagte Köttelgruber abwartend.

Er mußte aufpassen, daß ihm kein Wind entfleuchte. Man konnte ja nicht wissen, wie die Geheimpolizei das auffassen würde.

»Wir müssen Sie mitnehmen nach Windhuk«, sagte der Schwarze. »Sie kommen ins Gefängnis.«

»Bitte, sehr geehrte Herren, kommen Sie doch erst mal herein«, sagte Köttelgruber kriecherisch, »wir können das in Ruhe besprechen.«

Die Polizisten steckten in zerknitterten Anzügen und

ungeputzten Schuhen. Dem Schwarzen fehlten zwei Knöpfe und dem Weißen ein Schneidezahn.

Sie nahmen am großen Tisch des Farmhauses Platz. Baldur setzte sich dazu. Er wirkte besorgt.

»Was liegt denn gegen mich vor?« fragte Köttelgruber, der jetzt erkennen konnte, was an der Goldrandbrille so ungewöhnlich war. Sie hatte keine Gläser.

»Hatten Sie Streit mit Ihrem Freund Kuttelhuber?«

»Köttelgruber. Mein Freund hieß Köttelgruber«, sagte Köttelgruber.

»Hatten Sie Streit mit ihm?« Das klang schon schärfer.

Köttelgruber wünschte sich, er hätte den schwarzen Polizisten nicht korrigiert.

»Ich bitte Sie, Herr Polizeioffizier«, scharwenzelte er, »wir waren die besten Freunde. Daß Ralf . . . ich meine, Franz-Josef . . . ach, ich bin immer noch so durcheinander, also daß Franz-Josef tot ist, kann ich bis heute nicht fassen. Ich stehe immer noch unter Schock. Glauben Sie mir das, meine Herren!«

»Und Sie haben ihn nicht ermordet?«

»Ermordet? Ich? Meinen besten Freund? – Also meine Herren, ich weiß wirklich nicht, was ich dazu sagen soll. Wirklich nicht! Es war eine Schlange. Eine Puffotter. Das kann man doch alles im Bericht des Doktors nachlesen, gell. Ist doch alles fein säuberlich aufgeschrieben, gell.«

An Baldurs Miene erkannte Köttelgruber, daß die Sache schlecht stand. Der Südwester stützte seine zweifarbige Stirn auf die Faust und machte ein Gesicht, als würde er selbst zum Schafott geführt. Damit zerstörte er Köttelgrubers letzte Zuversicht.

»Es war eine Puffotter. Glauben Sie mir. Ich würde Sie doch nicht anlügen, meine Herren. Sie sind doch von der Polizei. Ich bitte Sie.«

Baldur schaltete sich ein.

»Die Herren wissen sehr gut, wie gefährlich Puffottern sind. Polizisten im Außendienst werden immer wieder mal gebissen. Und dann stehen die Angehörigen mit leeren Händen da. Ohne einen Cent. Am meisten können einem die armen Waisen leid tun.«

Köttelgruber verstand den Wink.

»Wie ungerecht die Welt ist«, sagte er. »Die armen Waisen! Diese Würmchen, die doch für nichts etwas können. Wenn ich da helfen könnte, ich würd's tun. Auf der Stelle.«

»Wenn Sie das Bedürfnis haben – ich kann vermitteln. Ich kenne viele arme Waisen«, sagte der Schwarze.

»Aber gern. Nichts lieber als das. Ich kann Ihnen Deutsche Mark geben, wenn Ihnen das recht ist. Wieviel halten Sie denn für angemessen, meine Herren?«

Der Polizist blickte durch sein leeres Brillengestell zur Decke.

»Weil viele Polizisten im Außendienst sind, gibt es auch viele Waisen. Deutsche Mark sind gut. Sehr gut. Geben Sie uns zehntausend davon.«

Köttelgruber schnappte nach Luft.

»Herr Schwertfeger fühlt sich geehrt, daß er der Polizei einen Gefallen erweisen darf«, sagte Baldur.

»Das ist gut«, sagte der Polizist.

»Ich habe das Geld in Windhuk. Da hole ich es übermorgen und übergebe es Ihnen«, sagte Köttelgruber schicksalsergeben.

»Morgen«, sagte der Polizist. »Wir treffen Sie im Park vor der Christuskirche, Herr Schwertgruber. Um 15 Uhr. Pünktlich.«

Er erhob sich. Auch der schweigsame Buren-Polizist stand auf.

»Ich muß arbeiten«, sagte der Schwarze. »Wie sagt man in Deutschland? Ich bin auf Dienst.«

»*Im* Dienst«, sagte Köttelgruber. »Ähm, man kann natürlich auch auf Dienst sagen, ähm, selbstverständlich, gell.«

Er war fix und fertig. Für Afrika war er nicht gebaut. Seit er Schwertfeger hieß, ging fast alles schief.

»Mir geht bald der Safari-Hut hoch«, sagte er, als vom Lada der Geheimpolizisten nur noch eine Staubwolke in der Ferne zu sehen war. »Diese korrupten Hasenhirne.«

»Es hätte schlimmer kommen können«, sagte Baldur. »Das hast du mir zu verdanken, daß die beiden dich nicht mitgenommen haben.«

»Sag mal, wieso hat der schwarze Polyp keine Gläser in der Brille?« fragte Köttelgruber.

»Das machen viele hier«, sagte Baldur. »Sie glauben, daß sie mit Brille intelligenter aussehen, wenn dir das was sagt.«

»Mir ist schon zuviel gesagt worden, seit ich in Afrika bin. Viel zuviel. Ich habe keine Lust mehr, Siegfried. Hier bleibe ich keinen Tag länger. Ich hänge mich jetzt ans Telefon und buche den nächsten Flug nach Hause. Irgendwie werde ich schon wieder alles in Ordnung bringen. Fährst du mich morgen nach Windhuk? Gegen Cash natürlich. Umsonst sagst du einem ja nicht einmal guten Tag.«

»Du mußt wissen, was dir guttut«, sagte Baldur. »Dann nehmen wir Philomena auch gleich mit. Die kann ich hier nicht brauchen.«

»Wo soll sie denn hin?«

»Das ist mir egal. Die kann in Windhuk auf den Strich gehen oder zu ihren Leuten nach Rehoboth zurücklaufen, die fette Henne«, sagte Baldur.

»Wie du meinst«, sagte Köttelgruber.

In Gedanken war er schon wieder bei Daria. Daß das Luder ihn mit seinem besten Freund betrogen und ihn sogar hatte um die Ecke bringen lassen wollen, ätzte nicht mehr gar so schmerzlich auf Köttelgrubers Gemüt. Denn Gott hatte Gerechtigkeit walten lassen und Schwertfeger von der Welt genommen. Das sündige Weib indes hatte er seinem Diener FJK weiterhin überlassen.

Köttelgrubers Abschied von Afrika begann planmäßig. Die Air Namibia flog zweimal wöchentlich nach Frankfurt. Er würde als Mister Schwertfeger problemlos ausreisen können – die Polizei war ja zufriedengestellt. In Windhuk ging er zur Bank, hob Geld ab und lud Baldur und Philomena zum letzten Drink ein. Weder der Südwester noch die dicke Baster-Frau schienen von Köttelgrubers überstürzter Abreise sonderlich berührt. Wie übrigens noch nie ein Mensch sonderlich berührt war, der sich von Franz-Josef Köttelgruber verabschiedete.

»Verpatz bloß nicht die Geldübergabe an die Polizei«, warnte Baldur. »Sonst kommst du morgen am Flughafen nie und nimmer durch die Paßkontrolle.«

»Au, verdammt, es ist Zeit. Viertel vor drei. Ich muß los. Zur Christuskirche«, sagte Köttelgruber.

»Na dann«, sagte Baldur und hielt ihm die Hand hin. »Weidmannsheil!«

Philomena ließ sich nicht abschütteln. Sie schob Köttelgrubers Hand zur Seite.

»Noch nicht«, sagte sie.

Klar, dachte Köttelgruber, die will noch etwas haben.

Die Kirche, ein Kolonialzeitbau mit einem Turm als spitzem Zeigefinger christlichen Glaubens, hätte sich schmückend in jedes deutsche Provinzstädtchen eingefügt. Unter dem blauen Himmel Afrikas freilich wirkte sie deplaziert wie ein Schwarzwaldhaus am Amazonas.

In dem dürftigen kleinen Park mit den paar Palmen und vereinzelten Büschen fielen Köttelgruber die beiden Polizisten sofort auf. Der segelohrige Bure lümmelte sich breitbeinig auf einer Bank und gähnte. Die Hände hinter dem Rücken verschränkt, lief sein schwarzer Kollege vor der Bank auf und ab.

»Bleib mal kurz hier stehen«, sagte Köttelgruber zu Philomena.

Dann trat er auf den schwarzen Polizisten zu und zeigte ihm das Kuvert mit den Geldscheinen. Der griff hastig zu und ließ das Geld in einer Innentasche seiner zerknitterten Anzugjacke verschwinden.

»Ist damit alles erledigt? Kann ich mich darauf verlassen?« vergewisserte sich Köttelgruber.

Der schwarze Polizist war nicht mehr so selbstsicher wie auf der Farm. Seine Augen hinter der glaslosen Goldrandbrille suchten nervös die Umgebung ab.

»All right, Mister, all right«, sagte er heiser.

Dann erfaßte sein Blick Philomena, die sich in den Schatten einer Palme gestellt hatte. Er kickte dem schlappen Bürstenschnitt-Buren vors Schienbein und sagte etwas auf afrikaans. Die beiden waren so schnell verschwunden wie Erdmännchen, wenn der Schatten eines Adlers über den Boden gleitet.

Köttelgrubers erste Schmiergeldaffäre mit waschechten Geheimpolizisten war gelaufen. Er ging zu der wartenden Philomena.

»Schöne Polizei, gell!« schimpfte er.

»Das keine Polizei«, sagte Philomena. »Mister Mwetako sein Lehrer in Okahandja und weißer Mister Taljaard sein Farmer in Khomas-Hochland. Gut Freund von Mister Baldur.«

Köttelgruber ließ sich auf die nächste Bank fallen.

»Die haben mich reingelegt«, sagte er matt. »Mich, Franz-Josef Köttelgruber, haben sie komplett reingelegt. Das muß an der Hitze liegen. Zu Hause wäre mir das nicht passiert.«

Geistesabwesend tappte er noch eine Weile in dem kleinen Park umher, dessen Bewuchs in der Hitze zu fahlem Braun verwelkt war. Philomena folgte ihm.

»Gib mir Deutschmark«, sagte sie.

Köttelgruber griff in seine Brieftasche und gab ihr ein paar Scheine, ohne genau hinzusehen. Die dicke Baster-Frau hatte einen der wenigen Augenblicke in Köttelgrubers Leben erwischt, in dem ein armer Teufel ihm etwas abluchsen konnte.

Dann ging sie fort. Köttelgruber sah ihr nicht einmal nach.

Nach einer schlaflosen Nacht im Kalahari Sands bestellte Köttelgruber ein Taxi zum Flughafen.

»This passport isn't valid«, stellte der Uniformierte an der Paßkontrolle fest. Er hatte Order, einen deutschen Jagdtouristen namens Ralf Schwertfeger an der Ausreise zu hindern. Eine Minute später war Franz-Josef Köttelgruber alias Ralf Schwertfeger verhaftet und wurde abgeführt.

XV. KAPITEL

Kanallischs Schatz

»Es tut mir leid, daß ich Ihnen schon wieder Umstände mache, Frau Köttelgruber«, entschuldigte sich der Hauptkommissar, »aber ich mußte sie nochmals herbitten, weil . . . Sie wissen ja selbst, wie mysteriös das alles ist.«

»Ich habe Verständnis dafür, daß Sie Ihre Pflicht tun, Herr Bosch«, sagte Daria.

Sie trug ein schwarzes Kostüm, schwarze Nylons und schwarze Pumps. Hauptkommissar Bosch, dessen Blick zwischen ihren übereinandergeschlagenen Beinen, dem sinnlichen Mund und den verwirrend blauen Augen unruhig wanderte, ging natürlich davon aus, daß die textile Trauerdemonstration dem verblichenen Gatten galt. Darias horizontaler Ausflug in die Politik hatte sich nicht herumgesprochen.

»Ich kriege Druck von oben, wenn ich nicht irgendein Resultat vorlegen kann. Sehen Sie, Frau Köttelgruber, seit Jahren ist in dieser Gegend, kriminalistisch gesehen, nichts Besonderes mehr passiert. Nur Einbrüche, Viehdiebstähle, Nasenbeinbrüche unter Alkoholeinwirkung und angebliche Vergewaltigungen, bei denen sich nicht eindeutig feststellen ließ, wer angefangen hatte.«

Er schaute auf ihre fein modellierten Knie, die hell unter dem Nylongewebe schimmerten. Weiße, glattrasierte Damenbeine unter schwarzen Nylons waren der Gipfel seiner erotischen Traumbilder.

Daria bemerkte seine Irritation, und obwohl Hauptkommissar Bosch – kurzgewachsen, breites, weiches Gesicht, Toupet-Träger – absolut nicht ihr Typ war, rieb sie die Schenkel leicht aneinander. Das Geräusch, das dabei entstand, leitete in dem Beamtenkörper augenblicklich eine verstärkte Drüsenfunktion ein.

»Und nun«, sagte Bosch, um Sachlichkeit ringend, »stehen wir vor einer Serie ungeklärter Vorkommnisse, bei denen, um es vorsichtig auszudrücken, Menschen zu Schaden gekommen sind. Eine Serie, Frau Köttelgruber, eine Serie.«

Er rutschte auf seinem Bürostuhl herum, weil eine hartnäckige Erektion ihm Unbequemlichkeiten bereitete. Einen kurzen Moment dachte er ärgerlich an seine Frau, die ihm die regelmäßige Erleichterung mit abgedroschenen Ausreden verweigerte. Sie war schuld, daß er sich bei der Befragung der Zeugin Daria Köttelgruber nicht auf seine Arbeit konzentrieren konnte.

»Die Ermittlungen haben ergeben, daß alle diese Vorkommnisse mehr oder minder mit Ihrer Familie in Verbindung zu bringen sind, Frau Köttelgruber. Nehmen wir den spurlos verschwundenen Frisör Elmar Schwacke. Er stand in einer – nennen wir es einmal so – in einer Beziehung zu Ihnen. Es war nicht schwer, das herauszufinden.«

»Ist es gegen das Gesetz, wenn man einen Mann attraktiv findet?« sagte Daria.

Sie wechselte die Beinposition. Beim Übereinanderschlagen entstand wieder dieses knisternde, reibende Geräusch. Den hängenden Fuß knickte sie nach vorne ab, so daß der Beamte die Ansätze ihrer Zehen in den zierlichen Pumps sehen konnte, ohne sich vorbeugen zu müssen.

Hinter der Deckung, die ihm der Schreibtisch bot, griff der Hauptkommissar sich mit der Linken so diskret wie möglich in den Schritt und bog etwas Sperriges zurecht, während er mit der Rechten ein Ablenkmanöver vollführte, indem er sinnlos die Mine seines Kugelschreibers vor- und zurückklickte.

Daria seufzte sich in ein melancholisches Lächeln hinein, das den Beamten noch mehr durcheinanderbrachte. Bosch beschloß im stillen, sich einen Termin bei einem Psychotherapeuten geben zu lassen. Er mußte herausfinden, woher dieser Nylon-Tick kam und wie man damit umzugehen hatte. In seiner momentanen Verfassung konnte er keinen präzisen Gedanken fassen, geschweige denn kriminalistisch arbeiten.

»Ich will Sie nicht lange aufhalten, Frau Köttelgruber. Um die einzelnen Punkte zu Ende zu bringen: Was Herrn Detlef Dahmen-Elmhorst zugestoßen ist, mag ein Rätsel bleiben. Der Mann schreit wie gepfählt, wenn er jemanden sieht, selbst wenn es seine eigene Mutter ist. Ihr Mann, der Herr Köttelgruber, wird in Afrika von einer Puffotter gebissen. Aber vorher – und das ist der springende Punkt – rufen Sie bei der Botschaft an, weil Sie befürchten, sein Freund Schwertfeger würde einen Jagdunfall vortäuschen. Sehr mysteriös, nicht wahr? Nun, die Sache ist noch nicht ausgestanden. Sobald wir dieses Herrn Schwertfeger habhaft geworden sind, werden wir mehr wissen. Und zuletzt, kaum daß Ihr Gatte beerdigt ist, fällt dem Politiker Immo Lüdenscheid ausgerechnet in Ihrem Haus ein Hornochse schwersten Kalibers auf den Kopf. Können Sie sich vorstellen, daß diese Verkettung von Ereignissen mir enormen Druck von oben beschert? Sogar von ganz oben, seit das mit Dr. Lüdenscheid passiert ist.«

»Und? Was erwarten Sie von mir?«

»Entgegenkommen, Frau Köttelgruber. Vielleicht einen Hinweis, eine Beobachtung, eine aufgeschnappte Bemerkung, irgendeine Kleinigkeit.«

Der Hauptkommissar stand auf, erinnerte sich an seine noch nicht ganz abgeklungene Erektion und setzte sich sofort wieder.

»Als Herr Lüdenscheid ums Leben kam, war ich dabei.

Ich stand neben ihm. Es war ein Unfall. Ein schlimmer, gräßlicher Unfall. Ich möchte ...«

Daria legte den Zeigefinger längsseits ans Augenlid und versuchte eine Träne wegzudrücken. Es gelang nicht. Sie fingerte in einem Etui aus schwarzem Leder nach einem Taschentuch.

»Erlauben Sie?« Der Hauptkommissar reichte ihr galant ein Papiertüchlein, das er aus der Schublade gezogen hatte.

»Ich möchte, daß dieser Verrückte fortgeschafft wird. Dieser Kanallisch. Ich kann ihn nicht mehr sehen.«

Die Tränen ließen sich nicht mehr zurückhalten. Sie senkte den Kopf. Mit schnellen Schritten war Hauptkommissar Bosch bei ihr.

»Aber nicht doch, Frau Köttelgruber«, sagte er und legte seine Hand mit dem Ehering auf ihre Schulter. »Das Verbringen von Verrückten ist zwar nicht vorrangig Aufgabe der Polizei. Aber ich stehe Ihnen selbstverständlich zu Diensten, wenn Sie Hilfe brauchen. Auch privat.«

Zu Hause zog Daria die schwarzen Sachen aus. Ins Quartier der Arbeiter ging man nicht mit Pumps und Nylons. Sie schlüpfte in Jeans und zog ein blaues Baumwollhemd über.

»Chefin, Sie hier? Da hätt isch aber net mit gereschnet«, sagte der Schweinemeister und wischte sich die Hände an seinem grauen Kittel ab.

Daria hielt sich nicht mit langen Vorreden auf.

»Wie werden wir den Kanallisch los?« sagte sie, und es klang unwiderruflich.

»Da hab isch schon lang drauf gewartet, Chefin, schon lang«, sagte der Schweinemeister. Im tiefen Sichtbereich seiner Stülpnase hingen Rotzpartikel.

»Ich habe Sie gefragt, *wie* wir ihn loswerden, Herr Schröter.«

»Wir gebe ihn einfach an die Caritas zurück. Die werde schon wisse, was sie mit dem Heini mache solle. Am liebste dät isch seine Bude gleisch leerräume.«

Der Schweinemeister stieß eine Brettertür auf.

»Da«, sagte er, »da, gucke Sie sisch die Stinkbud nur mal an, Chefin. Der Kanallisch is eine Drecksau. Un der Chef, Gott hab ihn selisch, hat auch noch drauf bestande, daß der Kotzklumpe ein besseres Zimmer zugewiese kriegt.«

»Der Chef hat sich begraben lassen«, sagte Daria kurz angebunden.

Einen längeren Satz hätte sie ohnedies nicht aussprechen können, weil ihr der Atem stockte. Aus dem schmutzstarrenden Zimmer gaste es heraus wie aus dem Testbunker einer Stinkbombenfabrik.

»Wie kommt der Jagdhut meines Mannes hierher?«

Daria hielt sich mit einer Hand die Nase zu, mit der anderen deutete sie auf den rostigen Metallspind, der von einem grünen Filzhütchen mit Gamsbart gekrönt war.

»Wenn isch das wüßt, Chefin . . .«

Der Schweinemeister stapfte in die verschimmelte Bude und holte den Hut vom Spind.

»Den hat der Kerl geklaut, Chefin. Dem tret isch höchstpersönlisch in die Klabusterbeeren.«

Das Vorhängeschloß am Spind war offen. Der Schweinemeister riß die Tür auf. Was herausfiel und über den schmierigen Boden kullerte, hätte gereicht, einen Flohmarktstand zu bestücken. Fast alles stammte aus dem Besitz Köttelgrubers: ein Spazierstock mit einem geschnitzten Hundekopf als Griff, ein Schnürschuh, den Köttelgruber lange gesucht hatte, Knöpfe aller Art, ein fleckiges Taschentuch, ein Edelstahl-Flachmann mit Lederumhüllung, mehrere Jagdpatronen, eine Lesebrille, eine Tube juckreizlindernde Salbe, eine Hundepfeife, zwei Pornohefte.

»Da muß noch mehr sein«, sagte der Schweinemeister und griff in den Spind.

Er hielt zwei dünne Bücher in der Hand. Sie waren alt und abgegriffen, verdreckt und zerfleddert. *Gedichte von Nikolaus Lenau* war der Titel des einen, *Friedrich Nietzsche* stand auf dem anderen.

»So ein Blödsinn«, sagte der Schweinemeister und kramte weiter in dem Spind, wobei er mit seinem Gummistiefel auf das Lenau-Bändchen trat.

Er zog ein gerahmtes Foto hervor. In dem schummerigen Licht der Kammer konnte er es nicht deutlich sehen. Er machte einen Schritt in Richtung des staubgepuderten Fensters, wo gerade eine schwarze Spinne dabei war, ein Insekt in ein Totenhemd aus Seide einzuhüllen.

Daria erkannte das Bild an dem filigranen Silberrähmchen. Es hatte immer auf der kleinen Chippendale-Kommode in der Diele gestanden. Warum hatte sie es nicht vermißt? Ein kalter Schauer überlief sie.

»Das bin *ich* ja«, sagte sie entsetzt. »Das ist ja ungeheuerlich! Wie kommt der Kanallisch an ein Foto von mir?«

Vor Entrüstung vergaß sie ihren Ekel und betrat Kanallischs übelriechendes Reich. Ihr Bild in den Wurstfingern des Schweinemeisters, das regte sie so auf, als würde der Kerl ihre Seidenslips an der Wäscheleine abgreifen.

»Geben Sie her!« herrschte sie den Schweinemeister an.

Sie entriß ihm das Foto und stellte mit Abscheu fest, daß Schmant die Durchbrechungen des Silberrahmens dunkel verklebte. Schlimmer noch: Sie hatte in kalten, glibberigen Schleim gegriffen. Es drehte ihr den Magen um. Das Bild zerscherbte am Boden. Daria erbrach sich über ihr Porträt.

»Da is er!« schrie der Schweinemeister.

In der offenen Tür duckte sich Jürgen Kanallisch, sprungbereit wie ein Tier. Er bleckte seine verrotteten

Zahnreste und stieß einen rauhen Laut aus. Seine Augen flackerten hin und her zwischen dem Schweinemeister, der jetzt auf Nietzsche stand, und Daria, die ihn offenen Mundes anstarrte, Speichelfäden an den Lippen.

»Zu Hilfe!« schrie der Schweinemeister. »Alarm! Alle Mann zu mir!«

Kanallisch stieß noch einmal diesen Laut aus, ein »Uuööh«, das an Gummizelle denken ließ – und weg war er, wie vom Boden verschluckt.

»Dieser Irre ist doch lange bei Ihnen im Heim gewesen. Sie müßten doch wissen, welche Macke er hat und was er da draußen treibt.«

Hauptkommissar Bosch telefonierte mit der Leiterin des Caritas-Heims.

»Zunächst einmal, Herr Bosch, wollen wir nicht von einem Irren sprechen. Jürgen Kanallisch ist ein geistig und körperlich behinderter Mensch. Können wir uns darauf verständigen?«

Die Caritas-Stimme klang streng und spröde wie die einer Aufseherin im Internatsschlafsaal.

»Selbstverständlich, Frau Steinfurth«, sagte der Hauptkommissar und machte mit seinem Zeigefinger eine schraubende Bewegung an der Schläfe. »Ich habe eine Suchmeldung für die Presse vorbereitet. Eine Fotografie liegt uns leider nicht vor. Offenbar gibt es keine. Ich möchte Ihnen die Meldung rasch vorlesen.«

»Tun Sie das«, sagte die Caritas-Stimme.

»Vermißt wird seit Dienstag der 31jährige Jürgen Kanallisch, zuletzt tätig als Aushilfe in der Nutztierproduktion. Kanallisch hat braune Haare, schadhafte Zähne und macht einen verwirrten Eindruck. Er ist circa 140 Zentimeter groß und trug zuletzt einen blauen Arbeitskittel, vermutlich eine Cordhose und schwarze Gummistiefel. Die Bevölkerung wird gewarnt: Der Vermißte kann unberechenbar reagieren. Mitteilungen nimmt jede Polizeidienststelle entgegen. – Das wär's schon, Frau Steinfurth, Können Sie noch etwas beisteuern?«

»Alles Unsinn! Nicht einmal die Körpergröße stimmt. Jürgen Kanallisch mißt einen Meter sechsundvierzig. Das steht hier in seiner Akte. Und daß Sie die Bevölkerung vor ihm warnen, finde ich maßlos übertrieben und unverantwortlich. Können Sie sich nicht ausmalen, was das zur Folge haben wird? Die Leute werden sich zu einer Bürgerwehr zusammenrotten, ihn jagen und totschlagen.«

Na und, wollte Bosch gereizt zurückgeben. Der Aufseherinnenton begann ihn zu nerven.

»Also einen Meter sechsundvierzig. Ich werde das korrigieren«, sagte er kühl.

»Ich halte es für zwingend notwendig, daß Sie Jürgen in unsere Obhut überstellen, wenn Sie ihn gefunden haben«, sagte die Caritas-Stimme.

»Das kann ich Ihnen nicht versprechen. Es kommt ganz darauf an, was der Bursche noch alles anstellt. Bis jetzt wissen wir nur, daß er dem Bauern Mühlfrenzel zwei Hühner gestohlen hat. Die Kinder haben ihn dabei beobachtet.«

»Der arme Mensch! Er ist orientierungslos. Er wird im Wald leben und sich den Tod holen. Es ist Mitte November. Sie müssen ihn bald finden!«

»Jaja, wir tun ja, was möglich ist. Erfrieren wird der Kerl wohl nicht. Der Bauer vermißt nämlich auch seine dicke Felljacke. Er hatte sie nur kurz auf den Traktor gelegt.«

»Gott sei Dank.«

»Na hören Sie mal, das ist ein Eigentumsdelikt«, sagte Bosch.

»Jemand, der vom Schicksal so bestraft ist wie Jürgen Kanallisch, kann keine Sünde mehr begehen«, sagte die Caritas-Stimme.

»Mein Auftrag ist es, die Gesellschaft vor Schaden zu bewahren. Was können Sie mir denn sonst noch über den Vermißten sagen?«

»Es gibt nicht viel zu sagen. Er kam in unser Heim, als seine Mutter gestorben war. Jürgen hatte zwei Tage und zwei Nächte neben ihrer Leiche gesessen. Die Feuerwehr mußte die Tür aufbrechen.«

»Gibt es Angehörige?«

»Nein, keine«, sagte die Caritas-Stimme. »Uns sind jedenfalls keine bekannt. Frau Kanallisch, also Jürgens Mutter, war geistig leicht behindert. Vielleicht hat sich ihre Familie deshalb von ihr abgewendet. Ich kann Ihnen keine andere Auskunft geben.«

»Wovon lebten die beiden denn?«

»Sie sind über Land gezogen. Frau Kanallisch hat Hausarbeiten gemacht, war Stallmagd, zum Schluß hat sie von Sozialhilfe gelebt. Ihre beste Zeit, das hat sie immer gesagt, sei auf dem Köttelgruber-Hof gewesen, damals, als sie noch jung war.«

XVI. KAPITEL

Darias Albtraum

Daria sah abgespannt aus. Sie hatte schlecht geschlafen. Schreckliche Träume hatten sie gequält. Sie hatte Köttelgruber gesehen, wie er aus dem Sarg kraxelte und böse lachte. Kanallisch war wie ein Derwisch um ihn herumgetanzt, während sie selbst auf Kanallischs moderfeuchter Ekelmatratze lag und sich nicht rühren konnte.

Ihre Morgentoilette hatte sie nicht mit der üblichen Selbstverliebtheit zelebriert. Nach dem Duschen hatte sie sich in einen weißen Frotteemantel gehüllt und die Kaffeemaschine in Gang gesetzt. Appetit hatte sie nicht. Sie fühlte sich matt. Ihre Augen hatten keinen Glanz.

Während der Kaffee in der Maschine brodelte, klapperte sie alle Räume des Erdgeschosses ab, um die Fensterläden zu öffnen. Seit sie in diesem Haus lebte, waren nachts nie die Läden geschlossen worden. Aber sie war auch noch nie so mutterseelenallein gewesen. Und vor allem: Sie hatte noch nie solche Furcht empfunden wie in den vergangenen Nächten. Bei jedem Geräusch schreckte sie zusammen. In anderthalb Wochen würde Käthchen wieder da sein. So lange mußte sie aushalten.

Sie holte die Lokalzeitung aus dem Briefkasten und setzte sich mit ihrer Kaffeetasse an den Frühstückstisch. Es war ein banaler, grauer, verregneter Tag.

Der Waldmensch ist nicht zu fassen!

Das war der Aufmacher.

Es gibt nicht einmal ein Foto von ihm. Wie ein Gespenst taucht er aus dem Nichts auf und verschwindet wieder dorthin. Die Rede ist von Jürgen K., dem gefährlichen

Geisteskranken, der seit einer Woche die Region in Atem hält. Unsere Bauern, denen bereits Hühner und in einem Fall sogar ein Hund gestohlen wurden, schlafen mit der Schrotflinte am Bett.

Die Polizei ist machtlos. »Wir haben nicht genug Leute, um die Wälder der Umgebung systematisch zu durchkämmen«, sagte Hauptkommissar Bosch auf Anfrage unserer Zeitung. Möglicherweise ist auch die schwere psychische Erkrankung eines Musiklehrers in Zusammenhang mit dem Waldmenschen zu bringen. Wie wir aus zuverlässiger Quelle erfuhren, soll Musiklehrer X. (Name der Redaktion bekannt), der sich noch immer in der Psychiatrischen Landesklinik befindet, mehrfach das Wort »Zwerg« ausgesprochen haben.

Die Rentnerin Ilse R. (76) gibt an, den zwergwüchsigen Waldmenschen (146 Zentimeter) am späten Nachmittag auf dem Walmkircher Friedhof gesehen zu haben. Unserem Redakteur schilderte sie ihre Beobachtung: »Ich habe ein Licht auf das Grab von meinem Mann gestellt und hab grad heimgehen wollen. Da hab ich ihn plötzlich rennen sehen. Wie ein Wolf ist er gerannt. In der Nähe von dem Grab von seinem toten Chef ist er gewesen. Mir sitzt der Schreck noch ganz schön in den Knochen.«

Ilse R. wird den Friedhof zu so später Stunde nicht mehr betreten. In unserer Heimat geht die Angst um. (Wir werden für unsere Leser am Ball bleiben und weiterhin über den unheimlichen Waldmenschen berichten.)

Das Telefon jodelte in Darias düstere Gedanken.

Es war Hauptkommissar Bosch, der ein Telefax sensationellen Inhalts vor sich auf dem Tisch liegen hatte. Frisch vom Bundeskriminalamt.

»Sitzen Sie, Frau Köttelgruber?« fragte er dramatisch. »Ich habe eine frohe Botschaft für Sie. Eine unglaubliche Botschaft.«

»O Gott, was bin ich erleichtert«, sagte Daria. »Sie haben ihn gefunden, nicht wahr?«

»Wie ... Sie wissen schon ... das kann doch nicht sein!«

»Eine frohe Botschaft, das haben Sie doch gesagt, oder? Also haben Sie den Kanallisch eingefangen. Ist doch nicht schwer zu erraten, lieber Herr Bosch.«

»Nicht den Kanallisch, Frau Köttelgruber, nein, Ihren Mann haben wir eingefangen. Er lebt. Morgen nachmittag trifft er mit dem Flugzeug in Frankfurt ein. Genaueres kann ich noch nicht sagen. Die Geschichte ist noch zu unklar. Ich habe auch noch keine Ahnung, ob er inhaftiert wird. Das muß der Untersuchungsrichter entscheiden. Frau Köttelgruber ... hallo ... Frau Köttelgruber, sind Sie noch dran? Hallo ...«

Daria war ohnmächtig geworden.

Als sie wieder zu sich kam, lag sie auf der Schweinslederrundecke. Der Mann, der ihr eine Spritze gegeben hatte, beugte sich über sie. Hinter ihm stand der Schweinemeister.

»Ich bin Arzt. Wie fühlen Sie sich?« sagte der junge Mann, ein Vertretungsarzt mit Nickelbrille und Überbiß.

»Was ist passiert?« fragte Daria.

»Sie sind beim Telefonieren umgekippt«, sagte der Jungdoktor. Wenn er lächelte, war sein Überbiß noch auffälliger.

Daria erinnerte sich an das Telefonat und wäre am liebsten sofort in die Ohnmacht zurückgekehrt.

»Ich werde Sie jetzt mitnehmen«, sagte der Arzt. »Im Krankenhaus werden Sie mal gründlich untersucht.«

»Kommt nicht in Frage!« Daria war hellwach. »Ich kann hier nicht weg. Unmöglich. Vielen Dank für Ihre Bemühungen. Schicken Sie die Rechnung!«

Der junge Doktor war sprachlos. Er kam aus der

Großstadt und hatte über die Zähigkeit und Sturheit der Landleute schon die tollsten Geschichten gehört. Nun war er geneigt, sie alle zu glauben.

»Wenn Sie meinen«, sagte er beleidigt. »Ich übernehme jedenfalls keine Verantwortung.«

Der Schweinemeister brachte ihn zur Tür.

»Is noch was, Chefin?« fragte er.

»Nein, Herr Schröter. Ich möchte ab sofort drei Tage nicht gestört werden. Hören Sie? Drei Tage! Egal, was los ist: Drücken Sie nicht auf die Klingel! Lassen Sie mich absolut in Ruhe! Absolut! Ich brauche das jetzt.«

Blitzschnell hatte Daria sich entschieden. Sie mußte weg sein, bevor Köttelgruber eintraf. Drei Tage, an denen niemand nach ihr suchen würde, müßten als Vorsprung genügen. Noch in dieser Nacht würde sie auf die Reise gehen. Sie hatte den ganzen Tag zur Verfügung, um zu packen.

XVII. KAPITEL

Zu Hause ist es doch am schönsten

Als Franz-Josef Köttelgruber aus dem Taxi stieg, stand er im Nebel. Er fröstelte. Die Fahrt hatte lange gedauert, und er hatte in der behaglichen Wärme ein wenig geschlafen. In den wachen Momenten hatte er darüber nachgedacht, wie er sein Leben neu ordnen könnte. Der Untersuchungsrichter in Frankfurt hatte ihm die Chance dazu gegeben und den Haftbefehl gegen ihn vorläufig aufgehoben.

Jedem, der es hören wollte, von Windhuk bis Frankfurt, hatte er seine Legende aufgetischt, warum er von Franz-Josef Köttelgruber zu Ralf Schwertfeger mutiert war: Zerrüttete Ehe, Midlife-crisis und Sehnsucht nach Neubeginn in einem fernen Land unter neuem Namen. Endlich eine Chance, die abgenutzte, von vielen Fehlentscheidungen schartig gewordene Existenz wie eine Puppenhülle zurückzulassen. Noch einmal – aber klüger, besonnener, erfahrener – von vorne beginnen. Da die Vernehmungsbeamten ihm altersmäßig nahe waren, hatten sie verstanden. Trug nicht jeder nach einem dreiviertel Leben diese Sehnsucht in sich?

Daß er ein Mörder sein könnte, darauf waren weder die Polizei noch der Untersuchungsrichter noch Köttelgruber selbst gekommen. Daß eine wilde Puffotter kein Tier war, das man zum Zubeißen abrichten konnte wie einen Schäferhund, sagte einem doch der gesunde Menschenverstand. So war der Tatbestand auf eine makabre Verwechslungskomödie mit Urkundenfälschung zusammengeschrumpft, die zwar juristisch zu ahnden war, aber keinen Grund lieferte, einen bis dahin unbescholtenen

Bürger bis zur Anklageerhebung hinter schwedische Gardinen zu setzen.

Franz-Josef Köttelgruber ging durch den Nebel. Er hatte das Taxi am Dorfrand von Walmkirch halten lassen, um kein Aufsehen zu erregen. Auch an einem nebligen Novemberabend konnte einem der Zufall in Gestalt eines vorwitzigen Dörflers über den Weg laufen. Er zupfte die Kapuze aus dem Kragen seines Parkas und zog sie über den Kopf.

Das schmiedeeiserne Tor des Friedhofs quietschte schaurig in den Angeln, als Köttelgruber die Pforte durchschritt, durch die er vor wenigen Wochen offiziell als toter Mann getragen worden war.

»Verfluchter Nebel!«

Köttelgruber suchte sein Grab.

Er mußte an Elisabeth denken. Ob sie schon wußte, daß sie als Trauergast unter ferner liefen an der Beerdigung ihres eigenen Mannes teilgenommen hatte? Er würde ihr nie mehr unter die Augen treten können.

Es lag eine wattige Stille über dem alten Friedhof. Köttelgruber hörte nur seine Schritte im nassen Laub. Als er an einer Pappel vorbeiging, deren Kerzenwuchs sich ab mittlerer Höhe im Nebel verlor, ertönte das rauhe Krahkrah-krah einer einsamen Krähe. Köttelgruber blieb stehen, überlegte, woher das Unbehagen kam, das er empfand, und ging weiter in den Dunst hinein.

Er ging an Namen vorbei, deren Träger er gekannt hatte. Wenn er sich etwas vorbeugte, konnte er die Schriften entziffern. Da lag der alte Puschenrieder, der nicht aufhören konnte, von seinen drei Jahren bei der Wehrmacht zu erzählen. Daneben die Sophie Reußentaler, in deren Eingeweiden der Krebs gewütet hatte. Sie hatte so ein sanftes Herz gehabt und für jeden ein gutes Wort. Karl Vogt war früher mit ihm zur Jagd gegangen. Ihm hatte er das Anfedern abgeschaut, wie man einer Reihe erlegter Rebhühner einen Draht durch die Nasenlöcher steckt, um sie alle zusammen in einer Schlinge zu tragen. Das zweitletzte Grab enthielt einen Jungen, den er nicht gekannt hatte. Kurz vor seiner Abreise nach Afrika hatte er in der Zeitung gelesen, daß Mike Ortlieb mit hundertsechzig Sachen gegen einen Baum gerast war. Der Stempel auf seinem Führerschein war noch nicht richtig trokken gewesen.

Vor dem letzten Grabstein war es Köttelgruber bange. Seinen eigenen Namen auf einer Grabinschrift zu lesen – ein mulmiges Gefühl.

Es war ein großer, grob behauener Granitstein, an dem eine Bronzetafel verschraubt war. Köttelgruber beugte sich hinunter, klaubte ein nasses Herbstblatt ab, das an der Schrift klebte, und las: *Franz-Josef Köttelgruber, gestorben in Afrika.*

In kleineren Gußbuchstaben stand darunter:

Und Gott sprach zur Schlange: Weil du solches getan hast, seist du verflucht vor allem Vieh und vor allen Tieren auf dem Felde. Auf deinem Bauche sollst du kriechen. Und ich will Feindschaft setzen zwischen dir und dem Weibe und zwischen deinem Samen und ihrem Samen. Derselbe soll dir den Kopf zertreten und du wirst ihn in die Ferse stechen.

»O Herr, ich bitte dich um Vergebung«, flüsterte Köttelgruber. »Nichts ist, was es scheint. Niemand ist, was er vorgibt.«

Seine Knie drückten kleine Mulden in die feuchte Erde.

»Ich war schwach, und ich habe gesündigt. Mea culpa. Vor dir, meinem Schöpfer, bekenne ich mich schuldig. Ich bin deiner nicht würdig. Hier ist der falsche Mann beerdigt. Ich habe diesen geweihten Acker geschändet. Mea culpa. Die Heilige Kommunion habe ich seit Wochen nicht empfangen. Mea culpa, mea culpa, mea maxima culpa. Gepriesen sei der, der mich reinwäscht von meiner Schuld.«

Ein dunkler Fleck löste sich aus einer Mauernische und bewegte sich flink zwischen den Gräbern. Nebelschwaden verwischten ihn zu einem Schatten.

»Mein Dasein soll von einem neuen Sinn erfüllt werden«, flüsterte Köttelgruber. »Ich will Buße tun und deiner Kirche ein noch freigiebigerer Diener sein. So spricht der Herr: Heimkehren sollen alle, die ich erlöst habe. Ewige Wonne und Freude werden sie umgeben.«

Der Schatten war nah. Eine gute Nase hätte ihn gerochen.

»Den Krüppel werde ich exorzieren lassen. Er ist ein Werkzeug Satans. Der Fürst der Unterwelt hat ihn in mein Leben gesandt, auf daß ich mich von dir entferne, Allmächtiger.«

Von hinten sah der kniende Köttelgruber aus wie ein betender Mönch, der den Kopf unter der Kutte gesenkt hielt.

Jürgen Kanallisch konnte nicht hören, was der fremde Eindringling da flüsterte. Mit vor Wut verzerrtem Gesicht stand er hinter ihm. Er hob eine schwere, mit Erde gefüllte Blumenschale über den Nacken dieses ersten Feindes, der es gewagt hatte, sich an dem Grab zu schaffen zu machen, das er, Kanallisch, Nacht für Nacht bewachte und behütete.

»Wenn ich dereinst von Angesicht zu Angesicht vor dir stehe, o Herr«, wisperte Köttelgruber, »will ich zu dir sagen können: Ein Gerechter ist von der Welt gekommen und will eingehen in dein ewiges Reich. Ich bin dein Diener Franz-Jo . . .«

Er brachte den Satz nicht zu Ende. *Franz-Josef Köttelgruber* als ein in Bronze gegossener Name auf einem Grabstein, das war das letzte Bild, das seine brechenden Augen aufnahmen.

Wie eine Abrißbirne war die Blumenschale in Köttelgrubers Genick gekracht.

Kanallisch drehte sich weg von dem Sterbenden, dessen Gesicht unter der Kapuze verborgen war, und verschwand im Nebel. Die Krähe in der Pappel protestierte, als Kanallisch vorbeikam. Da blieb er stehen und sandte ein wildes Gelächter nach oben. Die Krähe hob ab.

»Die Krähen schrein«, rief Kanallisch ihr hinterher, »und ziehen schwirren Flugs zur Stadt. Bald wird es schnein. Weh dem, der keine Heimat hat.«

Dann lief er weiter. Bis zum Köttelgruber-Anwesen hatten seine kurzen Beine noch viele Schritte zu machen. Er lief so zielstrebig, als ahnte er, welch ungeheuerliche Mission er für die nach dem Außerordentlichen gierenden Massenmedien noch zu erfüllen hatte. Als ahnte er, daß eine schreiende Boulevardpresse und sämtliche Sensationsmagazine des Fernsehens den »Mörderzwerg aus den Wäldern« bald, sehr bald zum beherrschenden Thema machen würden. Tatsächlich ahnte er natürlich nichts dergleichen. Er wußte ja nicht viel von der Welt. Aber er hatte ein Geheimnis: Er wußte, wer sein Papa war. Niemand außer ihm wußte es – und Mama, die es ihm einst verraten hatte, war ja tot, wie auch der Papa, weil ihn irgendwo weit weg von hier eine böse Schlange gebissen hatte. Und eilig hatte Kanallisch es nur deshalb, weil sein übergroßes, schmutziges Glied aus dem Schlaf erwacht war und wie ein hungriges Tier wieder nach der schönen blonden Frau verlangte, die er vor zwei Tagen im Heizungskeller angebunden hatte. Gestern hatte sie noch so laut geschrien, daß er ihr seine Unterhose fest in den Mund stopfen mußte. Seitdem war sie ganz still. Wie schön sie war!

WALTER WOLTER

Gefallene Männer

13 Stories

Die Männer in Walter Wolters Geschichten sind keine Stehaufmännchen. Sie fallen buchstäblich und moralisch, tief oder weniger tief, hart und selten weich. Sie werden geschubst, oder sie springen – mit oder ohne Anlauf –, doch nie lassen sie sich einfach fallen. Sie alle haben gelebt und leben noch. Das ist das Geheimnis der ungeheuren Intensität dieser Prosa: Sie lebt.

»Wolter wird es weit bringen! Er schreibt sprachstark, packend und farbig. Seine Flüche sind die besten. Und was für ein gottbegnadeter schwarzer Humor.«

Karin Großmann / Sächsische Zeitung

Haffmans Verlag